红店文学系列

汪春荣 ◎ 著

流上的闲云野鹤

江西高校出版社
JIANGXI UNIVERSITIES AND COLLEGES PRESS

图书在版编目(CIP)数据

瓷上的闲云野鹤/汪春荣著.——南昌：江西高校出版社，2018.3（2022.2重印）

(红店文学系列)

ISBN 978-7-5493-6827-3

Ⅰ.①瓷… Ⅱ.①汪… Ⅲ.①中国文学—当代文学—作品综合集 Ⅳ.①I217.2

中国版本图书馆CIP数据核字(2018)第048508号

出版发行	江西高校出版社
社　　址	江西省南昌市洪都北大道96号
总编室电话	(0791)88504319
销售电话	(0791)88592590
网　　址	www.juacp.com
印　　刷	天津画中画印刷有限公司
经　　销	全国新华书店
开　　本	700mm×1000mm　1/16
印　　张	19.5
字　　数	228千字
版　　次	2018年3月第1版 2022年2月第2次印刷
书　　号	ISBN 978-7-5493-6827-3
定　　价	98.00元

赣版权登字-07-2018-186

版权所有　侵权必究

图书若有印装问题，请随时向本社印制部(0791-88513257)退换

一汪碧水向春荣（序）

蒋良善

汪春荣又要出书了，真为他感到高兴。承蒙他不弃，嘱愚作序，自知才疏学浅，且又无甚名望，本不敢妄作。奈他恳切之至，其情之盛，却之不恭，遂不揣浅陋，权以此肤浅之文字为序。

与汪春荣相识有些年头了，虽过从不密，却知他为人落拓，不伪饰，不曲迎，言谈举止间皆有充足的自信。

第一次读到他的大作，是他创作的电视连续剧文学剧本《生死鹤恋》。向来对鄱阳湖、对鹤有着深入骨髓之爱，因此对以它们为背景或描写对象的作品，未展卷先就有了一种亲切之感。一口气读下来，深为作者天马行空的想象力，丰富细腻的情感，绵密而又极具戏剧张力的构思所吸引，更让人击节的是，在血与火的战争中，美丽的鄱阳湖风光以及迷人的风俗民情、缠绵悱恻的爱情、凛然的民族大义相互交织，波澜壮阔，大气磅礴，又充满着浪漫的诗情画意。

之后，对他的作品逐渐投入了更多的关注。特别是他用5年时间创作的中国第一部全景式描绘景德镇陶瓷人体艺术的长篇小说《瓷上的风花雪月》，更是他的开山之作。小说以众多个性鲜明、栩栩如生的人物形象，展现了陶瓷画师叶临之的坎坷人生。他来景德镇学艺，并先后与四位女子邂逅，与她们发生了一段段凄美动人的爱情故事。他行

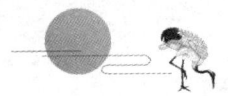

走在禁忌与开放的边缘,以最坦率、最细腻的方式歌颂人体之美,生动地表现了女人的美丽和真实,创造了独一无二的陶瓷人体之美。该书获得了"中国陶瓷文化创意出版(版权)项目",并被评为"2016年赣版十大好书"提名奖。

眼前这本小说散文集《瓷上的闲云野鹤》所收入的文章,并不是他笔耕的全部硕果,但仅于此,从散文到小说,从文学到纪实文学,就足以看出他才华横溢。

读他的小说散文,你会觉得一股如崖玉茶香的醇美隐隐袭来。朴实而又深邃的语言,深沉而又真挚的情感,丰富而又厚实的内容,总是那么耐人寻味。在他的文章里,你可以听到大山深处飞起的原生态的粗犷而又激情的浮梁山歌,你可以去瑶里品味唐诗宋词的雅韵,你可以去尝一尝崖玉茶的香醇,你可以去探寻浮梁厚重的历史,你甚至可以去领略一段土匪与一个叛逆女子绝世的恋情传奇。当然,你也可以观赏世态百象,可以触摸到草根卑微而又有力地跳动着的脉搏,可以亲密接触那些或简单得如一泓清泉或高洁得如同崖玉茶花的灵魂。

自然,这些都昭示着他的情感倾向,表达了他分明的爱憎,烙上了他的思考印记,显示着他对历史的思辨和对现实的洞察。

他爱自己脚下的这块土地,他的《浮梁山歌》等散文中,字里行间,流淌着对浮梁山水以及这山水养育着的人的热爱;他善于观察,小说《枪毙王跳鬼》和《没长胡子的班长》,充溢着浓郁的生活气息。除了文化人的优雅精致,他还有着一种媒体人的强烈的责任感,一系列的纪实文学,给读者呈现了一幅幅或美好或残酷的现实,让读者听到他或赞美或呼吁或抨击的声音。

他是勤奋的,且又是才思敏捷的,写作所涉及的题材和体裁都极为广泛,小说、剧本、散文、诗歌、报告文学、考古报告、旅游解说词都有涉及,茶、瓷、山歌、民俗、历史、现实、文化、民生都尽收笔端。这除了充分显示他横溢的才华之外,也是他艰难时期"为稻粱谋"的艰辛与无奈。

春荣对我说,这本书是他心灵文字的记忆。在我看来,这些篇章或深情,或温暖,或疼痛,或酸甜苦辣兼而有之。其笔墨或是绚丽夺目,或是从容平和,或是优雅高贵,或是粗劣强悍,甚至是宁静暗淡,无论是哪一种色彩和温度,都蕴含着对尘世的广阔理解、殷切爱怜和诚挚的悲悯,亦不失为一个追梦人的心路历程,一个赤子挚爱乡土的赞美诗篇,一个爱文如命者的如基督徒般虔诚的奉献。

2017 年 9 月 8 日
(作者系江西省作家协会会员、省赣剧院著名编剧)

目　录

第一辑　瓷都风情

浮梁山歌……………………………………… 002

古意瑶里……………………………………… 004

瑶里：唐诗宋词眷恋的地方………………… 006

高岭：世界陶瓷的朝圣之旅………………… 015

品味瑶里……………………………………… 019

古人杀孙封山的原始森林…………………… 021

野梅花盛开的地方…………………………… 024

旧城依旧……………………………………… 025

浮梁古城：远去的历史牧歌………………… 027

婉约昌江……………………………………… 032

金竹山寻绿…………………………………… 034

双马回头望江湾……………………………… 036

盘龙山风情…………………………………… 038

一袋烟走三县的地方………………………… 040

半路港………………………………………… 041

藏湾印象……………………………………… 043

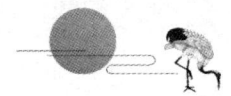

龙眼睛……………………………………………………… 045

瑶里喝茶……………………………………………………… 047

最忆西湖雾兰珍……………………………………………… 049

喝茶闲话……………………………………………………… 051

淡淡的,还是昌南雨针茶香…………………………………… 053

一句诗歌成就浮梁茶人……………………………………… 056

品茶意境……………………………………………………… 058

茶语轻盈……………………………………………………… 059

英雄血荒草墓………………………………………………… 061

闲云野鹤诗僧魂……………………………………………… 064

并非完全虚构的传说………………………………………… 067

远逝的女人…………………………………………………… 071

一个土匪和一个叛逆女子演绎的传奇……………………… 073

爱情不归路…………………………………………………… 076

悲怜的虎啸…………………………………………………… 078

鄱阳湖鹤之恋………………………………………………… 080

瓷上的人体艺术之美………………………………………… 084

《瓷上的风花雪月》后记……………………………………… 087

民间历史的记忆……………………………………………… 093

一道风景——读李政群《岁月风声》………………………… 095

品读陈国清散文《陕西行》…………………………………… 098

第二辑　今古传奇

最后的倾诉…………………………………………………… 102

家族秘密……………………………………………………… 110

枪毙王跳鬼 ………………………………………… 118

青花 ……………………………………………… 140

桃红 ……………………………………………… 142

花床 ……………………………………………… 145

可怜天下老人心 …………………………………… 152

荒凉的旧矿山 ……………………………………… 157

生死营救 …………………………………………… 168

没长胡子的班长 …………………………………… 179

官儿兵儿走上路 …………………………………… 197

第三辑　风流人物

张接安：中国当代陶瓷书法第一人 ……………… 212

王尚宾：触摸青白瓷的历史 ……………………… 217

蔡青云：天台山青花妙手 ………………………… 223

江忠生：一江水墨心中生 ………………………… 227

陶艺家：三国英雄梦 ……………………………… 230

陶艺家：纯净的女人 ……………………………… 235

金剑飞：唯有仁者医德高 ………………………… 237

吴建芳：让瑶里崖玉茶飘香世界 ………………… 240

吴水前：浮梁茶情结 ……………………………… 244

谢慎修：陶瓷文化成就京剧之美 ………………… 248

罗欣君：大爱圣人 ………………………………… 250

杨武：铁肩担道义　执法如泰山 ………………… 251

李大蒙：编织太阳的盲人 ………………………… 256

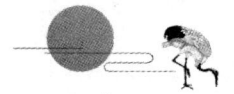

第四辑　大江纪实

触摸西周的历史 …………………………………… 262

长河落日：乐平涌山岩洞遗址探秘 ……………… 268

景德镇：重现远古文明的辉煌记忆 ………………… 275

景德镇：发现古窑遗址 ……………………………… 282

景德镇：洪水中的生命大营救 ……………………… 288

难忘的180个小时——浮梁警方神速侦破"7·27"入店抢劫杀人案纪实 …………………………………………………… 295

后记 ………………………………………………… 300

第一辑
瓷都风情

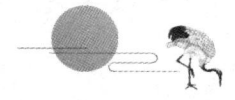

浮梁山歌

　　一踏上浮梁的红土地,那满目的翠绿,一片静穆的古村落,那众多的名山古迹和人文传说,还有那一曲曲无遮无拦、土里土气的火辣辣的山歌,都在时时诱惑着我,使我激动不安,灵感喷涌,勾起老母鸡想生蛋般的写作欲望。

　　哟哟咿哟呀咿儿哟,

　　哟哟咿哟呀咿儿哟,

　　哟哟咿哟哟呀咿儿哟儿咿儿哟哟。

　　这是我第一次听浮梁山歌,感觉是那样新鲜,那样新美,那样新奇。听着纯甜、清畅、激扬的"哟"字歌,我的眼泪都被哟出来了。

　　读着火红火红的红土地,凝望着远远近近的大山,眼前的浮梁和心中的浮梁都是沉甸甸的。

　　沿着好长好长的徽州古道青石板路,弯弯曲曲地从深山沟里往里蹿,天干地燥,热气冲天,我走得萎蔫蔫的。

　　毛毛(那个)雨(来哟)东北(那个)风,

　　十回(那个)来到(哟)九回(那个)空(哦)……

　　这山歌,在山谷中清脆脆地响着,给山路带来一丝丝的凉意。这山歌,像一根根红线,牵着我往前走。那刻骨铭心的梦魂萦绕的浮梁山歌哟,诱惑着我去寻找它的历史、它的起源。

　　路途遥远,山重水复。浮梁的先人们就是唱着这样的山歌,从远古走来,留下他们的子孙、他们的谷种、他们的瓷器、他们的故事、他们的爱情、他们关于生和死的歌唱。每当月朗星疏之时,浮梁红土地上就会飘溢出那清冽、尖利、高亢的歌声,牵动着满山木叶颤抖,牵动着山涧溪月碎碎的波动。这个时候,你仰望星空,也许会突然感觉到,在历史的长河中,浮梁的一代又一代必定要发出这种震撼心灵的声音。

这不是一个史学问题,而是一个诗的问题。而诗的问题如屈子《天问》,不可能解答。

我花了十几年时间收集的100多首《浮梁历代山歌选》,使我有了第一本有关浮梁山歌的原始资料。浮梁的老表都爱唱山歌,无事不可入歌,无人不爱唱歌。因为爱唱山歌,歌谣就成了他们记录历史、传播知识、表达思想、交流情感的重要工具。

我细心地将浮梁山歌发掘搜集、分类整理、考证注解,倾注了我对故土乡亲的热爱,对研究浮梁历史文化可说是难得的鲜活的历史资料。这些山歌朴实纯真,我常常被广袤的红土地、被深山老林如水月光所深深感动,从此,我和很多山歌歌手一样,知道山歌不是唱出来的,而是从心里流出来的。

大路上走来谁家的客呀?

如何生得(呃)这样黑(哟)?

别人黑黑(呃)三分(来)白,

你真黑黑(呃)一块铁(哟)……

听着这风趣泼辣的山歌,想来这可能是山里老表在劳动时,累了,热了,渴了,就扯开嗓门儿来唱,用山歌无遮无拦地表现对生活的热爱和渴望吧。

想(那个)哥哥(哎)月落下,

望郎不见(哟)想郎来……

山里人真诚而坦率的歌声,我听得骚动,听得沉醉。那情真意深、优美动听的山歌,把我带入到一种坦率纯洁的艺术境界。

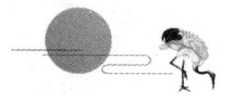

听浮梁山歌,就是听历史深处的回响。浮梁山歌有渐行渐远的民风民俗,有遥远苍茫的古风古韵。能承载那么多岁月的更迭和人生感慨的,恐怕也只有适于想象的浮梁山歌,只有这纯净的清词之乐。

在《倾城之恋》的结尾处,张爱玲说:"胡琴咿咿呀呀地拉着,在万盏灯火的夜晚,拉过来拉过去,说不尽的苍凉故事——不问也罢!"这便是听浮梁山歌的感觉了,欲罢不能,欲诉还休!

写到这里,我才真正明白,浮梁山歌的源头,不就是浮梁老表纯朴的心吗?!只有热爱劳动、热爱生活的人,才能创作出如此优美、如此酣畅淋漓的山歌。可以肯定,浮梁老表以其勤劳和友善,他们的歌声,包括采集在《浮梁历代山歌选》中的韵律和风采,也将使会唱山歌的浮梁——红土地上的月夜更加迷人。

古意瑶里

我曾数次叩访古意浓浓的瑶里,山奇水异,令人不忍归去。而古香古色、建筑风格独特的古宅民居,更添几分韵味。

沿着徽州古道,一步一步地走入瑶里,就像走在历史的风尘里、自然的深邃中。青山上,村道旁,不经意间,一棵古树,一根古藤,一段残垣,一块断壁,一眼水井,都有一个传说,一个典故。古老的瑶里,更像是一部浓缩的历史教科书,细细品读,会感叹瑶里老祖宗的精明与独到眼光。正逢斜云遮明,余光挥洒下来,铺得眼前一片流金,使景色清晰却又罩上一层朦胧,极是古意。

人浸染在古意中,顿生思古之幽情,陈子昂登临幽州台感叹:

前不见古人，

后不见来者。

念天地之悠悠，

独怆然而涕下。

此时我看到的是几幢恬静的古屋。春意慵倦，树影婆娑，一个女人坐在门前纳鞋底，那动作和神色，安闲得令人心怡。街边上的水井旁，一个山妹子用木槌捶衣，声音贴着井面传得很远。阳光懒懒的，映在墙头上的影子也是懒懒的。哦，原来这就是曾经维系着很多文人墨客情怀和深闺丽人梦境的瑶里明清古街。

迈着轻轻的脚步，踏着年代久远、光滑的青石板路，不知不觉就游离了现实，陷入了一种梦境般的空幻之中，仿佛不是走在现代小街上，而是去会晤那过去的年月与遥远的记忆。恍惚中，仿佛听到历史的车轮在此碾过时发出的幽幽声响，仿佛看到了无边的岁月在此坠落时腾起的漫漫烟尘。

那瑶河边的程家祠堂呢？那祠堂里浓烈而激昂的口号和歌声呢？那陨落的一颗颗驰骋过血与火的疆场的赤子之星呢？我伫立着，天地远远阔阔的，云水苍苍茫茫的。

我想，当年的红军游击队，最后一次大约是乘竹排走出去的。竹排从狭窄的水道冲上开阔的江面，乘风而去，两边的山壁一瞬而过，一定令他们的心情激荡飞扬。

据记载，当年从这里出去后牺牲的烈士有400多人。那是1938年。

据说，陈毅元帅当年面对瑶里的青山绿水曾诗兴大发，只是重任在肩，改编军务繁忙，来不及留下诗文墨宝。

据说，唐代诗人白居易，骑着毛驴来到瑶里，因迷醉宛如仙境的"崖玉"，用他如椽之笔写下了千古名诗："商人重利轻别离，前月浮梁

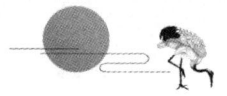

买茶去。"

去瑶里的山上、田野、村庄走走停停,不自觉地会对这里的山水、自然依恋,而且走得愈深,依恋也就愈深。大自然的和谐、雅静、情趣,渐渐地在心灵中回应,遐思悠悠,那感觉、那情调,难以言表。耳边顿时响起北宋词人王观的名句:

水是眼波横,

山是眉峰聚,

欲问行人去哪边?

眉眼盈盈处。

暮色渐浓,彩云已燃尽了夕阳赋予它的绚丽,只剩下一方灰蓝。偶尔一只夜鸟飞过,那悠长的叫声,更增添了瑶里的幽远。

走出瑶里,蓦然回首,那笼罩在苍茫中的古镇还是那般妩媚,那般含情脉脉,就如一个历经风雨沧桑的老人,呈现了一种古朴的美。

瑶里:唐诗宋词眷恋的地方

寻梦瑶里

该怎样讲述唐诗宋词眷恋的瑶里呢?从冬天里第一次走近,到夏季的亲密接触,瑶里就像一个相知相惜的旅途伴侣,在人生的旅途中匆匆相遇,在转身而去的瞬间,留下长久的回味。

也许是经常到瑶里的缘故,感觉瑶里的水朝朝夕夕在我体内流淌,日子久了就渗透进每一寸肌肤,直到有一天自己也不明白为什么,看到瑶里的文字图片,莫名地觉得温暖;听到瑶里的传说故事,莫名地觉得感动。

在这山水如歌的午后,我翻开厚重的瑶里史书,渐渐地步入瑶里的历史长廊,清的河水在我身边流淌,纯朴的茶园里散发着崖玉茶香,乡间的石板路上有斑驳的脚印,粉墙黛瓦的民居,幽谧的街巷……我闻到了瑶里的历史气息。

一路上,只见山青水绿,简朴的农舍掩映在林荫中,山林间炊烟飘绕。这样的风景,使我想起唐诗宋词,想起古代诗人吟咏过的自然。如:

青山行不尽,
绿水去何长。

花燃山色里,
柳卧水声中。

闲上山来看野水,
忽于水底见青山。

空山不见人,
但闻人语响。

啼鸟忽归涧,
归云时抱峰。

总之,映入眼帘的,都是清新和自然,是带着一种古朴情调的景色。没有不伦不类的高楼,青山脚下的村落都保持着古时的风格:白色的马头墙,灰黑的薄粉瓦,精美工巧的砖雕、石雕和木雕,它们一笔一画地

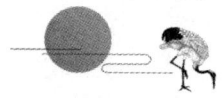

拼写瑶里乡村的图腾。铺在村落之间的石板路,更是让人联想起古人的足迹。古人在千百年前写下的诗句,竟然和现代人看到的差不多。在瑶里,到处可以看到没有被破坏被污染的山林茶园。瑶里的迷人之处,大概正在于此。在喧嚣的都市中,这样的景象连梦中都是不敢奢望出现的。

跋山涉水来到这里,我们最先想获知的信息可能就是"瑶里"这个地名的由来了。其实一个地方的得名,自有其得名依据,不管是传说也好,因山因水因人也好,总得有个来龙去脉。知晓了它的来历,待别人问起来,就不会有后悔和遗憾了。

瑶里原本叫窑里。窑是窑房的窑,烧制瓷器,其历史可以上溯到唐代中叶。因所产瓷器洁白如玉,便有人改瓷器的"窑"为琼瑶之"瑶",意为琼瑶仙境之意。随着来瑶里旅游的人数猛增,加上又被评为"全国重点风景名胜区、国家AAAA级景区、中国历史文化名镇、国家矿山公园、国家森林公园、国家自然与文化遗产、全国重点文物保护单位、中国环境优美乡镇、全国首批生态村"等桂冠,瑶里才渐渐揭开了神秘的面纱。

在瑶里,你会有一种时光倒流的感觉,你会觉得自己正生活在唐、宋时期的某个江南小镇;在瑶里,你才真正体会到一种天人合一、气定神闲的生活情趣。

瑶里绵延不绝的群山古道,质朴纯净的山乡水涧,以及丰富多彩的人脉文化和传承深远的茶商风范,都是那么值得驻足,值得心平气和地品味和咂摸。只有慢慢地去寻觅和感受,才能体味到蕴含其中的文化的遗韵、瓷器的渊源、崖玉的清香,还有历史的沧桑感。

原始森林

汪湖原始森林,在瑶里人的心目中有着特殊的地位。

在密不透光的原始森林里,我看到了许多千年古木,有的老死了,有的倒下了,有的经过千年的风雨,仍傲然挺拔,郁郁葱葱。当我一次次抚摸着南方红豆杉、长叶榧、美毛含笑、伯乐树、香果树、蛛网萼等珍稀植物时,当我聆听着黄腹角雉、白颈长尾雉、红腹锦鸡等野生动物欢快的叫声时,心里顿时激情喷涌……应该感谢瑶里人,是他们一代又一代保护了这一片莽莽苍苍的原始森林。

不知何时,惊人的景象出现在眼前。从高及云端的山顶上,一幅巨大的银帘奔流而下,气势之雄,恰似水从天上来。那一级级的瀑布就形成一条瀑布链,形态不一,姿态万千:虎跳、马奔、龙游;如帘、如绵、如瀑……

我的身心被深深地震撼了。急雨般的飞水溅在我的身上,我没有逃开,反而抬起头来仰望,默默地站立着,袒示着湿淋淋的生命。

站在山谷里,实在很难产生任何分割的思维,只觉得山谷抱得那样紧密,逮不到一丝遣词造句的空间。猛然想起南宋诗人杨万里写瑶里山水的两句诗:

湿日云间淡,

晴峰雨后鲜。

离开原始森林时,我脑海里盘桓着这样一个念头:山上其他景象也许会逐渐被我淡忘,而那原始森林,将郁郁葱葱地活在记忆中。以后如有机会看范宽的画,在那些色彩灰暗的画面中,也许会传出在此地感受到的奇妙天籁,那轰鸣不息的林涛,那飞旋啼啭的鸟鸣。

绕南瓷源

喜欢绕南,尤其喜欢雨中观绕南。

每次经过绕南,面对一座座古老沧桑的古龙窑,都有一种崇敬之情油然而生,这样的瓷窑,该经历多少人的人生和汗水,该经历过多少

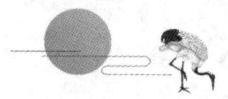

哭笑和纷争,该经历过多少次太平盛世,又该经历过多少血泪情仇呢?

绕南从汉代始,就有很多人在这里居住。到了唐宋时代,有"百户"之称,多为茶农、陶工。这里窑火不熄,从瓷土到瓷器,七十二道工艺,都在这里完成。

雨下着,洋洋洒洒,打着雨伞,沿着时弯时直的青石板路,我脚步缓慢地、无声地、轻柔地走进绕南,和它一起分享雨中的宁静。

在雨中,我看见如今绕南的窑火辉煌早已沉入历史的长河,然而一座座古龙窑,却依然见证着当今社会的发展,也会继续见证着未来。有时候觉得那一码码窑砖就是一本本的史书,每一本史书都记载着一群人、一个年代、一个社会、一段历史;那一本又一本的史书垒在一起,便成了艳丽的青花瓷,经久不衰,受人崇敬。绕南古人创造了这样的古龙窑,是一件多么了不起的事情。

被雨水冲洗的绕南会焕发出勃勃生机。谁说只有小草才可以说是"生机勃勃",我说那雨中的古龙窑才更是生机盎然!它们虽不及小草有不断成长的生命力,它们虽不会在雨中吐露新芽,但是我能够感觉到它们的呼吸,洗去跌落的尘埃,表露坚硬凝重的砖石,吸纳天空酝酿的甘露,呼吸大自然的清新空气。它们睁着眼,淡然地看着车来人往,看着满目青山,一切在它们的眼里都是平淡的、自然的、和谐的。

汉代时,著名文学家傅毅以美女形象来描写这里的美景:

眉连娟以增绕兮,

目流睇而横波。

南朝齐代的谢朓也在诗中云:

夜索绚而绕绕,

旦乘屋而芃芃。

仰望一座座古龙窑,心里顿时肃然起敬。千百年来的绕南,依然是那么平静,仿佛在默默等待着后人的评说。雨在下着,不紧不慢,在滋润着古老沧桑,在洗去它脸上的灰尘。感觉在历史面前,我们都是渺小的,生命只是一个小小的雨滴,落下了,转瞬即逝,只有千古的佳句还在吟诵:

水光潋滟晴方好,

山色空蒙雨亦奇。

绕南的雨景是如此的美,透着凝重的美丽。站在雨中的绕南,我感受到历史的伟大,实在是一种享受。在这样的雨中,思绪万千,无语是最真切的感受,默默地想着她的古老沧桑,真的是很美很美。

古窑,古窑。碎瓷,碎瓷。我俯身看去,漫山遍野的青花瓷碎片依然鲜美,仿佛绕南女子的目光,纹理依然清晰耀人,仿佛新茶绽开的第一抹绿。我忽然明白,脚下的任何一块碎瓷片,都是不可染指的遗存。静静的绕南,守着静静的河水,远离曾经的喧嚣、浮华;静静的绕南,远离沧桑的史籍,只留青山绿水任人咀嚼。

青龙谷韵

青龙谷,一个神秘的名字。大山深处,林海之间,是谁点化出这样一个神秘的地方?带着好奇的疑团,在一个阳光明媚的日子,我们踏过古朴的双龙桥,沿着羊肠小道,慢慢地走进神秘的青龙谷。

阳光仅在树叶的空隙中投射过来星星点点的光彩,两旁的小花小草都挤到路边来了;这里的奇花都开在高高的树上,夜来香、木莲花,都能与罕见的玉兰媲美;还有难得一见的仙女花,生长在高峰流水的地方,她穿着白纱的晨装,散发着一阵阵的兰香味,令人不禁使人想起唐朝诗人高适的佳句:

石泉淙淙若风雨,

桂花松子常满地。

几只鸟儿正鸣啭在树林丛中,那里叶间晨露未干。轻如蝉翼的薄

雾依然隐浮在天际,远方不时传来熟悉的歌声,微风正吹拂着我们的脸颊。这一切是多么愉快。

一路迎着溪流,随着山势,溪流时而宽,时而窄,时而缓,时而急,溪声也时时变着调子。从玉龙潭、水帘洞、九龙潭、一线泉瀑等景点一直游到仙女湖。

几条溪,几个观溪人,融出融入;有似古山水,笔墨简洁。而玉龙潭中的两条玉龙,时时游在水中,活灵活现。不是亲眼所见,谁能相信?

仙女湖,望不见一个人影,湖面连水鸟儿都没有踪迹,只有乱飘的水滴如雪花坠下时,微起些涟漪而已。柳宗元诗云:

千山鸟飞绝,

万径人踪灭。

孤舟蓑笠翁,

独钓寒江雪。

我想这时如果有一个渔翁在垂钓,可以借来说明眼前的景物呢。

在深壑绿林之中,也有人看见过虎熊等猛兽出没,南宋杨万里有诗云:"意行偶到无人处,惊起山禽我亦惊。"岂不是这种体验吗?

当我们要从一座木桥上走过时,我们看见桥下的溪水中,有一群彩色的溪鱼(此类彩色的溪涧鱼,体小,俗称桃花鱼),接着又有一群彩色溪鱼,穿过木桥,正在游来游去,引来我们一阵惊喜。

漫游青龙谷,随处可以歇脚,现在不仅"青龙寺"面目一新,同时保留了古刹的风貌。上山的路、休息的亭子、跨溪的小桥更是今非昔比,过去人们视为畏途和神秘的地方,现在却像你的朋友,在前面频频招手。

崖中之玉

见惯了城市的浮躁和混沌,到了瑶里,仿佛一下子清爽起来,感觉有一壶上等的崖玉茶,在鼻息间幽幽浮动暗香。不及品茗,就自然地传递出深厚的文化底蕴和雅致风情。

那个把崖玉茶香揽在怀里的瑶里,多像一棵婀娜多姿的古茶树啊,它的每一个枝节看上去都不卑不亢地迎风沐雨,闪耀着晶亮的光泽。

被誉为茶圣的陆羽,千余年前就已经嗅到了瑶里崖玉茶的幽香。他把一个物产丰厚的瑶里打成一个包,然后以茶的名义,划归到唐时产茶八个区域之中。这样一来,经年的崖玉茶香就悠悠地飘荡千载,长久地浸润出瑶里的古典。瑶里像极了一把古铜色的茶壶,积淀了崖玉茶和历史岁月的双重身影,渐渐地就有了敦实的质感。

在瑶里古镇,要上一壶崖玉茶坐下,手持精致的青花茶杯送至唇边,鼻息间掠过的雾气已经呈现醉人的芳香,让人不禁有微微的醺意。闭上眼睛,轻动味蕾,胸中仿佛一下子装进了整个瑶里。这个底蕴深厚的文化故里和风物之乡,就是一壶上等的崖玉茶呵。

自古名山出名茶,瑶里接黄山之灵气,山高林密,峰峦重叠,瀑布飞泻,溪流潺潺,景色独秀,属黄山余脉。崖玉茶就产自于瑶里镇汪湖海拔1200米的仰天台等高山地区。仰天台是一大片面积宽阔、坡度平缓的台地,周围古木参天,巨杉成抱,涧水潺潺,清明如镜,幽兰吐馨,四季云雾缭绕,温凉宜人,无任何污染,实为理想的植茶环境,也是江西省海拔最高的茶园。这里原有"仰天书院",明朝万历年间,吏部尚书余懋衡,曾在这里潜心攻读,历尽寒窗之苦,现遗迹仍存,庭院中留下的几十株老茶树,年岁虽长,几经自然更新,仍芽叶吐露,柔软如绵,白毫披露,犹生机勃勃,延续百年而不绝。唐末文学家徐寅曾赞瑶里崖玉茶曰:

致山川秀气所钟,

品具崖玉骨花香之胜。

瑶里高山茶缘产量之稀少,品质之高雅,文化底蕴之深厚,崖玉已

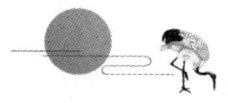

成为绿茶中的珍品。崖玉产品系列于2003年首批通过AA级绿色食品和有机食品认证,2006年获QS食品质量认证,2008年通过ISO9001 - 2000质量体系认证,获1994年、1997年和2008年中国国际饮品和茶博会、绿博会金奖,"崖玉"商标自2000年起连续三届九年荣获江西省著名商标称号,2007年被评为江西省名牌产品、江西省重点保护产品,2008年荣获国家地理保护产品。公司现为江西省农业产业龙头企业,江西省诚信企业,AAA级重信用守合同企业,全国食品安全示范单位,银行AA级信用单位,江西省"一村一品"示范单位。

为了确保崖玉茶的高贵品质,它有着历史留存下的一整套独特的制作方法。

首先是采茶。每年清明时节,茶山上到处都是采茶的人,采茶姑娘五颜六色的花衣点缀在翻涌的绿浪里,像是一朵朵开在山野间的花。天气好,景色美,心情爽。姑娘们一边采茶,一边喊喊喳喳唱呀说呀,茶山便热闹开了。这边的姑娘唱:

二月采茶茶叶尖,

未堪劳动玉纤纤。

东风骀荡春如海,

怕有余寒不卷帘。

那边的姑娘毫不示弱,马上接唱:

三月采茶茶叶香,

清明过了雨前忙。

大姑小姑入山去,

不怕山高村路长。

经不起同伴的挑战,再胆怯的姑娘也会在这个时候亮起歌喉。采茶姑娘边唱茶歌边从茶树上采摘芽头,同时都暗自在比试看谁采摘的芽头越多越标准。最好的芽头是洋雀将要开口叫时的叶苞儿,还没绽开,嫩绿的,轻轻地采摘下来,像一粒粒金豆儿。

采摘好的嫩芽头,用小灶柴火,手工搓揉,细心烘焙,精心制作而成。它具有三大特点:一是工艺精湛,外形紧、直、匀;二是香气独特,具有浓郁的兰花之香;三是色泽独特,在阳光下色泽嫩绿,透明似玉,栩栩如生。看茶农守着小柴灶用古老的方法细心地焙茗,看新采撷的松散叶子一点点收敛起锋芒,制成最原汁、最纯美、最甘醇的崖玉茶,是一种美的享受,我被深深地吸引住了。可以想象,崖玉茶的历史已经延续了多少个不朽的年月。

高岭:世界陶瓷的朝圣之旅

景德镇市区东部40公里处的瑶河之滨,有一座古镇名东埠镇。在这座古镇背后,就是世界陶瓷史上最著名的朝圣之地——高岭。

驱车来到高岭,我发现这里的陶瓷文化像山花一样璀璨,美不胜收。堆积的古瓷片、明清两代的采矿遗址、淘洗坑、水口亭、古街、古道等,散落于山林之中,闪烁着历史的暗香。

高岭古木参天,山势峻峭,飞泉流瀑,曲径通幽。沿着石板路往前走,古道上踩踏的痕迹清晰可见,这些痕迹和古道上遍布的青苔共同诉说着高岭800年的采矿历史。古道旁的山间洼地中长满各种粗细不一的树木,这大大小小的洼地就是露天采矿的遗址。这条古道始修于宋代,距今已有近千年的历史。它全部用麻石铺砌而成,矿工们就是通过这条路将一担担高岭土挑到东埠码头,然后装船运往景德镇,供官窑烧造御瓷。

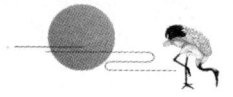

我穿过一片茂密的丛林,忽觉远处一片片白雪覆盖在山坡上,顿感诧异,这么热的天气,怎么会有这么多雪?于是,我急忙跑上前去探个究竟。

我走近一看,原来是尾砂遗址!尾砂是高岭土淘洗剩余的废弃物,呈白色,用手捏拿,十分细腻。根据地质专家反复调查和推算,高岭山4个开采地段上,尾砂堆积面积约16万平方米,总量750多万吨,堆积厚度最小的5米,最大的近30米。据专家的保守估算,历史上高岭山高岭土的总采掘量至少为188万吨。从尾砂的堆积量中可以想象,高岭为景德镇辉煌的瓷业生产提供了充分的原料保证。

景瓷之所以有"白如玉、明如镜、薄如纸、声如磬"的出神入化,是和"高岭土"的"二元配方"分不开的。景德镇人形象地把瓷石比喻作陶瓷的"肌肉",而高岭土则是"筋骨"。高岭土发现之前,陶瓷仅以瓷石加工烧制而成,成器率很低。高岭土的氧化铝含量高,耐火度在1700摄氏度以上,将高岭土与瓷石按一定比例混合的"二元配方"制胎法,极大增强了泥坯的可塑性、黏结性、烧结性及烧制后的洁白程度,部分瓷胎的物理性能甚至高于现代优质硬质瓷的技术指标。

纯净的高岭土外观呈白色或浅灰色,含杂质时呈黄、灰、青、玫瑰等色,质软,有滑腻感,硬度小于指甲。因此土洁白细腻有如猴油,当地人习惯把它叫作"猴子油"。其出土率高达90%,即每百斤高岭土原矿中仅有四两尾砂。

1712年,这项重大科学技术成果被传播到国外,法国人昂特雷克莱向欧洲披露了高岭土制瓷的"秘密",从此,"二元配方"制胎法大大推动了世界范围内制瓷原料与工艺的进步。1869年,德国著名地质学家李希霍芬来到高岭,此后,他在著作中对高岭土作了详细介绍,并用"高岭"的音译创造了一个新的英文单词——Kaolin,高岭土从此也成为世界制瓷黏土的通用名称。

遥想当年,在高岭山,山上山下人来人往,林间坡旁号子声声,铁锄突突,钎锤叮当;夜幕降临,林间炊烟缭绕,山腰油灯烁烁,溪边碓声咚咚。古代先辈们将高岭石用水碓捣碎,然后进行淘洗、过滤、沉淀提取高岭土,再制成砖型挑到山下的东埠镇码头,通过瑶河装船从水路运往景德镇。800多年的采掘,废弃的尾砂日积月累便成此高岭八景之一——"青山浮白雪"。走近尾砂堆,仍然可以发现古代矿工们用过的粗瓷碗、瓷灯盏等残片,仿佛可以听到明代高岭人发出的惊叹声:"银砂岭,自何年?白砂将万古。银昆冈,虽产玉,不及此鲜新。"

随着蜿蜒的山路,循着潺潺的溪水,一个保存完好的淘洗池就在最大的露天采矿大槽附近,淘洗池石砌而成,能够就近利用山间的溪水。古老的淘洗池中,竟长出了参天的乔木,一棵树甚至顶破石壁,直上青云,令人慨叹自然的力量。

偶然发现各种矿洞是我走在高岭古道的另一种惊喜。矿洞口大小不一,有的只能容一人爬行进入,有的矿洞口长满青苔,若不是被清理出来作为展示,普通人很难发现。

我沿古道一路下行,山中一片小开阔处建有一座古朴庄重,秀气典雅的亭子——接夫亭。接夫亭又名"碑亭",原亭始建于明朝,后被毁,现亭于1990年首届"景德镇国际陶瓷节"前重建。说起"接夫亭"的名称,还有一段来历:明代高岭山的矿工们大都来自高岭和周边村庄,由于生产繁忙,每天天不亮他们就上山挖土,直到天黑才下山。每天中午,他们的妻子提着饭篮到山上送饭。因古代妇女不得入山,家眷送饭只能到接夫亭,故称接夫亭。置身亭中,我仿佛还能看见当年矿工的妻子翘首期盼丈夫回归的情景。接夫亭虽小,可它体现了古代高岭矿工夫妻之间的深厚感情,以及他们虽艰苦却充满温暖的家庭生活。

我行至水口,能见到聚秀桥,亭内4块明万历至清乾隆年间的功德碑详细记载着高岭古矿开采的盛况。聚秀桥又名水口亭,亭门上方嵌

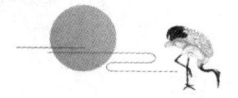

有一块青石板，上刻"云岭玉峰"四字，字体端庄秀气，相传为宋理宗赵昀亲笔御书。它的两边是崇山峻岭、古木苍翠，下面是清清溪流，源源不断。聚秀桥始建于唐末，是一座双拱石拱桥。该桥是一座"四合一"桥，它巧妙地将桥、亭、庙、阁四种不同的建筑形式融为一体，桥上建亭，亭内修庙，庙上架阁。它不仅减轻了桥身的负荷和桥基的压力，而且洪水来时稳如泰山，可谓古代桥梁史上的一朵奇葩，体现了古代高岭工匠们的聪明才智。该桥据说是当今世界上最古老、最有特色的一座双辐石拱桥。

我穿过聚秀桥，在一块平坦的山间平地上，一个古村落便出现在眼前，这就是高岭村。可以讲，高岭土的采掘史有多长，高岭村的历史就有多长。高岭村就是由最早的采掘工棚演变而成的。走进村里，只见古屋都保持着古时的风格，白色的马头墙，有灰而黑的薄粉瓦，还有精美工巧的砖雕、石雕和木雕，它们一笔一画地拼写高岭村的图腾。倘徉于这里的山山水水，感受这里的淳朴民风，恍若置身于世外桃源，不忍离去。

我走在深幽细长的古街，街两边的古店面已被陈旧的门板盖上，就像一座舞台拉上了最后的帷幕——在历史的某个节点上，繁华散尽，便是无边的沉寂。走在斑驳的青石路面上，我每一步都小心翼翼，唯恐惊醒了店铺里早已尘封于岁月的古人们，唯恐惊醒了古村的历史……

我在返回的路上，回望那白云缭绕的黛色高岭，灵魂深处，关于瓷的情愫缠绕着整个采访旅途。高岭的名字，早已名传天下，高岭土的神情，依然如流水般谦逊，千百年不倦的追求，随千百年窑火一起，造就了景德镇瓷器数千年历史的辉煌。

品味瑶里

独自走在瓷茶古镇瑶里的古街上,双脚和刻满岁月痕迹的青石板磨出轻微的沙沙声,所有怀旧的情结全都复活,几分恍然,几分迷醉,而内心则因感受这沧桑岁月流转而变得宁静温柔起来。

此时我心里恋着的不仅仅是那青山、碧水、河鱼、闲情、诗意,还有瑶里的家乡豆腐。好像童年的欢乐,少年时的温馨,至今还在那碗豆腐花里。

仿佛吃一碗豆腐花,我才真正回到了瑶里,如同罗大佑在忧郁的吉他声里浅唱《乡愁四韵》:

给我一瓢长江水啊长江水,

那酒一样的长江水;

那醉酒的滋味是乡愁的滋味。

给我一瓢长江水啊长江水。

豆腐花亦如长江水,滋味自是别有一番。

现在还记得的情景是:在风景迷人的瑶河岸边,一棵古樟树下排着木桌,木长凳;不远处男人在推石磨,女的坐在一旁把黄豆加在石磨的洞孔内,两人配合得很协调。石磨边置一大木架,架上排着大炉大锅,大锅内"煮"着豆腐,加有冬笋、香菇等。一些山民走来找一座位坐下,要一碗豆腐花。小时候我也经常挤在他们中间吃豆腐花,只觉碗中的豆腐花有着淡淡的香菇以及冬笋的甜香。我一边吃一边听山民讲故事,非常有意思:如某山民家的母猪,一窝产28只小猪崽;一只老虎

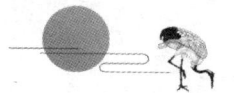

叼着一只山兔一下跳过山涧等等。这些情景给我留下了深深的印象，后来竟然常常在我的散文和童话里出现。

追随那扑鼻而来的豆腐清香，我走进了一家古色古香的小酒楼。

这家酒楼临河而筑，确切点说店门在街上，小楼架在河上，房屋下架空，可以系小舟和竹排，是古镇上常见的那种明、清徽派建筑。

酒楼里坐满了游客，我选择靠窗的位置坐下，只见窗外山水一色，瑶河水清见底，河鱼悠闲游弋；极目远眺，有青山隐现：

青山隐隐水迢迢，

秋尽江南草未凋。

豆腐还没吃呢，那情调和味道已经上来了。

一壶老酒，几盘各式花样的豆腐，面对碧水波长，嘴里哼哼唧唧：

落霞与孤鹜齐飞，

秋水共长天一色。

低吟浅酌，我足足吃了两个钟头。

酒楼里的游客走光了，只有我和老板。老板坐着吸烟，双眼眯着，看我品味豆腐，那样子像是欣赏一幅得意的作品。

酒足菜饱，有一道"泥鳅钻豆腐"味道很特别，真有种说不出的回味无穷的鲜，仿佛是从千百年瑶里古老悠久生活的深处透出来的，我遂向老板请教。老板说，把刚买来的泥鳅放在清水里养半个月，做菜前把特色的调味作料放在水里喂养泥鳅，后把泥鳅和豆腐一起放在蒸笼中，急火猛蒸，泥鳅痛得要命，往豆腐里乱钻。直到泥鳅蒸熟了，它所吸收的作料已经循环甚至浸透进了内脏，这样泥鳅最后真正"入味"了，不仅美味无穷，而且特别补养身子，故成瑶里特有的一道名菜。

古人杀孙封山的原始森林

汪湖之所以像一丛丛野梅花那么诱人,想来,可能是因为汪湖还保留有郁郁葱葱、古木参天、人迹罕至、自生自灭的原始森林的缘故。

家乡离汪湖不太远,但在老辈人的眼里,汪湖似乎永远是一个遥远而缥缈的梦。美丽的传说,古老的景观,珍稀的动物,郁郁葱葱的原始森林,是个永远说不完、永远说不厌的话题,深深地印在他们的脑海里。我很早就想一探如梦如幻的原始森林,很晚才和旦为朝云,暮为行雨的汪湖对视。

从远处观望,汪湖是单调的,日复一日沉沉地横亘着、肃立着,甚至有几分苍凉。然而,你只要走近她,融入她的怀抱,就能感受到她强劲的生命律动和丰富的生命色彩。

我轻快地走着,阳光暖和,风息温顺,风从繁花的山林里吹拂过来,带来一股幽香,连着一息滋润的水汽,摩挲着我的脸,令人十分愉悦。

这时候可以想象山外重山隐约"烟雨群山"的样子,古诗云:

云麓烟峦知几层,

一湾溪转一湾清;

行人只在清湾里,

尽日松声杂水声。

如此佳境,一切如画,一切如画。

"山外的一切平凡景象突然不见了,一时涌动着无数奇丽的山石,山石间掩映着丛丛簇簇的各色古木和翠竹,一下子就把人的感觉全部

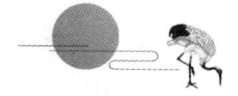

俘获了……水也来凑热闹,不知从哪儿跑出来的,这儿一个溪涧,那儿一道水潭,贴着山石幽幽地流,欢欢地溅"(余秋雨《寂寞天柱山》)。

这是一座真正的原始林区,脚下铺着厚厚的落叶,枯萎的树干随意倒在路旁。许多大树裸露出它们粗细的树根像巨蟒般地在林地里行走,蜿蜒曲折,让人惊悚。众多的老藤横牵竖挂,或沿树攀爬,或相互纠缠,更使林中的气氛显出神秘的阴暗。背阴面的树叶上潮气很重,滞留着雾气游走的痕迹;偶有一丝阳光艰难地穿过重重遮挡进入林中,仿佛暗哑的叙述中倏然插入一段清亮激越的高音。放眼仰望,除了大树,还是大树;除了森林,还是森林。我在几棵被雷击中了的枯树旁停住了。枯树几人合抱,兀立路旁,给人一种冷峻苍凉之感,透出阴森森的原始森林的氛围。

在密不透光的原始森林里,我看到了许多过去从没见过的千年古木群:长满斑节、几人合围不下的香榧树;晃着细碎叶片、身上爬满青苔的鹅掌楸;有着如含羞草般叶子的南方红豆杉;挺拔粗圆、直插云霄的金丝楠;枝干坚硬、状如铁石的青冈栎。再往前走,随处可见外表枝繁叶茂,内部已朽出大洞且足可容人的古樟;直径有圆桌面大、下粗上细形同巨笔的云杉;还可看见长叶榧、美毛含笑、伯乐树、香果树、蛛网萼等珍稀植物。当我聆听着黄腹角雉、白颈长尾雉、红腹锦鸡等野生动物欢快的叫声时,心里顿时激情喷涌,热泪忍不住哗哗地流……

于是,有关汪湖的故事就被人一次次询问又被人一次次讲起。它里面包含了一个沉重的谜底,隐藏着一个村庄的痛苦记忆。

那是很久很久以前的事了。据说汪湖村因这座山上的木材归属权和邻村产生纠纷,双方各持己见难以调和,不得不到浮梁县衙打官司。最后,县令给了一个双方都能接受的判决:从今往后,山上的树木,活的归汪湖,死的归邻村。此判决一下,汪湖村的族长立刻召集全村人,立下极严的禁伐族规:凡违规偷伐树木者偿命。邻村人便施伎俩,想使汪湖村刚刚立下的族规变成一张废纸。他们派了个人,找到汪湖村族长年仅几岁的孙子,以糖果甜食唆使他去山上砍了一棵拇指粗的小树苗。此事立时被全村传扬开来,大家千百双眼睛都在盯着族长,看他怎么处理这件事。令全村人万万没想到的是,族长竟亲手处死了自己的爱孙,一场悲剧自此成为村民心头永久的禁忌。

这座山被村民们命名为"罪山"山,"罪山"山是汪湖村民特造的专用字。

多少年过去了,汪湖人恪守着关于禁伐的约定,再没人敢越雷池一步,当年那个血腥而沉重的禁令依然凭借着强大的历史惯性支配着汪湖人的心理。

在今天,对所有人来说,一切都可以算成金钱。如果砍伐"罪山"山一棵珍稀古树,足可以让一个人一辈子过上富足的日子。可汪湖没有人做这样的事。这里面有禁忌、有承诺;有对前辈灵魂的敬重,也有对后世子孙的责任……

我没有机会翻阅汪湖村的族谱,汪湖人讲述故事的时候也有意省略了那位族长的名字。但我相信,那位族长的名字在他们的心中一定是神圣的,"罪山"山有多重,族长的名字就有多重,重得在日常的言谈中都难以提起。

我写到这里,才真正懂得了汪湖古人"杀孙封山"的真正含义,懂得了"罪山"山是汪湖宗谱史记中最凝重的一页。应该感谢汪湖人,一代又一代保护了这一片莽莽苍苍的原始森林,使我对大山森林的诚笃之心,炽热之爱有一个放达的场所。

告别了汪湖,告别了原始森林,从此我就抱有一种崇敬的心意,心里装了一座神奇的山。我虽然只是它漫漫岁月中倏忽一现的过客,而它将永远是我精神家园历久弥坚的基石。

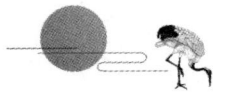

野梅花盛开的地方

梅岭是山。梅岭是水。

在这首洞箫吹出的古老歌谣里,日头一如既往地从灿烂中开始落山,天边的最后一缕金光,在霭霭的暮色中融化,天地间呈现出一种空灵的幽蓝。

我像一个影子,在历史的沉寂中徘徊,脚下是陈旧的青石板路面。很远很深的天空之下,那一道浅黑的影障,是静谧的山峦。古老的村庄鸡犬声相闻,这一切都有一股地老天荒的气息。

沿着一条古道向上攀登,我心里忍不住地想:是历史,是无数双远去的脚,是一代又一代人的虔诚,把这条山道连接得那么畅通,踩踏得那么殷实,流转得那么潇洒自如。

这便是我魂牵梦萦相期相许了多年的仰天台吗?

高际禅林寺遗址坐落在仰天台,始建于北宋重和年间,原有三殿八堂二院,规模宏大,香火鼎盛。寺庙内还附设一座"仰天书院",明代万历年间,婺源籍工部尚书余懋学、吏部尚书余懋衡曾在此求学。可惜禅寺书院早毁,只留下南宋诗人杨万里撰书的门额"高际禅林",还有那庭院周围几十株高山茶树仍生机勃勃,万芽簇聚,叶片飘香……

返归的路上,看见一奇事,让我再次对生活在大山森林里的生命燃起了敬意:一对金钱豹在山坡上,母豹刚产下一只幼豹,血还残留在身上,幼豹却蹒跚地在山坡上悠悠地走动了。母豹就这样一声不响地带着那只刚出生的幼豹沿着山间小路骄傲地走上去,渐渐地,融入绿色森林中不见了身影。许久,我仍激动不已,不得不从内心赞叹山里生命的强壮和伟大。

暮色渐浓,彩云已燃尽了夕阳赋予它的绚丽,只剩下一方灰蓝。偶尔一只乌鸦飞过,那悠长嘶哑的叫声,更增添了梅岭的幽远。

走出梅岭,蓦然回首,那笼罩在苍茫中的梅岭,犹如一个历经风雨沧桑的老人,呈现出一种悲怜美。

远处的梅岭河上,穿着红红绿绿防护衣的游人正在很夸张地惊声叫着漂流而下。山民们粗犷激昂的号子声随风传来:

哟嘿嘿——

梅岭河上一百零八滩啦,

排狗子过滩像过鬼门关,

过得滩去算你狠啰,

死在滩上是好汉哟——

我凝听着这饱含着生之坚韧生之悲哀的山乡号子,一种说不出的情感在胸中弥漫,心头有一眼清泉不停地涌,清冽,甘甜,思绪也濡湿如水而难以言传了。

粗犷激昂的号子声远去了,而梅岭留在我心中的一道美丽风景,是永远永远抹不掉了。

旧城依旧

雨中的旧城是故事中的旧城,是梦中的远方。

从水路到土路,一路是淋湿了断简般的记忆,都说雨中的旧城最

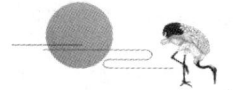

美,如泼墨一般风姿绰约,我一时也难以读懂这秀色如画的山水。

烟雨暮色中,透过红色斑驳的红塔和古堡似的旧县衙,依稀可见蜿蜒的河流,弯弯曲曲的山路,泥黄的野草掩映着前行者几行歪歪扭扭的脚印。

很老很绿的山,绿得很老的河,有一只小竹筏,筏梢上依偎着两只祥和的黄嘴小鸟。

也有遗憾,如果今晚有月,它也会把摇曳的倩影留给那河妩媚的水,也能听到泛舟河上的北宋文豪苏轼的对月吟唱:

菰蒲无边水茫茫,

荷花夜开风露香;

渐见灯明出远寺,

更待月黑看湖光。

在这民风淳朴的旧城,我随意地走着,我只能随意地走着。读不尽四周的丽水秀山,心也淡泊,境也阔朗。

满地的《归去来兮辞》,满地的"眉眼盈盈处"。

原先的旧城古街,那条曾经布满李氏家族历史碎片和李三保深深脚印的旧城古街,早已旧貌难寻,古街的概念已属于那个遥远的年代。眼前只有无声无语的河水,西风残壁,逝者如斯,该有多少侠客和传奇?该有多少动人的故事和传说?

那只有想象了。

是的,旧城似乎更适宜沉浸于想象之中,近看反倒淡味了。

在我的想象中,唐朝大诗人白居易曾在这里的茶楼上品过茶,高僧佛印曾在宝积寺讲过经,陈毅元帅"瑶里改编"时曾在此歇过脚……

可惜这些名人都不曾给旧城留下半句诗文,也许是旧城的老山老水激起不了他们的诗情,也许是他们一路劳累没有了雅兴提笔。这是旧城历史上一个小小的遗憾。这一遗憾使旧城失去了一次和古人心灵交流的机会。旧城因此而默默无闻,旧城因此而成了现在的旧城……一切的一切,已成过眼烟云,浓重的雨色覆盖着寂寞的旧城。我沉思在河畔的小道上,天地间依然是浓得化不开的潮润的暮色,唯有那绿带似的河水,把旧城闪闪烁烁的灯光画在墨色里,一如灿烂的阳光,使旧城变得新鲜和风情万种,不免使人有几分喜气和留恋。

感觉突如其来:这不是黄花,不是倒影,更不是梦。这是旧城的希望之火。我倒希望这种感觉保留的时间长一些,有时候迷迷离离的感觉比真实更美丽。我的耳边老在回响着宝积寺残壁上一副闻名遐迩的上联:"两手把大地山河捏瘪搓圆,洒向空中毫无色相",据说百余年竟无一人对上精妙下联。虽然昆明筇竹寺以"一口将先天祖气咀来嚼去,吞进肚里放出光明"为对,但我觉得,今天的旧城人早已用自身的行动写好了下联,而且将写出更多、更好的下联。

浮梁古城:远去的历史牧歌

追忆沧桑岁月中的古韵

悠悠历史古城,三面群山环抱,数不清的古樟蕴成幽深苍远之势。巍峨高大的城门楼上有一个八角亭,亭角有风铃响,有八角之音,亭中有副对联气势非凡:

文照胜朝晖,

紫烟连霄汉。

只一句就写出了古城历史上的辉煌。令人想起那帆船云集、游人

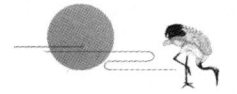

如织、车水马龙的热闹景观。这是旧时古城的缩影,离现在已相当久远了。

古城布局形似八卦,城墙高1.6丈,宽丈许,全长20余里,是历代浮梁县治所在。据《浮梁县志》记载,它始建于唐朝元和十一年(公元817年),历经唐、宋、元、明、清至"民国"四年,风风雨雨长达1100多年。

在这个怀古抒情的季节,我踏着如歌的徽州古道,渐渐地走近梦中的古城。昔日的古城,沉睡在昌江河畔,残垣断壁充满了神秘和悲壮。流连在故事中的古城,企望看见远逝的历史辉煌。然而,他们都早已消失在灯火阑珊处,唯有古城废墟上散发出的野草清香和岁月沧桑。

站在曾经风光无限的浮梁千年古城城垣上,我心情久久难以平静,古城根下一片片盛开的鲜花,唤醒对昨日奢华的追忆。

原先的那条被古代文人颜真卿、白居易、柳宗元、范仲淹、王安石、苏轼、佛印、黄庭坚、杨万里等乘着酒兴、骑着毛驴流连忘返的古城旧街,古景依旧,古风依旧,旧街的概念仍属于那个遥远的年代。

青山依旧在,几度夕阳红。

面对故事和传说堆砌的古城,感受着古人心头的苍凉,能不动情?能不思想?

走在古城,也许会产生一种错觉:不知今夕何夕、身在何处,不知自己是走在繁花似锦的盛唐,还是沐浴在宋时的雨中,吹拂着元朝的风,抬头望明代的月。此时一切历史的古典气象和神韵已融化在古城的空气中,仿佛近在眼前,却似乎可望而不可及,历史的旖旎映象早已渗透到这座古城的灵魂中,随手拾一块残砖断瓦,都会令我感觉到历史的凝重和幽远。

千百年来,紧紧依恋着古城的昌江水流得清静。历史上一度吵醒昌江水的,是著名诗人苏东坡、黄山谷和诗僧佛印,他们的诗坛佳话曾感动了一代又一代人。他们泛舟昌江的故事被明代散文家魏学洢在散文《核舟记》中做了生动的描述,这段历史故事在浮梁祖祖辈辈传颂,几乎家喻户晓,妇孺皆知。

应该感谢古城人,仍为古城完整地保存、修复并增加了许多诱人的新景点,使我对古城的诚笃之心、炽热之爱有一个放达的场所。

一群白色的鹳鸟从青山深处飞来又在古城上空飞翔,顺着鸟翅的白,我发现古城像唐诗宋词一样古老而深远,仿佛千年、百年遵循着诗词韵律,走入五言七绝中,永远永远……

悠悠中国第一古县衙

春天的黄昏开放在千年古城里,艳丽的夕阳,像是一杯泼洒的葡萄酒,把整个黄昏都染得微醺了。无意间哼一曲浮梁的民间小调,声音就会化为一片落霞,黏在飞扬的柳絮上或是昌江岸边的蒲公英上,柔柔地让每一个人感到黄昏的温存。踩着静得有些许落寂的细碎残阳,漫不经心地在古城里行走,就会看见江南第一衙成片的瓦屋顶和错落有致的马头墙。古县衙屹立于古城,笼罩在一片晚霞之中,仿佛在倾诉历尽了千年的沧桑,所有的权势和威严都消失在朝代的更迭中,捡也捡不回,觅也觅不到踪影。

我第一次认识浮梁,是在白居易《琵琶行》"商人重利轻别离,前月浮梁买茶去"的诗句里,当然只是一掠而过,没有留下什么印象。当古县衙突然耸立在我眼前的时候,我才真正意识到这是一处绝不应该被一掠而过的古县衙。

"七品芝麻官",是人们对古代县官的通俗叫法,而浮梁县署是全国唯一的五品县衙。为什么得此殊荣?因为浮梁县"水土宜陶",在一千多年的时间里一直是全国的制瓷中心,朝廷派出的督陶官是正五品,在等级森严的封建社会,正七品的浮梁县令不能直接向督陶官汇报工作,于是浮梁知县得以钦赐正五品衔,所以浮梁县署占地六万多

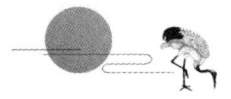

平方米,房屋三百余间,比一般县级衙署规模大得多,它是我国唯一保存完好、县衙级别最高、建筑规模最大、建造时间最长的五品县衙,也是全国仅存的几处古县衙之一,故称"中国第一古县衙"。

步入古县衙,鸣冤的大鼓,威严的石狮,拴马的石柱,在岁月的烟云里变得朦胧,唯有几株苍翠欲滴的古柏万年青,还能忆起往日的情愫。再行几步,衙院、大堂、二堂及三堂由南而北依次排列在中轴线上,错落有致,廊道相接浑然一体。代表徽派建筑的青砖黛瓦马头墙和中国特色的古县衙在这里体现得淋漓尽致。大堂前那幅"欺人如欺天,毋自欺也;负民即负国,何忍负之"的匾联亦成为为官者人格的借鉴。大堂与二堂之间,是一处天井。在这封闭的古县衙中,也只有仰仗这天井使人与天地相通,融于自然了。

我走出古县衙,站在台阶上东望昌江,一条青龙似的玉带向南奔涌,河风带着土地的味儿飘进古城,飘来一阵很古典的声音:唯有无言的台阶是唐朝的,唯有踩在脚下的是真实的。我蹲下来抚摸唐代的台阶,手指感到了一种永远的沁凉。不知有多少人从这台阶上踏过,匆匆的脚步把原本粗糙的石条踩得细腻光滑。石条铁青的面孔也经唐风宋雨明时月,成为一种严格意义上的古代标志。

如今,那些令人悲哀的历代王朝的背影已随风消逝,唯有这千年的古县衙成为游者探幽访古的佳境。

千年红塔　千年风霜

红塔夕照,大雁南归,为浮梁古代八景之一。红塔的雄姿被一位僧人写进了诗歌。诗歌到现在还很动人和出名。这首诗歌便是见于《林氏宗谱》上的佛印大师所写的:

塔古钟声寂,

山高月上迟;

古塔私自笑,

有梦复何痴?

塔壁上拓刻着这首诗,字是清人唐英写的。唐英,清朝陶瓷艺术家。性情渗透了笔墨,字既流畅又潇洒。

美丽的传说,千年的景观,固守着一种久远、古朴的文化韵味,传播出一种令人心醉的浓浓乡情。上千年来,每当游人仰视它,无不为它巍峨耸立的雄姿感动得泪湿衣襟……

据《浮梁县志》记载:西塔寺在西隅,唐太和六年(833年)僧度创。塔高十三丈,宋建隆二年(961年)县民黎文表倡造,明万历三年(1575年)塔重修。塔身六角七层,高40.47米,塔座85平方米,是一座具有江南特色的楼阁式宝塔。它为中国名塔谱72座名塔之一,与西安大雁塔、开封铁塔、安庆镇江塔、南京灵谷塔、苏州木塔、杭州六和塔齐名,是江西建造时间最早、迄今保存最好,塔身最高的江西第一塔。始称"西塔寺"塔,始名"西塔",又称"大圣宝塔"。后因塔身长年受雨水侵蚀,致使塔身被外渗红壤浆液染红,故而又得俗名"红塔"。

经过了唐风宋雨的洗礼,红塔就这样默默地站着,这一站就站了千年。

前不见古人,

后不见来者,

念天地之悠悠,

独怆然而涕下……

唐朝诗人陈子昂的千古悲歌,好像专为红塔而唱。

红塔独踞江南,庄严显赫,乃历代著名风景名胜,凡来浮梁的名僧名士必登高览胜,流连忘返。红塔入门处一副对联引人注目:出入有僧皆佛印,往来无客不东坡。

夜游红塔好像去赴一个千年的约定,美丽而神圣。沿着风情万种

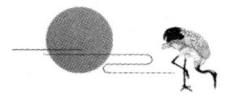

的古城一步步接近梦里的天堂,我知道这样小心翼翼是怕惊扰了一泓春梦。

夜深深,在红塔边缓缓散步,看古树在风中低语,看树叶滑落潭水,看青苔暗侵石阶,看夜莺梦呓巢穴,看红塔结构出种种复杂的故事,看红塔四周呈现出一种独有的寂静。一仰头,参天古柏的缝隙间晃出古城的月亮,小小的一弯冷月,朦朦胧胧。红塔周围极像一片仙境圣地。

我,只是个普通的凡人,当然无力站在历史的高峰挥舞手臂指点江山、激扬文字,只能默默地漫步在山路上捡几块被岁月风雨冲刷过的历史碎片。

我想,浮梁历来属兵家必争之地,当年这些将帅在交战的空隙,不管他们会不会偷闲来看一看红塔,可红塔把这些历史风云变化都看在了眼里,它心里就装着这些历史故事一站就是千年,不想自己也成了后来者凭吊和议论的对象。

站在月光下,看千年红塔,心里不禁默诵着佛印的诗句,想一想也已走入历史的诗僧佛印,心里顿时平静如水,梅香暗涌。

婉约昌江

昌江的美在文人墨客的诗句里被描绘得淋漓尽致,但我所向往的昌江,并不仅仅是美丽的风光和清清的江水,更魂牵梦绕的还有昌江上与风景相映成趣的动人故事和美丽传说。好像一幅山水画中总要有点睛之笔,突兀地表现出某种特色,才不至于被千篇一律的平淡所埋没,昌江的故事在我心里便是如此,为清丽的山水添了浓墨重彩的一笔，从而使青山绿水有了灵气，有了人文色彩，当然更有了飘摇千年的婉约和神韵。

泛舟昌江好像去赴一个美丽而神圣的千年之约，越是接近那风情万种的梦里的天堂，我越是小心翼翼，生怕惊扰了她的春梦。

我踏着文人墨客的足迹在昌江边寻找一些往日的容颜，唐朝明月宋时风，历史的古韵和清丽的诗篇浣洗着这片美丽的山水，也涤荡着我在繁华喧嚣中疲惫的心灵。喜欢漫步在江边的感觉，碧绿的江水微波荡漾，就像心底不可抑制的快乐和微笑。昌江两岸就像一幅浓淡相宜的水墨画，渐次晕染开来，什么也不想，什么也不做，让一片山水熏陶着眼睛，滋润着心灵。

千百年来，昌江水流得清静。历史上一度吵醒昌江水的，是著名诗人苏东坡、黄山谷和诗僧佛印，他们的诗坛佳话见于明代散文家魏学洢的散文《核舟记》："船头坐三人，中峨冠而多髯者为东坡，佛印居右，鲁直居左。苏黄共阅一手卷。东坡右手执卷端，左手抚鲁直背。鲁直左手执卷末，右手指卷，如有所语。东坡现右足，鲁直踞左足，各微侧，其两膝相比者，各隐卷底衣褶中。佛印绝类弥勒，袒胸露乳，矫首昂视，神情与苏、黄不属。卧右膝，诎右臂支船，而竖其左膝，左臂挂念珠倚之，珠可历历数也。"

一群白色的鹳鸟从青山深处飞来，又在昌江上飞翔，听着鸟儿清亮高远的啼鸣，我的思绪也仿佛回到了唐诗宋词的年代，昌江仿佛百年、千年遵循着诗词韵律，走入五言七绝中，永远飘向远方……

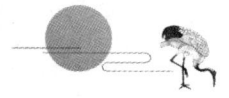

金竹山寻绿

满眼的绿,满眼的山。山是高山,连绵起伏,林木葱郁;水是清泉,泉水叮咚,溪水潺潺;也有青竹,竹海苍翠,鸟语花香。

这就是金竹山,胜似陶渊明的"世外桃源",倘若陶翁走进金竹山,兴许他也不会再走出来。

古老的村庄,童话与传说,田园牧歌式的桃源生活,时时诱惑我去云游。

沿着一条好长好长的徽州古道,衔香览景慢慢从弯弯曲曲的深山沟里往里晃,猛听得山上传来一曲火辣辣的山歌:

大路上走来谁家的客呀?

如何生得(呃)这样黑(哟)?

别人黑黑(呃)三分(来)白,

你真黑黑(呃)一块铁(哟)……

听着这风趣泼辣的山歌,想来可能是山里人在劳动时,累了,热了,就扯开嗓门儿来吼,用山歌无遮无拦地表现对生活的乐趣和渴望吧。只有真心热爱劳动、热爱生活的人才能创作出如此酣畅淋漓的山歌。

姐姐(那个)上山摘油(哎)茶(哟),

唱着(那个)山歌迎朝(哎)霞(哟);

想(那个)哥哥(哎)月落下,

望郎不见(哟)想郎来……

金竹山人真诚而坦率的歌声,令我听得骚动,听得沉醉。那情真意深优美动听的山歌,把我带入到一种坦率、纯洁的艺术境界。

我的思绪沿着山歌走进盛开鲜花的山野,走进神奇纯净的金竹山。

走进金竹山,不自觉地会对这里的山水、自然依恋,而且走得愈深,依恋也就愈深。那感觉、那情调,更难以言表。耳边响起清朝浮梁知县张景苍的名句:

山水清幽景物妍,

耳根眼底弗周旋;

鸟声断处溪声续,

更有松杉青到天。

竹扉花径总相连,

处处人家近水边;

行过西郊数十里,

溪山最胜上芦田。

走进金竹山,使我感悟到人性的善美与纯朴,世代生息繁衍于这块古朴之地的每一个人,都像爱护自己的眼睛那样呵护着这片土地的祥和与纯净。我神游在这陌生而亲切的土地上,仿佛进入了一个童话中的梦境。

走进金竹山,便走进了古朴;走进金竹山,便圆了一个"世外桃源"梦。

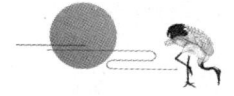

双马回头望江湾

地处中国最美的乡村——江西婺源县的江湾,三面群山怀抱,数不清的古樟蕴成幽深苍远之势。村口有一个八角亭,亭角悬有一串风铃,有八角之音,亭中那副对联气势非凡:

万鹤松涛移北月,

一弯湖水锁南关。

我沿着千年古道,一步一步走入江湾。岁月悠悠如磬,村中大部分古建筑只剩下残垣断壁,现出十足的遗址样来,苍凉得很。

听村中上了岁数的老人讲,江湾(当时叫云湾)有后来的千古辉煌,完全得益于在灵山碧云庵修道的何公仙(公元922年–公元1019年)。何公仙,北宋初年,南唐国师何溥,字令通。他与萧江六世祖江文采(又名江广汉)感情特别深厚,为江湾指点迷津,促使萧江全村西迁至江湾,从此奠定了千秋基业。

斯人已去,功德犹存。江湾人为感激何公仙的恩德,在村中修了座"仙坛",供奉朝拜何公仙。现今仙人坛已不在了,但一条仙坛巷却留下了永久的纪念。

古言道:

仁者乐山,

智者乐水。

从后龙山石牛岭与仙人桥之间,有一股山泉很奇特地从山顶涌出。从地形地貌上来说,不可能是斜成泉,所以来源甚奇。相传是巨龙血液饱满喷涌如墨汁,又如香花粉,更如甜荔枝。江湾人都说,这龙泉滋润着江湾人才辈出,代不乏人。

　　据地方志记载:古时徽州流传很广的"一府六院"佳话就出在江湾。在明代隆庆年间官至古都御史兼户部侍郎的江一廉,筹资兴建的"萧江云湾永思堂"气势恢宏,古相端庄。这个祠堂虽然后来被战火所焚,但一幅珍藏于江湾后人家中数百年的《萧江云湾永思堂图》仍令后人惊羡不已。江一廉逝世后,当朝皇帝感念他精忠报国,屡建奇功,赐御葬回乡,江湾人称此墓为"御葬墓"。在大游山背脚下的"御葬墓"庞大而讲究,设有石狮、石马、石桌、石凳等诸多石雕像,可惜因年代久远,景观已被毁坏。

　　滕王阁的出名,不仅在于建筑本身,而是凭借王勃的《滕王阁序》。江湾为文人墨客所传颂,也非全靠风景,而是有赖于一则典故,叫"双马回头望江湾"。

　　相传南宋抗金名将岳飞率兵下江南行进水口庙时,岳飞放眼江湾,云封雾锁,什么也看不清楚。当他刚走开五里路,说来也奇,背后云开雾散,江湾和群山相拥静卧着。岳飞回头一看,脱口称赞:"好地方,此乃双马回头之龙脉,八百年之后,必出天子。"于是翻身俯拜。更奇的是,这马不用牵,回头驮着岳飞就往江湾跑。当然,这都是民间传说,在《婺源县志》上找不到只言片语的记载,而正是这些口头传说,为江湾披上了一层神秘的面纱。

　　这传说,其蕴意和影响到底如何?我一时难以说清。但如果站在村外,看看那弯弯曲曲的河道,看看街头那株雄壮的千年古樟,想想那句"三百年前江家兴,三百年后江湾洲"的古语,或许能得到许多答案。

　　江湾,在这充满灵性的地方,除了自然的神韵之外,久久地散发出古老文化的花香。我深深地感悟到江湾人的人性善美与纯朴。古老的村庄,童话与传说,田园牧歌式的桃源生活,对于我来说,都充满着无穷

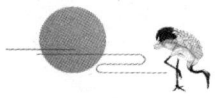

的诱惑。

斜阳一束,松影扶疏,江湾像一幅淡淡的山水画,显得和谐和宁静。历史与现实,传说与浪漫,已浓浓地融在漫天的晚霞中,使人难忘,使人迷醉……

盘龙山风情

初入浮梁寿安盘龙山,我便起疑惑:它称得上盘绕巨龙的名山吗?没有北方大山的粗犷、雄伟,没有南方群峰的秀丽、肥沃,低矮的山峦,一任岁月的侵蚀默默地躺着,满山野草像旗一样摇曳着。唯有山梁上几棵秃立的松树,才给人以山的感觉。

这山上过去很少有人,很多的豹,豹不是真豹,是土匪。

其实上山落草的都是些走投无路的苦难人,他们的苦无处发泄,天生一副好嗓门儿,只有用山歌来表达,在冷月高天的晚上,他们大碗喝酒,大块吃肉,围着篝火,遥望家乡,哼哼唱唱的都是些苦情歌:

前山落雨(哟)后山阴(啰),

去年吃肉(喔)到如今(啰)。

中午两个铜铃子(哟),

加上两个臭饭巴(啰)。

油炸豆腐(喔)七月菜(啰),

八月十五(喔)大开荤(啰),

老板(个)猪牛(哇)一起瘟(啰)。

唱到最后一句,他们往往站起来,扯起嗓门儿喊,声音震天动地,好像他们才是盘龙山上的真龙,能呼风唤雨,救苦救难。其实他们不是真龙,是大虫……豹子哩!

站在苍龙似的盘龙山脚下,我心里常常忍不住想:盘龙山,盘龙山,你身上果真有一条巨龙么?

要说盘龙山的真龙真正活起来,是最近十几年的事。

聪明的盘龙人利用盘龙山上的石头,建起了一座座石灰窑,在熊熊燃烧的烈火中,坚硬的石头烧成了雪白耀眼的石灰。

盘龙人富了,日子红红火火,现如今,家家户户盖起了新楼房,轿车、家电、电话、手机和电脑走进了普通农家。他们富,是名副其实大家奔小康的共同富裕。

哦,盘龙山,盘龙山,你这条大龙如今真正舞起来,欣喜之余,一首甜美诱人的山歌又飘过来了:

前山落雨(哟)后山晴(啰),

庄稼人年年好光景(啰)。

米饭肉块算什么(哟),

电脑上网看世界(啰)。

开着轿车去旅游(哟),

正月十五闹花灯(啰),

一闹闹到大天光(啰)。

听,歌词又变了。富裕起来的盘龙人,天生聪明活泼,男男女女老老少少唱起山歌不用编,歌词年年变。

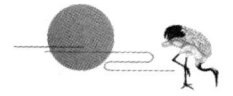

一袋烟走三县的地方

仙槎之所以像一枚野山楂那样诱人,想来,可能是因为它的名字带有点仙气的缘故吧。

那时的仙槎呀……

现今一些上了年纪的老人,谈起仙槎,谈起仙槎的人,扁扁的豁牙漏嘴里时常会发出蛇一般的咝咝声。

那时的仙槎还没有被一把火烧光,山多林密,白日里都常有野狼、豹子出来咬人。

"那时的仙槎人好赌哇,仙槎的贼捉不尽哟。"这是当地老辈人常常喜欢挂在嘴边的话。

话虽然说得有点不中听,但都是些实打实的话。仙槎地处浮梁、乐平、婺源三县交界,有"抽一袋烟走三县"之说。历来是三教九流、强人、飞盗、达官贵人喜欢逗留之地。他们流连忘返于此,图的是这里头顶天、脚踩地却是个"天不管地不管人不管"的三不管的好地方。

街上摆张圆桌,桌边围着一圈人吆五喝六地海赌,一块块银圆在太阳底下耀眼。碰到浮梁县缉私队捉赌的来了,他们一点儿也不慌张,搬了桌子,挪挪屁股,跨过县界照赌不误。缉私队的人就是有胆也不敢越境抓人,否则县和县之间就要闹摩擦。这种情况下除非三县联合起来捉赌。可在封建社会,这种联合起来捉赌的行动就从来没有过。飞盗毛贼飞檐走壁、各怀绝活,捉拿起来更非易事,稍有不慎,就有破财之灾死伤之误。所以联合之事一直没人提起,把他们赶出了县境就算尽了职,至于他们会不会转头回来继续作案危害一方,那又是另一回事了。

每当油菜花开的时节,从大游山吹来的微微暖风,徐徐地吹拂着人们的笑脸,给古老的仙槎带来浓浓的春意。

不晓得哪个仙槎老表,活得逍遥自在,又咿哟咿哟地唱起了山歌:

过了大游山哟,

天高地也高;

过了大游山哟,

树杂花不娇;

过了大游山哟,

山好水也好;

住在仙槎哟,

自在又逍遥……

日头火辣辣照了一整天,关灶收工下了大游山。如火如画的夕阳中,漫步在仙槎村,听着粗犷高亢的山歌,心里忍不住就想,古老而迷人的仙槎哟,是画中点缀了你还是你自己欢快地走入了画里?!

半路港

在苍茫的盘龙山深处,有一条长长的盘龙河。这河终年夜以继日,一路欢快地流出深山。它途经一座大山时,在山根轻轻地一拐,便嵌了一个村庄,叫:"半路港"。

外地人进山,初听名字,会误以为这地方是个停靠轮船的大港口,

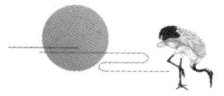

其实,它只是一个野渡口。中华人民共和国成立前,山里没通公路,老表们到镇上(景德镇)卖窑柴,推瓷土,或经商办事,都从这渡口经过。沿着一条弯弯曲曲的山路,日日夜夜,挑夫,脚夫,赶路的,迎亲的来来往往,于是,半路港人也少了些寂寞,也学着发了些过路小财。

半路港靠着地理优势,干正事的人少,踏皮鞋子的人多。什么踏皮鞋子?就是吃饱了饭不干正事,整天踏着一双皮鞋子在村子里晃来晃去,寻热闹,看热闹,找热闹。你说这不是二流子懒汉么?好汉,你是外地人,说不得,一说准挨打。你不服和他们对打,他们一声吼,一起上,你一定会被打得屁滚尿流,趴在地上不能动弹才算罢休。等打架的人吵吵骂骂走开后,一个老年人就会扶起你劝道:"年轻人哟,真不晓得天高地厚,在半路港充得好汉去?"

外地的人,虽然没有到过半路港,但都晓得半路港自古出鬼才:一个是宋朝的武将王少保,一个是落草为寇的山大王王跳鬼。这两人《浮梁县志》上虽都没有记载,但浮梁老表自有他们的记录方式——靠一代一代人的口头传说,虽然是神化了的传说。王跳鬼坏事做绝做尽,他们羞于向外人提起。他们津津乐道的故事是王少保十五岁千里从军,二十三岁领兵打仗,因在战场上骁勇善战,屡建奇功,以至官越当越大。虽然被奸臣所害,但最后仍被皇上平反。前几年他家子孙重修老房屋,在屋顶上发现一把大刀,一米见长,重约一百斤。它虽传了几代,刀口仍青青发亮,锋利无比。

1954年,一阵开天辟地的筑路炮声,把景涌公路的拦路虎黄土岭拦腰炸通。这开路大军的炮声,在半路港人的心中引起强烈的震动。有些人封建思想严重,认为在黄土岭开路放炮,会坏了风水断了龙脉,晚上偷偷地填了几次路。但路还是修通了,他们也平生第一次看见了怪物似的汽车。

路上通车了,半路港似乎缺少了往日的繁华和热闹。但他们拥有一片绿色的青山。聪明的半路港人在"绿"字上动脑筋,以自己的勤劳双手,创造了富有的新生活。

现在,走进半路港,满目青山,清澈河流,层层梯田,栋栋新楼,令人惊喜不已,羡慕不已。

哦,半路港!半路港人!

藏湾印象

我对藏湾的印象,源于那句民谣:

一藏二瑶三墩口。

只一句就唱出了藏湾历史上的辉煌。令人想起那帆船云集、游人如织、车水马龙的热闹景观。这是旧时藏湾的缩影,离现在已相当久远了。

家乡离藏湾不算远,但在老辈人眼里,藏湾似乎永远是一个遥远而缥缈的梦。"瑶三千洞八百抵不上藏湾一个角"的传说,是个永远说不完、永远说不厌的话题,深深地印在他们的脑海里。据地方志记载,一千多年前,这里原是连通赣皖的古驿道,它始建于汉代,发展于唐朝。一条贯穿东西的大街,有高大的藏氏大祠堂,有鳞次栉比的店铺茶楼,有幢幢百姓民居,有热门的瓷器手工作坊,山头上还有一座很大的寺庙,常年香火不断……

"藏湾",这两个字,硬朗,神气横溢,有岁月冲洗的从容。

据历史考证,清朝太平天国时期,曾国藩、左宗棠等历史名人就曾居住在藏氏大祠堂督战。

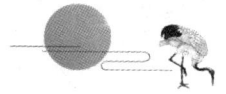

从唐朝到民国，无数商人曾经走过的藏湾街道，让藏湾在历史上至少繁华兴盛了1600多年。不知何时，曾经商贾云集热闹非凡的藏湾商业街道，突然没有了繁华与喧闹，只留下空荡荡的街巷和深宅大院，在夕阳中咀嚼着曾有的光辉岁月。

当我站在太阳余晖中的藏湾古街时，空旷的街面上人影寥寥。这是一条很宽很长的古街，是当年藏湾的灵魂与核心，是古时南来北往的客商在藏湾交易的地方，曾经拥挤过、嘈杂过。鼎盛时，商贾云集，有瓷器店、茶叶店、酿酒坊、酒店、金银铺、当铺、油坊、香烛作坊等店铺百余间。曾有一首古诗说尽藏湾古街繁华：

前街绸缎布匹，

后街仓库栈房；

上街茶油盐百货，

下街头烟酒磨坊；

横街茶座饭馆，

街上粮油瓷行。

而如今，呈现给我们的却是异样的冷清甚至落魄，只有高耸的藏氏大祠堂还在昭示着藏湾街曾经的繁荣。

不知道，藏湾的梅花，是否曾经安抚了宦海沉浮中苏轼动荡不安的内心，那点点凝于枝头的冷香，想必给过他些许慰藉。婉约昌江，一仰一俯之间，有了天地气势。

藏湾和苏轼相遇的更多细节，已无迹可寻，但几年之后，当年迈的佛印回想往事，他与这位文坛大家的相识过往一定会历历如昨。

历史上的藏湾，或者与藏湾有缘的历史名人已再难觅踪影。但是，有苏轼和佛印似乎就足够了，他们的盛名已然成就了藏湾。

藏湾的夜晚显得有点苍老，河流无语，极远的河面上有一盏桅灯，冥冥有如惺忪的睡眼，不知是驶近还是远去？

曾几何时，随着挖沙淘金船的轰鸣，这有声有色的画卷被撕碎了，留给现实的只有这满目的河滩，只有这恪守残梦的旧石板路。

此时已近黄昏，轻烟飘忽，仿佛户户农舍正烧灶煮饭，袅袅炊烟中，亦有唐宋时期的几缕烟云……身边一草一木，宠幸于唐诗宋词的浸润；眼前一石一瓦，福延着历史的庇佑。

藏湾的古街，已成为历史的记忆了。如今，古街的建筑也早已湮没。山外喧嚣，尘世里忙碌的人们，还能知道多少这里的旧事。河对面竹林深处的梅，花事还会一如往昔的盛况吗？

龙眼睛

哪里是指龙的眼睛哟，其实就是个小小的村名。源于清朝一解粮官，满族人氏，大冷的冬天在龙眼睛的水井边洗冷水澡，南方人怕冷，看着都打摆子。有乡绅来报各村各户征粮数目，当报到龙眼睛时，那官员不耐烦了："龙眼睛也是你们汉人叫的？托皇上洪福，干脆叫龙井得了。"多好的名字，这一改就成龙井了。

走进龙眼睛，置身于青山翠竹古屋间，便觉着秋阳朗空中小村的晃荡，一如硕大无朋的音箱搅和着一片晴空，便使我心醉、激动不已，文思泉涌。

听老辈人闲聊，龙眼睛过去有三千人丁。后经过几次天灾人祸，人口剧减。据《浮梁县志》记载："康熙六十年（公元1721年），六月至八月未下雨，晚稻尽枯。次年大旱，民饥饿已极，一些人不得已食观音土。"观音土，一种白色的胶泥块，吃下去屙不出屎，但还是有人敢吃。

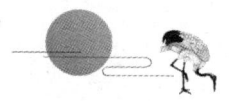

人饿极了什么都敢吃,世上才有"易子而食"。饿到这个分上,龙眼睛的老表只晓得挖葛蕨充饥,面对来势凶猛的旱灾,饿死者不计其数,差一点整村整村绝门绝户。至今,仍可看到许多当年挖观音土的大坑洞。但让我不解的是,人们为什么拿救苦救难的观音菩萨来为这吃下去等死的泥土命名呢?一切的一切,已成过眼烟云。一代又一代,多少代了,庄稼青了又黄,日头落了又现,龙眼睛的日子就这么静静地流淌……

前几年有一阵子盗挖古墓成风,通俗一点的说法叫向祖宗讨钱,有人还编了一首顺口溜:

要想富,

挖古墓,

一夜成了万元户。

看到一座座被挖空的古墓,我立在古墓的残骸前默默无语。看着那些想发财想红了眼的人从身边走过,我好不羞愧,我恨自己是个懦夫,感到自己是多么孤寂和孱弱。我发疯似的在山野不停地寻找着,寻找着那一块块刻有花纹的墓碑。从墓碑上,我晓得了龙眼睛,认识了不少龙眼睛的老祖宗,并深深为子孙的不孝和他们仙居所遭受的劫难而难过。

龙眼睛,在浮梁县来说,是一个普通得不能再普通的村子。大多数普通村民以种田为生,日子也就和其他村子一样淡淡地过:

栽禾,耘禾,割禾;

打谷,晒谷,卖谷;

种菜,养鸡,养猪;

娶亲,生儿,育女。

最迷人最热闹的是老百姓久盼的农历年,在外闯荡一年的工作人、生意人、学生娃,混出名堂的、没混出名堂的乡党个个都往家赶。山外的世界很精彩,一台赶一台,台台有笑声。这种边喝酒边神吹的龙门阵不晓得要醉倒几多好汉哟?日子年年过,一个山里人的最大祈盼不就是图个有食有穿、平安快活的好日子吗?!

龙眼睛有一名村夫,居然买了一台电脑,想写一部有关龙眼睛历史的大书。这位最喜山野最喜乡土最喜素朴的龙眼睛人,以他对龙眼睛的迷醉汪洋恣肆地在键盘上泼洒,他想用浓得难以化开的乡情浸泡了龙井老酒般的文字,醉倒世人。

龙眼睛,并非有了龙井才有龙眼睛。龙眼睛的老表,确因喝多了龙井甘甜的泉水而长了许多灵气。

瑶里喝茶

平常喜喝茶。

对茶,我有一种近乎虔诚的心情。是什么时候开始喝第一杯茶的,已不太记得。只记得初时多是浅尝辄止,完全与境界和品位无关。渐渐地喝出了点味道来,是后来的事情。

日本茶道鼻祖绍鸥有一句话深得我的心:"放茶具的手,要有和爱人分离的心情。"这种心情在茶道里叫"残心",即在品茶时,简单一个放茶具的动作,也要有深沉的心思与情感,才算是懂茶的人。

瑶里的春天喜下雨,遇到这样的天气,可供消磨悠悠长日的,是蜷身在老屋里看一卷闲书,或者是邀二三旧友喝茶闲话,当会在寂寞中领略一缕乡情。

"喝茶当于瓦屋纸窗之下,清泉绿茶,用素雅的瓷茶具,同二三人

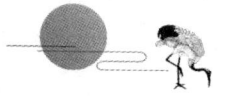

共饮,得半日之闲,可抵十年的尘梦。"(周作人《喝茶》)周作人虽然没有到过瑶里,但他文中所提到的喝茶境界,已印在了瑶里。取瑶河山泉,放上新采的崖玉茶,边煮边喝。"蟹眼已过鱼眼生,飕飕欲作松风鸣。"(苏轼《试院煎茶》)听着煮茶的水沸后所发出的犹如松涛之声的鸣响,令人其乐融融。我没有研究禅语,如果我懂禅语,大概都是在茶里面喝懂的。

喝茶让我想到了许多事。

自古文人酷爱茶。比茶圣陆羽晚出生39年的白居易有"别茶人"的雅号,他把茶味引以为诗词的神韵。

遥闻境会茶山夜,

珠翠歌钟俱绕身……

青娥递舞应争妙,

紫笋齐尝各斗新……

大诗人的生花妙笔,最早地记录了我国茶会的盛况。而他那句千古名唱:

商人重利轻别离,

前月浮梁买茶去。

更是让瑶里崖玉茶从古代闻名至今。

推窗而望,风仍飘飘,雨已潇潇。斜飘的雨点儿被风吹过来,尽情地倾注到古屋的墙上,一洗平日积累的浮尘,使黑色的老屋更显得古朴沧桑。雨珠子在黑瓦上蹦蹦跳跳,溅起道道毫不连贯的白色线条儿。我一边喝着清洌芳香的崖玉茶,一边鉴赏着雨雾朦胧中的瑶里古镇,倒也别有一番滋味。斜风细雨,游人稀疏,更平添了几分萧瑟和冷清。旧巷里青石板砌成的人行道上,采茶女噔噔的脚步声,嘻嘻哈哈的笑语不时传来。这是快乐的美音,采茶时节的风景。

这时候你可以想象"烟雨茶山"的样子。崖玉茶沐着这柔和的雨也会欢快地长出嫩嫩的芽枝来,也会舒展开笑容迎接采茶女那双灵巧的双手,也会聆听到采茶女那一曲曲甜美诱人的茶歌。茶意之深,深如瀚海;茶意之远,远如天涯;茶意之美,溢入心灵。

谁说过酒是诗,茶是禅。没有心动的感觉,不肯应允茶香;没有对饮的人,不肯应允茶趣。与其在车水马龙人声鼎沸处海喝滥饮,不如于风雨飘摇的午后,坐在瑶里古旧的瓦屋纸窗下,升一个红泥小炉,一小杯在握,想什么或不想什么,等待着或不等待什么。悠然自得地听着木炭在炉火中噼啪有声,慢慢就超越了时空。

大概这就是喝瑶里崖玉茶时的绵绵意境吧?!

最忆西湖雾兰珍

阔别浮梁西湖老家多年,孤寂时,心里总是不自觉地生出缕缕乡愁,怀念故乡的一点一滴,这当中,最让我频频忆起的莫过于家乡的西湖雾兰珍茶了。

很小的时候,我就学会在浮梁西湖的灵气中煮茶、品茶。在西湖,家家户户都是爱茶的。在我的眼中,西湖雾兰珍茶是一样神圣的东西,总感觉它包容着天地万物、风雪雷雨的一切精华,汲取的是天地间朝露晨雾的灵气。会品茶的人应该是个很有涵养的人,而西湖的一切总会折射出茶的内涵!也许,只有在西湖的一点情调中才能品出最好的茶,我一直这么对自己说,在西湖雾兰珍的风情中,它的每一杯茶水都将一点点的灵气与韵味融入我的体内,把天地万物的每一滴情感都渗透到我的心中,让我对万物总是感悟得那般透彻!朋友曾说或许只有

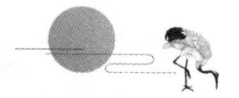

在西湖茶水中长大的男子才能有如此细腻的感情。

在闲暇时,我也会守着红泥小炉静静地煮一壶茶。我总是习惯喝西湖雾兰珍,让它与苦且清香的茶水一起在茶壶内沸腾着,融入彼此。待一壶茶煮好后,轻轻斟上一杯,闻一闻,有茶的清香!轻轻地呷上一口,并不急着咽下去,闭上双眼,含在口中,才可以清晰地感觉到茶水里有一丝甘甜,还有一丝花香……有时用七月荷叶上的露水煮茶,可以品出莲的脱俗!君子出淤泥而不染,濯清涟而不妖!有时用深山的泉水煮茶,可以品出自然的博大!野芳发而幽香,佳木秀而繁阴,风霜高洁,水落而石出!有时用来年的第一场雪煮茶,可以品出天空的深远!高处不胜寒!有时用深秋的第一场秋雨煮茶,可以品出望月的思念!醉里偶摇桂树,人间唤作凉风!有时用江水煮茶,可以品出历史的感慨!千古兴亡多少事?悠悠,不尽长江滚滚流……

在第六届"景德镇·浮梁茶文化旅游节"上,我有幸见到了来自浮梁老家的西湖雾兰珍销售公司法人代表汪桂香。茶室里香气氤氲,她洗茶杯,泡茶叶,点茶,说着有关西湖雾兰珍的诗话,烦琐的程序下眉目如画,这时候的她像衬着清贵的薄胎白瓷瓶的一朵兰花。

我说,泡茶这活叫手下做就可以了,何必亲自动手。汪桂香笑眯眯地说:"明代张大复在《梅花草堂笔谈》中记了茶客冯开之的趣事:冯老先生喜欢喝茶,也喜欢自己做取泉、烧水、洗杯、涤壶、捡茶、泡茶一整套琐事,人家问他做什么,他说:'此事如美人,如古法书画,岂宜落他人之手!'"

听汪桂香介绍,西湖雾兰珍现在已经成了浮梁的知名品牌,创造的经济效益、社会效益很好,我从心底感到高兴。品着西湖雾兰珍,我好像又回到了老家的高山茶园,在蓝天云雾中,望着碧绿的西湖雾兰珍,心中不免升起一丝甜美的感觉。

喝茶闲话

古文人喝茶,引为雅事雅谈。如宋朝杜小山《寒夜》诗中所记:

寒夜客来茶当酒,

竹炉汤沸火初红。

寻常一样窗前月,

才有梅花便不同。

踏雪寻友,赏梅品茗,其雅趣自在其中。

茶,是中国人传统的茗饮佳料。它在中国古老历史文化领域里,就像一朵鲜艳夺目的奇葩,独占鳌头,成为中华民族的文化瑰宝。

中国是世界上最早种茶、制茶和饮茶的国家。追溯茶源,在我国有着悠久的历史。茶,俗称槚,性属春藏叶,采造后可以为饮。早在我国先秦无"茶"字。据考证,最早只有"槚"和"荼"之称,始见于成书于西汉初年的《尔雅》:"槚,苦荼。""槚"是茶树的古名,"荼"即茶也。

茶还有许多别称,或名蔎、茗、荈。古人谓"槚""荼"为苦茶,"蔎"则出西蜀,后语"茗",晚起者为"荈",也有"荼"之说,按《汉书·年表》荼陵,师古注:"荼"音"涂",以荼陵作地名;《汉书·地理志》从"人"从"木",转"荼"为"茶"音,故在汉时已有荼茶两字。其实"茶"字在当时并未通用,直到唐代"茶圣"陆羽在《茶经》中才遂以茶为茶,为之正名。

槚甘荈苦,

茶尊为经。

陆羽《茶经》的问世,对我国的茶文化起了较大的渲染作用。陆羽

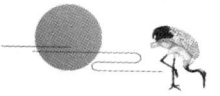

在《茶经》中,对植茶、制茶、饮茶等做了全面系统的经验总结,在当时,对我国茶文化的发展,影响极大,使唐代的茶叶生产也得到了蓬勃的发展,茶叶的采造技法在日益提高。从此,茶在我国成为当时人民生活的必需品之一,与人们的生活息息相关,后来,也成了不少文人雅士笔下之墨宝。

瑶里崖玉茶在浮梁的历史悠长。据史书记载:在唐代,崖玉茶就以它的"色泽通透似玉、兰花香气清馥扑鼻、滋味浓厚醇爽"而压群芳,闻名于世,当时被列为我国名茶之一,成为皇室供奉佳品。据史书记载,唐朝已有人在此栽植崖玉茶,宋朝列为皇家贡品,明初朱元璋品赏后指为贡茶。唐末文学家徐寅曾有诗赞崖玉茶曰:"致山川秀气所钟,品具崖玉骨花香之胜。"白居易在《琵琶行》中也有"商人重利轻别离,前月浮梁买茶去"的诗句。

我喜欢喝瑶里崖玉茶。一杯清在手,能引起许多冥思遐想。文情诗韵,娓娓情怀,款款心曲……几杯茶罢,凉生两腋,那真是称心惬意。喝茶宜于雨天,独居瑶里老屋,有檐,听着雨扑簌扑簌地敲在瓦上,像清凉地落在额头一般。雨水在瓦槽里汇流而下,击在院里的石板上,声声入耳。推窗遥望,一团雾气在烟雨中隐隐浮起,汪湖笼罩在蒙蒙细雨之中,茶林披上了一层轻纱薄烟。在那海拔1300多米的高山上,峰峦重叠,涧水潺潺,幽兰吐馨,清水无尘。静静地喝着茶,在雨声里想想心事,赏析这纯朴自然的江南暮雨图,感受一种虚无缥缈的朦胧美。茶叶沐着这样柔和的雨,也会舒展开枝叶时润时微笑。

茶色怀旧,半新半旧和往昔藕断丝连,清清淡淡的苦里散发着清清淡淡的兰香,如久未谋面的旧友,一见如故,亦想一吐倾心而后快。端起杯盏,热气散开,茶香弥漫,杯中汤色清澈,郁香袭人。若说铁观音粗相厚重,龙井娇小稚嫩,这瑶里崖玉便是清淡幽雅,郁兰飘香。一盏清茶,浮载着一怀情思漂向那薄雾浓云的青山绿水间。采茶时节,采茶女那一道道低眉,如水中绽开的一片片修长的茶叶。她们忙碌着,灵巧的手宛如捕捉蝴蝶,这便成了戏台上的一出"采茶扑蝶"。我也对她们那一双双"著手成春"的妙手赞叹,又为她们在每片茶叶上所灌注的深情感动。季节在采茶女的指尖里流淌,嫩芽在春天里被采摘下来,然后再经过蒸发、烘焙,直到收藏。崖玉茶的制作,也相应地印证了季节的流转。

茶须在空闲的时光里才能品味。一个人在这种神清气爽,心气平静的境地中,才能领悟到茶的滋味。若是寒冬时节,雪窗小啜,如沐江南古镇之清风,雪气袭人,而茶意温肠暖肺更贴心。窗前静候,泡一壶茶,点一支烟,望着窗外诗意般的美景发呆,一杯清茶也能表达出大地上诗意的栖居。

生命在季节中流转,人生之道亦如茶道,难免也有被搓揉的过程。常期望自己能敲冰煮茗,泡一杯瑶里崖玉茶,边啜边闻,遥想一路风尘,尽享这独处的幽微愁绪。

淡淡的,还是昌南雨针茶香

清明时节,舅舅又寄来新茶昌南雨针,几十年了,已成习惯。母亲的老家是浮梁江村,小时候总听她提起故乡的事,而听得最多的是昌南雨针茶的故事。

"吃过二月团(一种用野菜做的饼),开始满山转",立春过后,山的颜色一天一新,昌南雨针茶树的嫩芽总是最耐不住冬天的长眠,争先恐后地来报春,这下可喜坏了茶农们。

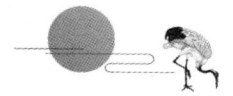

采昌南雨针茶要趁好天气,阳光越好,采来的茶炒出来越香。母亲说,采茶最难熬的是春困,一大早起来揣上几个饭团就往茶山上赶,总发现自己还是来得太晚,早已有积极的采茶姑娘赶在前面。天气好,景色美,心情爽。只有在这个时候,平日里被母亲们管制得很严的姑娘们才可以肆意地笑,放声地唱。歌声此起彼伏,笑声震荡山谷。一上午很快地过去。太阳移到头顶时,茶山便渐渐沉静,采茶人背脊上的茶筐开始变沉,手劲乏了,嗓子也干了,眼皮开始打架,母亲说她有一次,就没有熬住,顺势坐在茶树荫下打起盹来。这一觉不知睡了多久,醒来时,发现天已黄昏,茶山上早已空无一人。

采回来的昌南雨针鲜茶叶要及时炒出来,隔了夜,形色都会变差。听母亲说,制作昌南雨针茶的场景也很好看。入夜,茶农们顾不上白天的劳累,家家户户都掌上最明亮的灯,堂屋里叠放着一筐筐新采的鲜茶,满屋都是清新的茶香。一家男男女女各司其职,忙而不乱。制昌南雨针茶有几道工序,先用温火炒,再放到围簸里揉,如此反复几遍,直到干燥成形。男人在灶前负责翻炒,茶叶下锅后要不停地翻撒,稍有疏忽茶叶便焦了,焦了的茶叶只能倒掉。揉茶是女人们的绝活,母亲说,家乡的女人一个个丰乳肥臀,都是揉茶练就的。揉茶用的是手,使劲的是腰,发力的是臀,动作看似简单,其实得要些功夫,没有前辈们的言传身教,很难掌握其要领。揉茶的女人站在围簸前,系一条蓝布的围裙,甩着长辫,因受着茶叶的热气熏烤,两腮绯红,像是涂了胭脂。她们转着圆臀,扭着细腰,旋舞双臂,那动作极像是舞蹈。平日里再摆威严的大家族的长老们也在上厢房里待不住了,都找理由来看做茶。苛刻的婆母们这时便来训斥年轻媳妇们的放肆,故意挑出种种毛病,诸如茶叶团得不够规则等。我小时候做客外婆家时跟在母亲身后也亲历过这个场景,不到围簸高的的我跃跃欲试,终因姿势不规范被母亲撵出场外。

母亲很怀念故乡的生活,和那些与茶一起共度的日子。在我童年时,外公从老家带来了一捆茶苗,父亲把屋后的荒地开出一片来,作了茶园。从此,一到春天,母亲的劳作又有了新的内容。

父亲是个品茶高手,也爱茶如命。劳动之余,总爱坐在院子里的树荫下,手端茶杯,膝上摊一张报纸,边呷茶边看报,那神情像个首长,满足极了。

我家的茶园虽不具规模,但出产的茶却远近闻名,村里的人常来喝茶,还不断有人从附近的村庄赶来品茶,母亲不嫌烧水烦,还觉得很有面子。这些喝茶人喝完了杯底下最后一滴茶水后,临走时还要订上来年的茶叶树苗。

这些年,尽管喝过了无数的名茶,但总也挥不去留在记忆里父亲做的昌南雨针茶香,更无法忘记他坐在门前品茶的情景:远处山峦抹黛,门前溪流潺潺,园里菜花正黄,檐下燕语呢喃……

清明又至,再回家乡,故园依旧,只是父亲早已悄悄地躺在茶园的后坡上,被一方小小的土冢隔在了另一个世界。茶园依然长势茂盛,只是有些荒芜,茶树已蹿成齐人高,父亲去世后不再有人采摘它们,茶叶们顾自抽芽、发叶,再老去,一年一茬,记载着主人离去的岁月……

我坐在门前的桂花树下,帮我们看管老屋的邻居大婶端来了一杯热腾腾的昌南雨针茶,隔着老远我就闻到了那股熟悉的幽香,我连忙双手接过,双手捧着,凑近鼻子深深地吸着,仿佛就要醉去。抬起头,循目望,茶园的上空不知何时飞来一只白色蝴蝶,它忽高忽低地盘旋着,飘舞着,这翩跹的精灵可是父亲寄来的对故园的探望?

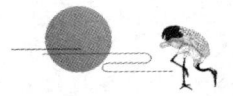

一句诗歌成就浮梁茶人

关于白居易的茶事,《琵琶行》中引用的是他的一句诗:

商人重利轻别离,

前月浮梁买茶去。

白居易的这句诗,很肯定地说明了当时浮梁茶在全国已经很出名了。

白居易在诗中说了浮梁茶,但是大多数人并不知道,浮梁的水土也曾哺育过这位大诗人,在这看似信手拈来的诗句后面,隐藏着一段怎样的历史渊源呢?

白居易(公元 772 年—公元 846 年),字乐天,晚年号香山居士,原籍太原,后迁下邽(今陕西渭南东北),贞元进士,著名诗人。元和年间,授翰林院学士,官至刑部尚书。

白居易的大兄白幼文,贞元十三年(公元 797 年)始任浮梁主簿。白居易的父亲白季庚病逝于襄州别驾的任上,母亲和弟弟白行简别无他法只好返回洛阳,从此,一家人的生活便全靠白幼文支撑。白居易因此也常常往返于浮梁与洛阳之间。他在《伤远行赋》中回忆这段岁月时写道:"吾兄吏于浮梁,分微禄以归养,命予负米而还乡。"

白居易对浮梁兄长白幼文感情深厚,在他被贬江州司马后的第三年(元和十三年),写下了《祭浮梁大兄文》的祭文,内有"伏惟哥孝友慈惠,和易谦恭,发自修身,施于为政。行成门内,信及朋僚……""垂白之年,手足断落。谁无兄弟?孰不死生?酌痛量悲,莫如今日……"和

"茕然一身,漂弃在此,自哥至此,形影相依。"等句,既颂扬了白幼文的品德情操,抒发了失去兄长的哀痛,也流露出诗人漂泊到浮梁找到兄长后才有了依靠,并与兄长形影相依的心境。无怪乎白居易在浔阳江头遇见长安歌女,谈起浮梁,想起兄长,往事历历,身世家国,一齐涌上心头,使得他在那首《琵琶行》里充满满腔愁绪,无限惆怅,唱出了"同是天涯沦落人,相逢何必曾相识"的名句。写史的人,对白居易的评价是,体态英姿,超然出类,见到长官毫不畏惧。他的文章,可谓绝代佳作。可惜他恃才傲物,惹怒了当朝权贵,不懂得逊让之道,随意发泄不满情绪,仕途并不一帆风顺。

由于茶叶无论从产业上看还是从文化上看,自古至今都是一个弱势行业,因此,记史的人对历史人物在茶叶上的事迹多半不会也没有必要去记载和讨论。但是既然白居易把浮梁茶写进了《琵琶行》中,一些从事茶文化工作的人,也不妨去看看白居易究竟算不算得上是一个茶人。

也许,这个问题本身就是有问题的。既然茶人是没有"标准"的,那么,只要自己愿意,谁都可以说自己是茶人。不是常常可以见到,现在一大批其实一点不懂茶,却不仅敢称自己是"有文化的茶人"甚至说自己是"有文化的茶叶专家"的人吗?和他们比起来,1000多年前的白居易至少乐意把浮梁茶写进诗歌,加上他诗歌确实写得极好,既然这样,把白居易也算作茶人,应当不会给"茶人"这个称呼丢脸吧?

如果,再以白居易诗歌的意境去考察,那么,把一个在充满了浪漫主义色彩的唐朝时期,性情直爽、率真的白居易,算作一个本真的茶人,不是要比那些故弄玄虚其实不得茶叶精神真谛,搞出一些忽悠人的所谓茶艺、茶道的人算作茶人要合适得多吗?

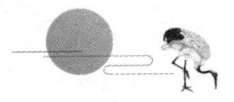

品茶意境

　　心静之时最爱品茶，闲来泡上一杯清茶，让身心充分浸泡在幽幽的茶香之中，仿佛时间都已停止。

　　百姓喝茶是一种需要，和尚饮茶是一种禅，道士品茶是一种道，而文人饮茶则是一种文化。对于我来说，不敢以文人雅士自居，但饮茶已经融入了我的生活。

　　品茶是快乐、是消遣、是享受，晶莹透明的玻璃杯内，放入一小撮茶叶，沏上开水，在袅袅升腾的水汽中，那一片片清香的嫩叶缓缓舒展着身躯，左右摇摆，上下漂浮，有的迅速沉到杯底，有的则浮出了水面。但无论是沉是浮，它们都默默无闻、毫不保留地奉献着自己的绿色和清香，直到生命耗尽。一片茶，一个人，透过杯中茶叶看人生。人何尝不是这样，从学语的幼童到年富力强的青年，有的人喜欢争名夺利，有的人做事低调，但不管怎样，最终我们都会走向人生的尽头。

　　品茶是有讲究的，一杯茶应分三口喝。第一口试茶温，第二口闻茶香，第三口才可以慢慢啜饮。呷茶入口，茶汤在口中回旋，顿觉口鼻生香，茉莉的飘香爽口，碧螺春的柔和鲜甜，云雾的香馨醇厚，龙井的香郁味甘，一切尽在不言中。

　　品茶需要好心境。静心独坐，捧茶入定，清苦的茶汁幽香四溢，齿颊留香，从一片茶叶中可品出山川风景与大自然的精神，清除烦恼忧虑，心灵复归宁静。处于喧嚣或烦闷中，难品茶中真味。只有无琐碎事扰心，无嘈杂声乱耳，静心地去品茶，方会沉醉其中。

古人把茶当作陶冶性情、锻炼品格和思想情操的途径和方法。唐代的刘贞亮提出"以茶可雅志""以茶利礼仁""以茶可行道""以茶养身体"的"茶德"。于是古人便常常以茶为范,以茶载道,把"道"寓于品茶之中,使茶性与人性相通,茶品与人品相合,借茶香茶韵,构筑出淡泊谦和的意境。

人生如白驹过隙、风烛草露,短暂得就像这片片茶叶。我们不应该刻意地去计较生活中的得失,我们应该活得实在、活得真切、活得淳朴、活得坦然。功名利禄只是过眼云烟,不必为追求短暂的大红大紫而穷尽一生,其实人生如茶味,清淡略带苦涩实为最佳。风雨人生、辛酸尝遍,这样的人生才是富有的、充实的、幸福的。

抛却任何功利思想而言,饮茶是一种情趣,是一种乐趣。借用陈继儒《茶董小序》中的话来说,便是:

热肠如沸,

茶不胜酒;

幽韵如云,

酒不胜茶。

在喧嚣的红尘中,能够坐下来喝一杯好茶,在平淡中品味生活的乐趣,保持一份淡泊的心境,这才是最难能可贵的。

茶语轻盈

前些日子买了几只景德镇陶艺家英海珍的青花茶杯:几朵小菊花点缀,简洁明了,画面清雅,不事雕琢,小小的写意,甚至还有点孩子气

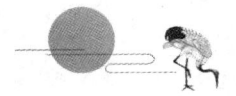

在里面。可见这个清纯的陶艺家,她对菊花的喜爱已经融入了血液。每天下班回家,卸下一天的疲劳,用菊花小茶杯喝茶便是最好的安慰。

在火炉边,一家人围炉坐着,闲说话,淡饮茶,相当宁静地看那月亮冉冉升起,这是一天里,我们一家人一直在期盼着的幸福时刻。

斜倚在木椅子上,听着溪流的声音,灵魂歇息在茶香氤氲出的天地里,超然物外、心无挂碍。有心无心、有意无意地举杯品饮,长出翅膀的灵魂开始翩翩起舞了,它可以一动不动地停在一片叶子上,也可能飞到很远很远的地方,很高很高的九霄之外。面向夜空,我悠然地感受着人生如茶,茶如人生!面向月光,茶香四溢。久违的情感和久违的幸福把我完完全全浸润,彻彻底底淹没!

在暖暖的茶香里,妻儿沉入梦乡,他们嘴角边荡漾起的笑容,平和而安然。我相信,在他们的梦乡里,又开始品尝到茶香了!面向夜色,我是一个幸福的吃茶人!惬意地享受着恍如停滞的时光,惬意地享受着淡雅悠扬的茶香,久违的幸福感如同手中的这杯清茶,淡淡的清芬浓浓的回甘,耐人寻味地体味。

《崖玉令》如是说:

金银铜,

明雨夏,

三三见九,

九九归一,

天赐崖玉落瑶里,

茶神嗅品不离去。

近年,想必在中国喝茶者都听说过"瑶里崖玉"之名,我们暂且先不论其选材上乘、制作考究等茶叶本身所具有的特质,单就这首懵懵懂懂的《崖玉令》,就足以领略附着在这小小茶叶上的几分韵味。

瑶里崖玉茶,在浮梁早已不是茶树上那片片嫩叶、那杯润喉止渴的香茗,而是一种浸入到品茶人身心体验和精神世界之中的物质,是人行草木间的一种生活方式和态度。茶,流动于雅俗之间,勾连着城内城外,创造并生成着人与物、自然、精神、社会的关系和意义图式。从这个角度上说,我们品的茶形、茶色、茶味,绝不是单纯的感官评判,而附着了太多的历史记忆、文化想象和生活感受。

品味瑶里崖玉茶,能品出浮梁古意山水和"一茶一世界"的真谛,不仅有禅意,而且是现实。

英雄血荒草墓

我自幼喜欢听大人们讲浮梁英雄李三保的故事,这些故事在我幼小的心灵中留下了久久难忘的印象,使我产生了要去寻找他的故乡、故居和墓地的想法。哪怕是寻找到一点点和他相关的遗物我都会倍感亲切。在那满目苍凉、一片静穆的红土地上,虽然每一次的寻找都有一种悲壮苍凉的感觉,但我还是孜孜不倦,并试着想让自己的心灵去感受英雄的血迹和气息。

随着寻找的深入,我渐渐地发现在民间流传很响的这位英雄人物,在官方记载中找不到只言片语的记叙。

是他的事迹不屑上正史?还是史学家们的粗心遗漏?

千古之谜。

我百思不得其解。

翻书,读史,我试图从布满历史尘埃的古篓里去找出一丝线索、些许答案。当我在古书、古文中苦苦寻找,特别是翻遍宋代咸淳,元代至

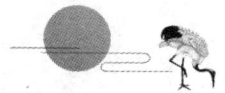

治,明代洪武、永乐、嘉靖、万历、清代康熙、乾隆、道光、同治10个版本的《浮梁县志》,也没有找到点滴的记载。失望之余,终于在新版的《浮梁县志》上,发现一处对李三保的记载,但也只是寥寥几笔:李家庄(今旧城)出过一位有口皆碑的英雄李三保,他疾恶如仇,扶危济困,深得百姓喜爱。民间流传着许多有关他的传奇故事,后来还为他编著了绣像小说《天保图》《地保图》。

欣喜之余,仍然留有遗憾。

零零散散的故事,似一滴滴水珠,失落在民间。

李三保三岁赤手捉麻雀,八岁扯着马尾巴跑路从军,二十岁领兵打仗,因在战场上骁勇善战,屡建奇功,以至官越当越大。虽然被奸臣所害,但最后仍被皇上平反,赐了个金头冢回家安葬。光是真真假假的大坟墓就埋了九座。

故事惊险动人,传了一代又一代。

传说中的故事代表了民间老百姓对英雄的敬仰、崇拜,其实内容系绣像小说《天保图》《地保图》的故事翻版。《天保图》《地保图》是小说、故事,个中有杜撰或夸张的描写,作为文学作品,是无可厚非的。但若要作为一个人的历史事实予以记叙,则难以令人信服。

那天,我带着祭奠的虔诚和庄重,又一次踏上了寻找李家庄的路途。

"从水路到土路,一路是淋湿了的记忆,都说雨中的旧城最美,如泼墨一般风姿绰约,我一时也难以读懂这秀色如画的山水。

烟雨暮色中,透过红色斑驳的红塔和古堡似的旧县衙,依稀可见蜿蜒的河流,弯弯曲曲的山路,泥黄的野草掩映着前行者几行歪歪扭扭的脚印。很老很绿的山,绿得很老的河,有一只小竹筏,筏梢上依偎着两只祥和的黄嘴小鸟。"(汪春荣《旧城依旧》)

也有遗憾,原先的旧城古街,早已旧貌难寻,古街的概念跟传说中李三保的残片一样,只属于那个遥远的年代。眼前只有无声无语的河水,西风残壁,逝者如斯,还有什么可看的呢?

那只有想象了。

我想,由于李三保犯了大忌,在宋朝灭亡之后降了元朝,这就被传统势力指责为大逆不道。今天我们讲各民族团结都是一个大家庭,过去降元可是做"汉奸"的意思。平心而论,不管是德望,还是功勋,李三保都有资格上正史。他当时被迫做出这个举动,的确是看到宋家王朝已经灭亡,改朝换代势不可当,他才顺应了历史潮流。可后来他在元朝任职时由于疾恶如仇,扶危济困,不畏权贵,又得罪了一批官僚、奸臣,加上元朝统治者本来对汉朝降臣只是利用而已,他终于难逃被奸臣所害的悲惨结局。虽然后来皇帝象征性地为他平了反,赐了个金头冢回家安葬,但英雄一去不复返,英雄的生命戛然而止。以后的正统史学家都不予承认,他的故事只能在民间悄悄流传。

我又想,英雄之所以被人们看重,正是他们遭遇了强大的挑战,在迎接挑战中显示出了人生的价值。热辣辣的生命,站在命运赋予的位置上,和自然碰撞,和自己碰撞,碰撞的结果,有成功,有失败,有气壮山河,有头破血流。不管结果如何,只有碰撞过了,生命才显得有意义,人性才得到张扬。整个人类就是从挑战与被挑战中走过来的,在这个过程中做出特别贡献和特别行为,以至形成特别文化人格的英雄,理应树碑立传。英雄是不朽的,不管是正面的流芳百世,还是反面的遗臭万年,或是重新评价后的时代感,都能给遇到生存困惑的人们提供某种启示,释放为平庸生活所积聚的胸中块垒……

最后,如果要给李三保盖棺定论的话,我仍然要送给他两个字:英雄。

说得更准确一点,他是一个悲情英雄,一个不应该被历史遗忘的悲情英雄。

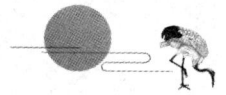

　　于是，在历史上的某一天，一个漆黑的夜晚，天下着蒙蒙的细雨，九具红心柏木寿材悄然抬出了李家庄，在浮梁某块湿润的红土地上，铸造了一代英雄的终结，一个历史的永恒，一曲无穷的传说。

　　在那苍凉静穆的浮梁红土地上，躺着一位悲情英雄；渐渐长出的荒草像一面面李家军战旗，在历史的岁月里永远守护着英雄不朽的灵魂。

闲云野鹤诗僧魂

　　春天的一个日子，太阳暖暖地照着，牵扯着我又一次踏上愉悦之旅的是一位飘然世外、洒脱不凡的一代诗僧——佛印大师。

　　从明堂山梁上吹来悠悠的和风，扫得人身心困倦，疯开的油菜花亮得晃眼，照亮了林丁原的脸。当年十二岁的林丁原一定也是从这条石板路上义无反顾地被佛缘牵扯着走出浮梁梧溪村的。据《林氏宗谱》谱牒记载："仁一侄佛荫（印），仁九子也。小名丁原，至十二岁，不言。一日同母出汲，忽曰：'蛤蟆跳入井中，是出字。'及问，母告于先生，先生曰：'尔儿当出家。'……后出家，每事未卜先知，终日吟咏风月。宋神宗敕封为佛荫（印）禅师，又敕封为僧中状元、僧中肖书。"

　　昌水贤候德泽深，

　　旧山闲与县僚寻；

　　刚肠可夺相如玉，

　　重诺能饶季布金。

　　黄菊浸劳夸栗里，

白莲休更问东林；

与君共结诗禅社，

何日松关话此心。

　　眼前的青山还是几个世纪前的青山。青山不老,也许已经化成了江南的一叶,随着时间的流逝,佛印的许多轶事诗篇也流失得无人知晓。历史沧桑不语,我不禁吟咏着一代诗僧的诗文,朝圣般地向梧溪村走去。

　　灿烂的阳光中,梧溪村透出谜一般的诱惑、梦一般的幽韵、诗一般的古朴。向路人询问佛印的轶事,从他们茫然的目光中,不得不唏嘘一代诗僧死后在故里的落寞。梧溪本是一偏远的小村,如同浮梁无数村落一样躺在连绵的大山里无声无息。若无佛印,怎可牵扯世人虔诚的脚步和揽住许多为之感动、为之景仰的炽热之心?假若佛印不是僧人而是以文治武功声绩显赫的人物,那么眼前苔痕斑驳、沧桑毕现的村庄恐怕又是另一番景象。

　　声名远扬的佛印于乡间故里毕竟只是一个很早就丢失了故乡的浪子,一个四处漂泊的闲云野鹤。但他和著名诗人苏东坡、黄山谷的诗坛佳话则脍炙人口,流传后世。明代散家魏学洢在散文《核舟记》中这样记述:"船头坐三人,中峨冠而多髯者为东坡,佛印居右,鲁直居左。苏黄共阅一手卷。东坡右手执卷端,左手抚鲁直背。鲁直左手执卷末,右手指卷,如有所语。东坡现右足,鲁直蹑左足,各微侧,其两膝相比者,各隐卷底衣褶中。佛印绝类弥勒,袒胸露乳,矫首昂视,神情与苏、黄不属。卧右膝,诎右臂支船,而竖其左膝,左臂挂念珠倚之,珠历历数也。"从此文中,可以看出佛印和苏东坡、黄山谷的友谊非同一般。此外,从苏东坡、黄山谷致佛印的书信中也可窥得一二。如苏东坡致佛印书中说:"尘劳衮衮,忽得来书,读之如蓬蒿藜蕾之径而闻謦咳之音,可胜慰悦。"并赠诗一首:"台中老比丘,碧眼照窗几;巉巉玉为骨,凛凛霜

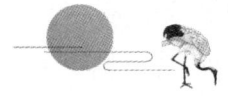

入齿。机锋不可能,千偈如翻水,何须寻德云,即此比丘是。"黄山谷在《答佛印禅师》书启中也说"闻道誉籍甚,不得不赞。文句多传朝中士大夫们,望风怀想则勤耳。"绍圣元年(公元1094年),苏东坡被贬惠州时,佛印致书给他:"子瞻负高材,远放寂寞之滨,权臣忌子瞻为相耳。人生如白驹过隙,二三十年功名富贵,转眼成空,何不一笔都勾,寻取本来面目。子瞻读书万卷,而未见性命所居,不可谓之聪明也。努力向前,珍重!珍重!"(《西湖游览志余》)从这段话中,可以感受到佛印对苏东坡的关心,也表露出了他自己的如闲云野鹤般的超尘出世的思想。

令人困惑的是,身为僧人的佛印却从未受佛门戒律的束缚。他纵情酒肉,歌哭无端,他常常跳出佛门混迹娼寮,在红粉迷离中体验坐怀不乱的折磨。原来,令佛印不屑的是,香火氤氲,梵音缭绕的佛门圣地也不是一尘不染的净土,其中亦隐匿着许多食斋念经、口说慈悲私下却攀附权贵的"俗僧"。于是如闲云野鹤般的佛印只得在佛门和尘世间进退往返,以寻求心灵的安慰和寄托。由于他生性诙谐机智,超然尘世,不畏权贵,不拘小节,致佛之名不入正史,未列高僧传。修行到元符元年(公元1098年)正月初四,他从容同僧众话别,一笑而逝,终年67岁。

佛印圆寂后,苏东坡携子苏迈专程到梧溪(今福港)祭奠,一代文豪,痛失老友,失声痛哭,泪洒如雨。悲痛之余,在梧溪口昌江河边石壁上挥毫写下祭哭老友的文章。900多年过去了,这块留有苏东坡手迹的碑刻仍在,似乎还在述说着苏东坡和佛印非同一般的友情。

眼下寂静的佛印故乡梧溪村也十分热闹,人们正借着诗僧佛印之名"搭台",欲演经贸唱戏的喜剧,不晓得此举令坐在闲云野鹤之上的佛印看到了该是喜还是忧呢?

日头仍在高高地挂着,像钉了桩儿,我打量着梧溪村今昔的荣枯,并以热情的眼光巡视着这古朴诱人的梧溪村,留念之情虽浓,但却不得不向它告别了。

  此带阅人如传舍，

  流传到我亦悠哉；

  锦袍错落差相称，

  乞与佯狂老万回。

  我再一次用一方窄袖拢起苏东坡赠送给佛印的几句诗瓣，匆匆地装入自己的行囊。然后，学着佛印如闲云野鹤般地在浮梁红土地上四处云游。可我毕竟是个凡夫俗子，这种孤独的精神之旅又能坚持多久呢？

并非完全虚构的传说

  浮梁县历史上有名的风水先生廖渔仙，是城门都东源人氏。他得名师真传，精通周易，深谙天文地理。他云游四方尤其善于看风水，在江西被尊称为"廖渔仙"。

  廖渔仙看过无数的风水，也见过很多奇怪的事情。请他看风水的人家，有的出了状元，有的出了进士，有的升官，有的发财。因此他的名声越来越大，请他看风水的人也越来越多。

  说不清哪朝哪代，廖渔仙在踏遍江西的山山水水之后，说过一句名言："江西无大地。"

  虽说是句戏言，但江西却不幸被言中。按说，江西多山，却是穷山，只易藏豹，全无龙脉；江西多水，长江水长，鄱阳湖宽，终究缩在内陆兴不起多大风浪。念天地之悠悠，斗转星移，沧海桑田几千年，江西人才

代代出：文官、武将、皇后、宰相，都已出齐，唯独没出过真龙天子，江西从此在外矮了半截。

单说寿安，有一座大山，从远处望，如苍龙似的腾云驾雾；走到近前，层层叠叠的峰峦又似一条盘绕着的巨龙。此山就是浮梁有名的大山——盘龙山。

说起盘龙山，还有一段在江西广为流传的惊心动魄的传说：说的是鄱阳湖一条修炼千年的盘龙，被玉皇大帝派往江西婺源投胎出真龙天子。临行前，特意交代了三点：一、驾骑赶路时，一步抽三鞭；二、天空明亮时，遇地钻三尺；三、突遇险情时，三步抽一鞭。切记切记！

上得路来，想那盘龙，在鄱阳湖修炼千年，何曾见过凡间如此风光旖旎的自然景观：奇丽的山石，冷峻苍凉的原始森林，还有那潺潺的流水，当他沉浸其中，聆听着黄腹角雉、白颈长尾雉、红腹锦鸡等野生动物的欢快叫声时，早把那三点交代抛到九霄云外去了。

盘龙来到位于寿安的朱仙洞，只见这里花木茂盛，怪石嶙峋，形状奇特；洞口高大宽敞，气势雄奇；洞内景观更是巧夺天工，神形各异。

盘龙一边观看一边游玩，不知不觉天空渐渐发白，一声声公鸡报晓的啼叫声从远处山村传来。慌乱中，盘龙施法，击穿洞顶，一个跟头跃上云天，后又快速钻入石头地下。于是这里就形成了一口神秘的龙池，一年四季水碧绿清澈的，即使天干大旱也照常清水长流，谁也不知道它到底有多深。

话说朱仙洞附近的龙眼睛村，有一户汪姓人家出了一件世上少有的怪事。一般妇女怀胎十月"瓜熟蒂落"，可这位老表的女人怀孕后，十四个月仍未见分娩。这就奇了，更奇的是自从汪家媳妇怀孕后，他家的一只黑猫和一只黑狗，也不走东走西，也不寻伴闹春，一年四季，不论刮风下雨，白天晚上，轮流蹲在房脊上值班，从不间断。而黑猫、黑狗蹲着的地方，天空都有一团黑云罩住下方这一栋房屋。一日两日，人们只感好奇；一年半载，天天如此，人们都当是出了精怪，人心惶惶的，都劝汪家把狗杀了。但狗是自己养的，夫妻俩始终不忍心下手。直到他老丈人赶来一顿臭骂，他才狠心杀狗。可怜那黑猫没狗来替换，竟日夜守在屋顶上不吃不喝，活活地饿死了；到头来，只剩下一堆黑毛白骨。摸漏时，泥瓦匠见这堆烂臭黑毛骨头挡住瓦沟流水，顺手扒开扔掉了。

想那皇帝为了坐稳世代江山，每天都要派许多奇人异士观测天象。这几天晚上，他们连连发现在东南方向的浮梁山脉隐隐约约有黄色光芒闪烁，并有一颗天王星特别明亮，遂大起疑心，就急忙跑去找占卜大师。占卜大师很快就推算出一个真命天子将要下凡，并推算出这位真命天子将出在一个"头戴铁盔，肩扛黄旗"的人家。

皇上听了，大为震怒，立刻下旨，派出钦差大臣四处查访，要来它个斩草除根。这些钦差往往扮成勘察地形的风水先生，或是扮成占卜算命的算命先生。这天刚好有个钦差来到龙眼睛村，天气骤变要下雨。此时，村道上空无一人，大家都躲在家里避雨。钦差此时凑巧看到有个人头顶铁锅从外面匆匆回村走进一家土墙屋。原来他买铁锅回来，见天要下雨，就把铁锅顶在头上准备遮挡雨。更为凑巧的是，此时他媳妇见天要下雨，也挺着笨重的大肚子，扛着晾晒的黄被子进屋。钦差见此情景大吃一惊："头戴铁盔，肩扛黄旗"！而且她有孕在身，快要临产，莫非此家正是皇上苦苦要寻找出真命天子的人家。急于邀功的钦差匆匆赶回京城奏禀皇上。皇上闻讯火速下旨，调派大批兵将，气势汹汹开赴龙眼睛村，准备将这家人统统杀光，斩草除根。

这天，原本是晴空万里、风和日丽的好天气，突然间却变得天昏天暗、电闪雷鸣、狂风暴雨。当时她正懒洋洋地靠着门框吃南瓜子，突见大批气势汹汹的官兵冒雨从村外小道上蜂拥而来，她情知不妙，慌忙从后门出去躲避，情急之下躲在了一座石板桥下面。此时，疯狂的官兵在龙眼睛村见人就杀，见房屋就烧，但就是找不到躲在了石板桥下的

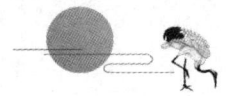

汪家媳妇。不承想,大雨中突然飞来一只乌鸦,"哇哇哇"地怪叫着,围着那座石板桥绕圈子不停地飞。多嘴乌鸦的叫声终于引起了官兵的注意,他们把石板桥围得水泄不通,终于在石板桥下抓住了汪家媳妇。此后,在民间,乌鸦和乌鸦的叫声就被人认作是不吉利的东西,早上起来或是刚出门见到乌鸦或听见乌鸦叫,都认为很晦气,一天都没好运,这是后话。官兵将她抓住后,开膛破肚,在她痛苦的惨叫声中,突然从她剖开的肚子里落下一个血糊糊的肉球,在地上打了几个滚,蹦起来就跑。那些官兵开始好奇,待明白这小血人就是他们要杀的人时,就拼命追赶起来。可怜那刚出生的小孩年幼体弱,只跑了十多里路就被官兵追上,被一刀砍了脑壳。

其时九江庐山,有个处士陈述,号知详先生,是个道行高深的仙人。这日,他骑着骡子刚好从石桥上经过,抬头看见天上乌云翻滚,忽然大叫一声,跌下骡子来。众人忙问其故,先生道:"不好,不好!天子驾到,被人砍了头,我要去救他。"先生慌张赶到,用黄泥巴做了个人头给那小孩安上,并把自己骑的骡子让给他。后来此地就叫黄泥头,地名一直延续至今。小孩被安上黄泥头后,骑上骡子,早把临行前玉皇大帝的三点交代忘得一干二净,因事情紧迫拼命赶路,一步三鞭。等他急匆匆赶到半路港村时,竹林里"啪啪啪"像放鞭炮,从竹筒里蹦出了很多兵马。可惜时间早了点,他的兵马是出来了,只是还没有成器:有头无手,有手无脚,有脚无手,有马无兵器,有兵器无马。一仗下来,尸横遍野,血流成河,全军覆没。半路港村本来要出一位四海扬名的开国护国大将军,却阴差阳错地出了一位无恶不作的强盗王跳鬼,这岂不是天意?"汪家天子王家将",传说中的王跳鬼来到人间就是为了辅佐这位真命天子的,可惜的是,汪家天子尚未出世便被剿杀,王将军的神圣使命也随之破灭,他心灰意冷,上山落草做了强盗,这是后话。

皇上害怕浮梁九九八十一年后又蹦出个真龙天子来,就十万火急地下旨在浮梁建造一红两白三座镇龙塔,好百年千年万年永世镇住浮梁的风水龙脉。这三座镇龙塔建成后,不仅把浮梁给镇住了,也把江西大地给镇住了。

当然,这都是些查无实据的民间野史,当不得真,在历朝历代的《浮梁县志》上也找不到只言片语的记载。但浮梁老表自有他们的记录方式,靠一代又一代人的口头传说,虽然是被神化了的传说。

浮梁是一个山区小县,虽没出成真龙天子,但这些入不了史书入不了县志、天生不安分的闹腾者,聚族而居,自然积淀了深厚的民间记忆。

这个故事便是对于那些民间记忆的演义。

远逝的女人

近日,挑灯夜读清道光版的《浮梁县志》,第一次有点好奇地翻阅线装、残破皱褶的厚厚三大卷《烈女传》时,像是在会晤历史烟云中的一个又一个鲜活的女人。

发黄的纸页和密密麻麻的文字,使我的眼睛发涩发胀,看着看着,我就觉得那些文字慢慢地活了起来,跳了起来,变成了一个个鲜活生动、年轻漂亮的女人,都泪眼汪汪地看着我,哭着,诉着。我一揉眼睛,这些女人都不见了,又变成了纸上密密麻麻的文字。

在古代,贞节烈女是一种榜样,是女性规范极端化即刻意强调"节烈"的标志,这种单向旌表女性贞节的模式,不仅更为严酷地制约了在这种话语下生存的女人,而且把无数活生生的生命,作为"祭品"送上

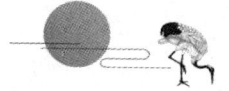

父权制的祭坛。

中国自范晔的《后汉书·列女传》始,开创了在纪传体史书中专为妇女作传的先例。当时范晔笔下的烈女还屈指可数,这虽然可以理解为筛选标准的苛刻,但也客观地反映了统治者对妇女的一定程度的宽容。以后,随着朝代的更替,烈女的名字越来越多,它包括了各种受到旌表的贤德妇女,而且这些妇女的事迹多不出"忠贞节妇"的范围。

贞节烈女越来越多。而由于旌表越来越提倡奇特和苦难,旌表的对象往往是榜样中的榜样,往往是一些极端的特例,于是为了得到旌表,许多女人又做出了更为极端的举动来。

我们永远无法理解,她们如此自残生命,是真的中毒太深,还是恐惧以后守寡的日子太难熬?但有一点是肯定的:这种贞节旌表对个体生命的伤害和人性的毁灭是无法估量的。

这些以身事德的女性,除了她们自己,也许谁也不会知道,她们是否有过关于信念与生存的选择,她们的心灵是否痛苦过,流过艳红艳红的鲜血。

但我们知道,在她们彪炳千秋的盛名下,有过无数的女性自愿地仿效或追随她们,痛苦过,流过血,付出过生命的代价。如《浮梁县志》记载的一个个贞节烈女的故事,女人们为了守住贞节,丈夫死后誓死不再嫁,守寡几十年,换得贞节牌坊;而更多的女人则选择了想方设法地自杀殉夫的路,上吊、服毒、投河、绝食,甚至吞针……无奇不有,而年龄大多数只有二十岁左右,有的还是没过门的姑娘。这些故事,大都够奇够惨,不忍卒读。但像这样的故事,在《浮梁县志》中成百上千,而且统统没有名字,只有某节妇、某烈妇、某贞女、某孝女,再不就是某某氏种种。我们几乎难以想象,一个个鲜活的生命,就这样甘愿枯萎凋零而终。要知道,蝼蚁尚且偷生,何况是活生生的人。

这些鲜活的女人大都已远去,留下的只是散落在浮梁乡村的一个个残缺的贞节牌坊,还有的就是这发黄纸页上的名字。千秋功名,付之东流。我合上《浮梁县志》,一声叹息。

一个土匪和一个叛逆女子演绎的传奇

富坑其实是一个小小的地名。

听上了年纪的老年人闲唠嗑,富坑原先是个没有地名的穷山沟,只住着一户替有钱人守坟墓的宁姓人家。自从土匪王跳鬼躲在山上之后,王跳鬼把这叫富坑,后来进山剿匪的官兵也把这里叫富坑。渐渐地,四里八村的人都把这里叫富坑了。

当年闻名江湖的土匪王跳鬼为躲避官兵的追捕,藏在山上,山下却被官兵围得铁桶一般。王跳鬼虽然守着一堆抢来的金银财宝,却仍然时常饿肚子。于是,一位替有钱人守坟墓的宁姓山民就偷偷送些饭菜给王跳鬼吃。王跳鬼也不白吃,就回送一些散金散银给他。这样,王跳鬼躲过了大劫,姓宁的也发了财。

有一天,王跳鬼突然对姓宁的说,明天你不要送饭菜来,千万记住。姓宁的虽然嘴上满口答应,但或许是贪恋那些散金散银,第二天他照常提着一桶饭菜上山,结果有去无回,成了一桩悬案。事后人们纷纷猜测,可能是王跳鬼在埋金银财宝时被他发现了,王跳鬼不得不杀人灭口。

如果故事就这样发展下去,肯定是老掉牙的结局,像喝白开水一样索然无味。

秋云和富坑有什么关系?王跳鬼和秋云又有什么关系?两人在旧

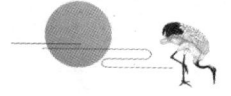

《浮梁县志》上都有记载：一个是江洋大盗，一个是贞节烈女。

这个故事迷住了我。

秋云为死去的丈夫守贞节，决定饿死殉情，竟然获得两家长辈的交口赞誉。饿到第七天头上，一命呜呼，被风光厚葬于富坑山上。也是秋云命不该绝，当天晚上，风雨交加，王跳鬼为埋藏金银财宝，竟掘开秋云的坟墓，尚余一口气的她得以生还。

开始秋云哭着寻死寻活，王跳鬼细心地开导她：蚂蚁尚且偷生，何况活生生的人。

于是，秋云想通了，偷偷下山替王跳鬼购买吃食。

于是，两人渐渐产生了感情，过起了不是夫妻的夫妻生活。

一月天，小寒接大寒的日子。一场百年不遇的大雪伴着严寒来得突然，覆盖着空旷的田野，覆盖着高高的大山。富坑成了一片银白的世界。

不管王跳鬼处境多么艰难，也不管他怎样发火跳脚咒骂老天，一场百年不遇的大雪还是伴着严寒悄然降临了。

"天意，真是天意啊……"老人们到现在还说是那场百年少有的大雪使王跳鬼和秋云命里该绝。

那天早上，王跳鬼走到秋云睡的茅草屋前打招呼："秋云，我到木炭窑去做事，你记住千万不要送饭去，也不要去找我。"

秋云整夜一惊一乍总做噩梦，刚刚睡着猛听王跳鬼在门外喊，她脆弱的心理实在承受不了这猛烈的惊吓。她冲门外凶了一句"死鬼，大冷的天哪个愿去找你？"说完，她又躲在被窝内偷偷地笑："腿长在我自个的身上，你不让我去我偏要去，看你王跳鬼能把我给吃了？！"

王跳鬼打过招呼，缩头缩腰地扛着东西走了。

秋云爬起床，麻利地烧好了饭，饭是王跳鬼喜欢吃的野猪肉炖粉皮。她洗好了脸，然后提着木饭桶出了门。

木炭窑是前人烧完木炭后废弃了的土窑,平常没人敢去,是个长满芭茅很阴森的地方。秋云只用了半袋烟的工夫就到了。

王跳鬼在挖坑,已经挖了大半人深,影影绰绰只露出个脑壳。王跳鬼呼哧呼哧地喘着粗气,拼命往外掏土。

秋云看着又好奇又心疼,不知道王跳鬼的脑壳是不是出了毛病,冰天雪地的大冷天,一个人跑到这废弃了的木炭窑里来挖坑。

秋云摆好饭菜,温柔地招呼:"哎,冻不死的,该歇息吃饭了。"

这一声把王跳鬼吓得差点掉了魂,他的心像一只小鹿似的"怦怦"地跳了好久才落窝。见是秋云,他的脸唰地变成紫色,顿时咆哮如雷:"叫你不要来不要来,你为什么这样不懂事?我的话你就当放屁?"

秋云挨了没头没脑的一顿臭骂,才看清坑旁堆了好多好多的金子,金灿灿的耀花了她的眼。她长这么大还从未见过这么多的金子。

秋云倒抽一口冷气:乖乖,原来王跳鬼避开自己是偷偷躲在这里埋金窖。

"你都看见了?"王跳鬼的语气出奇的平静。

"我不是有意的,我真的不是有意的。"秋云只知道嘤嘤地哭。

"我不管。"

"王哥,我真的是一片好心。我是怕你冻着。"

"我知道。"

"我不想死,王哥。"

"秋云,莫怪我。"

"我真的不想死,王哥。我知道我是不应该不听你的话来到这里,你就挖了我的双眼吧,王哥,求求你。"

"我不会挖你的眼珠子,你知道的,我王跳鬼这辈子都不会挖别人的眼珠子……"

……

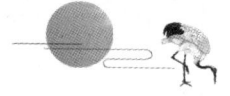

那一年的雪好大好大,纷纷扬扬下了整整一个月,高高的大山,是一片冰雪的世界。大雪过后,王跳鬼没有了踪迹。富坑就这么一直叫了下来,直到中华人民共和国成立后才又有了人烟。

故事只是故事,不能当真实的历史来品读。我宁愿相信后一种故事,这种故事与解释虽含有太多的虚构和想象,但其中的悲壮和美丽却使我感动异常,于是构思创作了短篇小说《枪毙王跳鬼》,相信读者会喜欢。

爱情不归路

三十年前,我只能远远地望着你。你长得那么漂亮,歌声又那么美。即使想你也只敢远远地想,藏在心里想。而现在,我能做的就是把三十年前的你回忆出来,让渐渐忘记你的人重新记住你。

S君,就在几天前,我又去看你了,携一束百合,簇拥着我一颗暗恋你的心,去柳家湾的那片山里,看你。

越走近你,你漂亮的身影又在眼前渐渐明晰。我知道,一个人爱在深处是不容易忘记的。三十年来,我行走四方,很多地方很多角落都曾留下我的身影,但很难做到忘记你啊,S君。

又到清明,"清明时节雨纷纷,路上行人欲断魂。"每年一次这首古老的歌谣总会在耳边回响。此时,我才晓得携一束百合是多么的多余。那满山遍野火红火红的映山红,不都是为你而盛开的吗?

耳边经常回响起你最喜欢的那首美丽情歌《在那遥远的地方》:

在那遥远的地方

> 有位好姑娘
>
> 人们走过了她的帐房
>
> 都要回头留恋地张望
>
> 她那粉红的笑脸
>
> 好像红太阳
>
> 她那美丽动人的眼睛
>
> 好像晚上明媚的月亮……

唱这首歌的时候,应该有蓝天、白云、草原、牧马。我每次听你唱这首歌,都会泪流满面。其实,你在我心里就是蓝天、白云、草原、牧马……

你的天性是快乐的,在山野、溪流中常常可以听到你欢快的笑声和健美的身影。你的心地是善良的,对每个爱着你的人都是微笑的。像你这样的女神,爱情应该是美满的。谁能想象,刚刚步入爱河的你,却被一个痴爱你的人刺了一刀,永远倒在了三十年前的爱情不归路上。你永远地走了。现在我能安静地写些有关你的文字,却难以忘却当初听到你遇难时心灵的震撼。我没有回天之术,只能躲在无人的青草河边失声痛哭,汩汩的河水,不知道我的悲伤。从此以后,我才真正懂得,爱情不光有鲜花、美酒,还有悲伤和眼泪。

我又如期地来了,去年的那只美丽的蝴蝶想必已经飞过,梁山伯与祝英台的传说可曾随风飘来?当我一步一步地走近你的时候,我听到四周松涛阵阵,此时你正静卧在此,群山起伏,山风清新,野花盛开。

我忽然感到心静如水,比任何一次都更清楚地看清了你,墓碑上照片上的你依然笑得灿烂。我知道,在天堂的你是不会老的。我相信,你没有走远,因为你为爱而生,为爱而死,爱永远是你生命中那朵鲜花,你的爱情故事过去感动着,现在感动着,将来永远感动着无数为爱而活着的痴情男女。

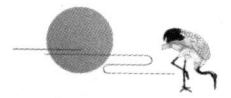

我就这样静静地望着你,望着你灿烂如昨日的笑脸,唯有不变的,只有那微微的细雨,还有那满山遍野的映山红……

悲怜的虎啸

现在真正生存在深山野林中的野生华南虎,不是人人都有运气得以一见的。我有机会偶然巧遇,当是生活中一件难得的幸事,更是一种难得的奇缘。

那是一个春日浓浓的下午,我带着儿子在离山沟很近的菜地里锄草。春风习习,阳光普照,一切都是那么空灵,那么清新,那么心旷神怡。我一边愉快地哼着山歌一边慢慢地锄草,尽情地享受着山野中美好的春天。

"爸爸,这里有一只大猫呀!"突然,儿子惊奇的叫声使我从"春梦"中惊醒。我走过去一看,吓得抱着不懂事的儿子连连后退。千真万确,一只硕大的华南虎静静地卧在菜地的一角。

我晓得华南虎又称中国虎,是国家的珍稀虎种,属国家一级保护动物,1996年被国际自然保护联盟列为极度濒危的十大物种之一。目前我国野生的和动物园中笼养的华南虎不足百只。

开始,我相当害怕。谁又能不害怕呢?一头成年华南虎的威力惊人,可以造成很严重的伤害,而眼前的这头成年华南虎就一直卧在那里,就那样静静地望着我们。

这时候,我知道千万不能跑,一跑它可能就会咬断我们的脖子。我心里虽然害怕,但在儿子面前我还是努力保持镇静。这里静极了,只有鸟鸣声和微微的风声。

接下来发生的事令人难以置信,然而的的确确是真实的,而且发生的一切似乎都十分自然。等了好长一段时间,我从华南虎的眼神中发现它没有恶意、没有袭击我的意图,我就像走近一只家猫,微抖着把手伸向它的身子和头。这头野性雄壮的成年华南虎像一只小牛似的低下头,微闭着眼睛很舒适的样子。看得出,它实际上很喜欢我的抚摸。

我抚摸着它的头,用手在它温暖的毛皮上滑动。它的鼻子拱着我的肩膀,完全是一幅人虎和睦相处的美图。突然它呼吸的声音很急促很响,身子也剧烈地颤抖,很痛苦的样子。它想站起来又跌倒在地。我害怕极了,连连后退,想帮它又不敢近身,想离开又好奇地想看看它究竟怎么了。天啊,知道发生了什么事吗?原来这是一只母虎。原来它要生小虎崽了。看,小虎崽终于生出来啦,一下地就可以站在地上走动。真是虎门出虎子,看后我不得不从内心赞叹它的强壮和伟大。

它终于走了,走向山坡。我认为它要回头张望的,没有,它就那样不慌不忙一声不响地带着那只刚出生的小虎崽沿着一条山间小路骄傲地走上去,渐渐地,融入绿色山林中不见了身影。

晚上,我听到虎啸,确确实实地又听到了虎啸,很悲怜的虎啸。我惊醒了说给妻子听,她笑着说,你怕是见了一次老虎就想虎想痴了,夜里做梦都是虎啸。我想想,也是,晚上哪来的虎啸。

第二天,村里人议论纷纷,都说有人用虎夹夹住了一只大老虎,由于不敢近身,就用汽车电瓶把虎电死了。我听后心里一惊,就和村里人一起往后山跑,果真看见两个汉子喜气洋洋地抬着一只大华南虎大摇大摆地走下山。一见虎,人们又是一阵轰动,羡慕的目光,奉承的话语不绝于耳。意思都是好多年都没有发现老虎啦,现在山上重现老虎好吓人啦,打死老虎发财啦,老虎吃人打死了做了好事等等。看着有人兴

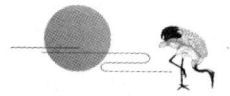

高采烈地簇拥着他们心目中的"打虎英雄"向前走去,我痴了,站在那里一阵难过。有些人只知道老虎会吃人,却不知道华南虎如今已是"国宝"了,更不知道老虎有时也是可以抚摸的。

鄱阳湖鹤之恋

经过一千多个日日夜夜,剧本《生死鹤恋》的创作终于画上了最后一个句号。

作为编剧,我们很庆幸,能在烟波浩渺的鄱阳湖畔,面对碧绿的草地、成片的芦苇,在无数只候鸟的美妙鸣叫声中,创作了一部发生在鄱阳湖畔爱情与战争融合在一起的历史传奇大剧。

鹤,候鸟王国中的佼佼者,自古以来,鹤是爱情纯洁的象征。"自古逢秋悲寂寥,我言秋日胜春朝。晴空一鹤排云上,便引诗情到碧霄。"早在3000多年前的西周时期,《诗经》中就有赞美鹤之高洁的句子:

鹤鸣九皋,

声闻于野。

在文学的领域里,鹤表示爱情的天地似乎更加宽广,而在影视世界中,鹤演绎的爱情洒脱一定需要一种限度;把爱情限制在一定的度内,把故事展开,最终还要把它收回来。

进入鄱阳湖,望着一望无际的湖水,看见散落在湖中的岛屿把天地嵌在宽阔的湖面上,数不清的水鸟在碧水蓝天间尽情地飞舞,一种舒展的畅快慢慢地从辽远的视野里蒸腾出来,鄱阳湖用它壮阔的气势给了我们创作的激情和灵感。

在创作期间,从人物设计、情节安排、剧情发展等基本构思,到拟定去主要地域珠湖、白沙洲等地走访,从初稿动笔到五易其稿,我在精神王国里筑楼台、挂幕布、搬道具,伴梨园弟子重现六十多年前我们民族经历的浩劫,遭受的创伤;演绎这场关系民族存亡的战争中一对敌我两国青年生死相恋的故事。明知是一场戏,我却无数次心潮起伏,无数次扼腕叹息,无数次泪流心田,无数次激起民族大恨。能够聊以自慰的是,我在本剧创作中的投入、执着、追求与忘我的状态。三年磨一"剑",三人磨一"剑",此"剑"如何?且让时光审阅评说、让岁月磨擦洗涮,此"剑"生锈或发光,吾心无憾。毕竟,我们为自己民族的那段沉痛的历史留下了一些真情实感,为鄱阳湖文化增添了一点墨迹。

爱情,古老而永不凋谢的文艺主题,古往今来,围绕这一主题演绎过多少催人泪下、令人痴迷的人间悲喜剧。我们也不例外,以爱情为主线,串连全剧,编演一幕幕爱与恨、血与泪的近代悲剧。

将祥和吉利的鹤与残酷的战争和离奇的爱情交织在一起,试图让观众与读者产生共鸣与震撼,是我们的尝试与心愿。

"越过道德的边境,我们走过爱的禁区。"《生死鹤恋》就是这样一部可能会引起人们广泛争议的作品。

人们在敌对状态下是否还能相爱?这种爱是不是可以得到升华?这个问题一直在困扰着作者。作者时时在想,人们看了剧本后,也许要问,一个有良知的中国姑娘,在当时的情况下难道会和一个日本侵略者生生死死坚守自己的爱情?作者的写作立场何在?作者的民族感情何在?要回答这个问题,首先需从历史真实背景上去寻找印证。中日交战时两国青年冲破层层阻力结合在一起的例子绝非少数。像最近颇为流行的电影《色戒》中的女主人公王佳芝,其原型郑苹如烈士就是一位混血儿。她的母亲木村花子,就是在日本侵华战争打响后,毅然随

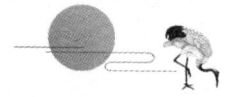

丈夫带着三个女儿回到上海。她始终和丈夫站在一起,即使自己的女儿被害,也没有向日伪的政权屈服。反映交战双方男女青年在非常时期的爱情,这样的文艺作品并不少见。从创作心理学的角度来看,越是打破禁区的影视作品,往往越能震撼观众的心灵。

曾经成功策划过《亮剑》和《狼毒花》等电视剧的著名军事题材策划人李洋先生说过:"任何历史底色上的传奇故事,都要在一个安全的地带展开。历史的土壤并不都是鲜花烂漫,倒是常常充斥着常人不在意的荆棘。但有一点是可以肯定的,任何时代、任何民族都需要保持对英雄的景仰,保持一份对崇高与壮美的期许。"

残酷的战争能摧毁一切,但是摧毁不了人的心灵世界,摧毁不了纯洁的爱情。在战火纷飞的年代,一对善良的中日青年经受一次次生死考验,宁折不弯,敢爱敢恨,忠贞不渝,演绎了一场感天动地的生死鹤恋。

我想到了中国汉代的一首撼人心魄的乐府民歌《上邪》:

上邪!

我欲与君相知,

长命无绝衰。

山无陵,

江水为竭,

冬雷震震,

夏雨雪,

天地合,

乃敢与君绝!

我们想说的是,李秋雁和牧野秋良的爱情,是对这首中国民歌的最佳注释。

我们民族从来不缺苦难,缺的是对苦难的记忆和反思。想起曾经看到过一个关于"2005年纪念世界反法西斯战争胜利六十周年"的调查,五成以上被访者不知道"九一八"事变。是的,时间毕竟已经过去七十多年,大多经历者已经作古;囿于当时的历史条件,保留下来的原声原影资料实在有限;能口述那段历史的人越来越少……于是,中国人民同仇敌忾反对日本侵略、反对战争的精神和声音变得十分微弱;于是,在某种程度上,日本侵略者残害中国人民惨不忍睹的历史似乎渐渐被人遗忘!

忘记历史就等于背叛。我伏案自问,历史究竟在哪里?历史该怎样来表现?

对于历史记忆来说,在特定阶段过后,事实材料的增加无比艰难,除了无可选择地悉心保护存留至今的物证之外,对于个体命运的考察,对于战争中爱情的歌颂可能是更能绵延历史的途径。关于战争中敌对双方的异国爱情,我们更重视选择人性的立场,因为那样可以让残酷的战争充满血肉感情,让我们有机会在凄美的爱情故事中永远铭记那段历史。

这就是我们写作《生死鹤恋》的动机和愿望。

鄱阳湖,"山苍苍,水茫茫,大姑小姑江中央",湖光山色,倾倒日月;鄱阳湖,"鹤笑蓝天,鹳舞碧水,天鹅白鹭戏龙王",候鸟乐园,勾引玉皇。鄱阳湖不但美不胜收、趣不可言,更因地域辽阔、历史悠久、文化丰富、名人辈出而引人入胜,令人流连忘返。

这便是我选择鄱阳湖作为本剧主要背景的初衷和理由。

一台大戏,当然离不开众多的关注与帮助才有可能编演成功!

本剧创作,得到了乐平市委宣传部、鄱阳县委宣传部、瑶里镇政府、瑶里崖玉茶叶有限公司、鄱阳县文联、作协、油墩街镇政府、珠湖乡政府等有关单位领导和文友的关心与支持;省作协副主席宋清海先生百忙中为本剧作序;值此表示衷心感谢!林进军、汪志明、金伟文、盛晓坚、

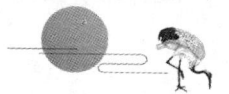

李笑玲、吴薇等文学爱好者为本剧修改提出了宝贵的意见,在此提名纪念。

作者水平有限,学识肤浅,加上对二十世纪三十年代没有直接的生活体验,本剧肯定存在种种欠缺与不妥,敬请各位师长、导演、演艺界人士及读者朋友批评指正。(剧本《生死鹤恋》后记)(此文李来顺、蒋霞亦有贡献)

瓷上的人体艺术之美

我的一位朋友曾经说过,男人看女人和女人看男人是有本质区别的。身体语言也是一种文化的表达。唯美的人体艺术,总透着各种神秘的色彩。

在传统的美术史中,女性永远属于边缘的群体。在中国,女子知书达理是为了让她们成为男性社会的贤女贞妇。所谓:"在家为女,出嫁为妇,生子为母。有贤女然后有贤妇,有贤妇然后有贤母,有贤母然后有贤子孙。王化始于闺门,家人利在女贞。"

人体艺术的起源,最普遍的阐释是让疲乏的劳动者,把劳动当作一首歌、一首诗、一幅画去开心、去亢奋、去享受,也就是说艺术来源于生活,又高于生活,且服务于生活。

女性人体画来源于对女人形体的描绘,也就不能仅仅是对女性人体的逼真再现,它必须超越人体本身,让欣赏者从中体会到美,和美所蕴藏的含义。

既然如此,艺术家在人体中寻找灵感和创作源泉的终极目的还是女人,只有当女人卸下世俗的伪装,才得以袒露女人专属的美丽,艺术家才能真正获得纯粹的感动。虽然这样的征途漫长、坎坷,但同样美丽。

中国古代的人体艺术是不发达的,因为中国古人忌讳裸体,艺术家不用裸体模特,所以中国古代出不了欧洲米开朗琪罗这样的人体艺术大师。

对于人体艺术,中国古代艺术的态度往往是忽略,不想也不愿牵扯其中。人体艺术因其与生俱来的特殊性,往往触碰到人类道德、情感神经的最敏感处。因为暴露身体本身就有风险,弄不好就会身败名裂。

在这里,请允许我引用台湾著名作家李敖写的一篇文章,也许会使我们对中国人体艺术在历史上的发展过程有一种全新的认识。这篇文章的题目叫《由一丝不挂说起》,现摘录文中的几段话:

西方人继承了古希腊的对肉体美的尊重观念,这种观念最具体的表现是他们创作的艺术品,在绘画、壁画、皿画、织品、雕刻、浮雕、木雕等艺术品上,他们流露了各种对肉体的欣赏与礼赞。这种传统的代代相传,自然发展到近代的模特儿、脱衣舞、裸体会、日光浴运动……

翻开日本平凡社的洋洋巨册《世界裸体美术全集》,第一使我们惭愧的,就是没有一张中国的裸体画,也没有一张裸体雕刻的图片,其中代表东方的有日本的出浴图,印度的暴露画,可是没有中国的作品占一席之地,这真是一件耐人寻味的事。

再翻开中国美术史,你可以看到什么《美人图》《明妃出塞图》《唐后行踪图》,但是你绝对找不到一个光着屁股的女人,绝对找不到对裸体艺术欣赏的观念。中国人没有这些,他们压根儿就不画正视肉体的图画,也不画一个脱衣出水的女人。他们要画就画两个,——例如仇十洲的春宫图,就是中国人的"裸体艺术"。

中国人的"裸体艺术"表现都是变态的、可耻的,什么"男女裸逐"

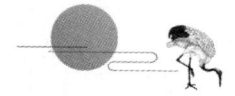

啦,"起裸游馆"啦,"裸身相对"啦,"帘为妓衣"啦,无一不是丢人的记录。换句话说,中国人对肉体的观念是不正常的……

在对肉体的观念上面,最正常的合法开放是艺术家眼前的模特儿。模特儿的出现最早是在私人的画室里。到了1920年,上海有人发难了,最有名的是常州怪人刘海粟,他公然呼吁"模特儿到教室去!"主张在教室里做人体写生。当时这件事闹得满城风雨,老顽固们大骂他,新闻记者攻击他,孙传芳的五省联军捉拿他,人们把他跟写性史的张竞生,唱毛毛雨的黎锦晖视为"三大文妖"。

而艺术家作为人间的"通灵者",总是最早感知到那些征兆。他们行走在开放与禁忌的边缘,往往用一己之力叩问全社会的清规。几乎在同一时期,景德镇也横空出现了一个在瓷器上画人体艺术的陶瓷画师。他创作的人体艺术,惊世骇俗。几千年来,中国的女性都是被压抑、被约束的,所以女人已经不是本色女人,而是闭守的、委屈的、矜持的,这样的女性,没有生命的火花,没有性别的冲击力,更没有性感的吸引力。所以当陶瓷画师所创作的陶瓷人体艺术刚刚萌芽时,人们怎能不疯狂、不惊叹?怎能不激情澎湃?

但暴露身体这一事实,本身就被老顽固们认为是大逆不道的事情。在此之后,"淫秽""下流"的指责就像一盆脏水几乎伴随着陶瓷画师的一生,其中很多案例在后世看来近乎可笑。

我们在感到可笑的同时,也能意识到陶瓷画师为了人体艺术,所付出的种种艰辛、危险和屈辱。

小说《瓷上的风花雪月》中的陶瓷画师叶临之,前无古人,后无来者。他有一双灵巧的美手,创作了大量陶瓷人体艺术作品,慢慢地释放出个人关于女性的定义。他行走在禁忌与开放的边缘,为人世间留下美境,描画风流人生。他以最直接、最直观、最精细的方式歌颂人体之美,生动表达了女人的美丽和真实,创作了独一无二的瓷器人体艺术之美。"一个人的形象和姿态必然显露他心中的情感,形体表达内在精神,对于懂得这样看的人,裸体是最有丰富意义的。"罗丹如是说。如果说上帝是女人美的第一创造者,陶瓷画师则是第二个。

　　他是景德镇陶瓷艺术史上最具有争议的人物之一。无知无为者,看轻他;学养不足者,看不懂他;心胸狭隘者,诋毁他。很少有人能在他的陶瓷人体艺术作品前保持镇定。他所创作的陶瓷人体艺术,让我们的心灵和眼睛在一瞬间就被牢牢吸引,伴随着震惊的往往还有不安甚至害怕。他一生都在瓷器上画人体艺术,他把人体之美留给了世界,自己收获的却是一生的贫穷、无数的官司、无穷的诽谤和滚滚骂名。陶瓷人体艺术的历史完全可以理解为这样一种历史,即艺术家和模特以他们的个性对抗僵化、遗忘和死亡的历史。正像本书题记所说:"它不仅代表了景德镇民国时期的人体之美,也是他个人陶瓷艺术传奇生涯的特殊见证"。

　　小说中另一位人物陈小从,用女性的身躯和深情,为艺术说话,哪怕这样的言说只是细语呢喃,也足以沁人心脾,动人耳目。让人想起温克尔曼总结古希腊艺术的一句话:"高贵的单纯和静穆的伟大。"伟大或许不是,但这种静穆,是令人尊敬的。是为序。(长篇小说《瓷上的风花雪月》自序)

《瓷上的风花雪月》后记

　　景德镇近几年,隔三岔五就会来个外地剧组,轰轰烈烈地拍些反映景德镇和景德镇瓷器题材的电影和电视连续剧。热闹终归是热闹,

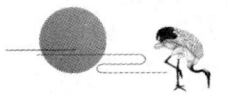

可过后看看拍出来的东西,总让人觉得有些美中不足之感。

具体有哪些不足,事后评说多少有点班门弄斧和事后诸葛亮之嫌,极易得罪人,故暂且打住。由于景德镇具有悠久的制瓷历史,瓷器曾是中国的"国器",自然名声在外。凡是喜欢舞文弄墨的人,谁都跃跃欲试想写景德镇,写景德镇的瓷器。但景德镇和景德镇瓷器博大精深,具体怎样来表现却又难度重重。不要说外地人雾里看花随便逛逛不能一下子了解到景德镇的精髓,就是我这个土生土长的本地人也不一定能完全研究透景德镇。

我生长在景德镇,长期生活工作在景德镇,和景德镇瓷器朝夕相处,耳濡目染,对景德镇和景德镇瓷器具有相当深厚的感情。这里的每一寸土地,都有陶瓷历史文化的沉积;这里的每一座古窑遗址,都留有陶瓷历史发展的烙印;这里的每一位陶瓷艺人,都在创造陶瓷文化的历史,他们注定也要融化到陶瓷文化的历史中去。对于我的文学创作而言,景德镇和景德镇瓷器,就像一只只熟透了的红苹果,在那里发出诱人的光芒让人垂涎。张接安先生就曾多次对我说过:"在景德镇搞文学创作,成功也是写瓷器,失败也是写瓷器。"张君之意倒有点"成也萧何,败也萧何"的味道。

作家毕飞宇也这样认为:"一个作家真正的视野是永远盯着自己,盯着自己的故乡,盯着自己的文化,盯着自己的生活,因为那个是文学需要表达的东西。"

依我个人愚见,到目前为止,以景德镇和景德镇瓷器为题材,中国还没有拍出一部高水平的电影和电视连续剧,更没人创作出一部优秀的长篇小说。虽然景德镇拥有悠久的陶瓷历史文化,可就是没有一部在全国有影响力的宏大优秀作品出现,这是很讽刺的,我辈应当为之汗颜。

对景德镇和景德镇瓷器的了解,自认为成竹在胸,可真正要动手创作长篇小说时,我才发现原来所知非常之肤浅。为此我下决心花大力气从多方面入手来重新了解、学习和研究景德镇和景德镇的陶瓷历史文化,力求让自己的心灵去感知景德镇和景德镇瓷器。有一天和朋友喝茶聊天,他对我说起他听来的一个民国时期已故陶瓷画师的故事,对我的创作颇有启发。第二天,我特意去拜访了陶瓷画师的爱人。当时她年岁已高,百岁福星老人,请了个乐平乡下的保姆照顾其日常生活起居,平时总是一个人静静地呆坐在轮椅车上一言不发。可惜,由于她耳聋眼花,我再三问也问不出只言片语的故事,令人落寞。但我很快发现,在她身上竟有一种令人无法形容的艺术家气质吸引住了我,并深深地震撼了我。虽然此行我没有采访到她和她爱人的精彩艺术人生故事,在小说中也没有她半点故事的影子,但后来小说中陈小从这个人物,实际上从那时起就已经在我的心中开始渐渐萌芽。可以说,因为有了她,才有了本书中陈西玉的美丽故事。

通过研究已拍成播放的多部反映景德镇和景德镇瓷器的影视作品和已出版的文学作品,我发现,以器型(瓷器)、瓷窑为故事主线的占多,而以工匠(包括陶艺家)的占少。故事情节又大多围绕几个家族为了争夺一种瓷器生产配方而展开,然后再添油加醋来点爱情故事做佐料。一些人由于对景德镇陶瓷历史文化缺乏应有的了解,所以写出来的作品未免生硬、单薄和公式化,故几十年来难有精品出现。我认为,景德镇粗看起来是靠瓷器撑起的,可以说没有瓷器就没有景德镇;实际上成就景德镇的却是从古至今千千万万的工匠、艺人(当然也包括陶瓷画师)们。故景德镇号称:

工匠八方来,

器成天下走。

可以说,没有"工匠八方来",没有景德镇对各方人才的大包容、大融合,就没有今天历史辉煌的景德镇。

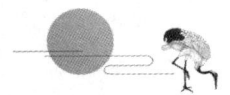

从历史角度去考察景德镇,历代的《中国绘画史》与《中国陶瓷史》均无"瓷画"的称谓,瓷画家在历史上完全处于明日黄花的状态,这是历史的原因。历史上对陶瓷工艺只重视产品,不重视人,因为古代有很多官窑,是由皇家控制的,虽创作了很多精美的艺术品,但这些工匠艺人得不到政府的重视,一直被边缘化,在历史上没有地位,再精美的作品都要打上康熙、雍正、乾隆年间制,作者没有任何权益可言。现在的情况反过来了,现在是重视人不重视产品了。对于艺术来说,现在是一个最好的时代,也是一个最坏的时代。这是一个人人都可以称为大师的时代,民间艺术家、学术地位很高的教授都热衷评大师,大师帽子满天飞,成了陶瓷界的乱象。这是景德镇的现象。

言归正传,绕来绕去又绕回到文学创作的传统话题:写人。当然长篇小说也不例外,一切故事的推动都要靠人的思想、言行来完成,一切故事的构思也都是为书中人物的需要服务的。

清代《说岳全传》的作者钱彩曾经说过:"从来创说者,不宜尽出于虚,而亦不必尽由于实。苟事事皆虚,则过于诞妄,而无以服考古之心;事事皆实,则失于平庸,而无以动一时之听。"前人钱彩的虚实之说虽然有些独到的见解,但此学说在景德镇题材的创作上不见得能够适用,此乃水土不服也。因为在景德镇写真实的人何其之难,可以说是个禁区、雷区。

因有文友的前车之鉴,所以我在创作长篇小说《瓷上的风花雪月》时,给自己设置了一条严格的创作底线——严禁写景德镇的真人真事,本书中的一切人物和故事全都来自于富有想象力的虚构,真实的人物和故事再好也都割舍不用。借用一些影视人的通常说法:"本剧故事,全系虚构;如有雷同,纯属巧合。"这样做小说能不能成功暂且不论,起码我这个穷书生不会被一些后人告上法庭而灰溜溜地又输官司又赔钱吧?!

简单地说,一部小说能不能吸引读者,关键在于细节;作者的才智、功力,主要体现在细节运用上。细节好,假的也有趣;细节不好,真的也叫人兴味索然。小说是虚构的艺术,说白了就是编故事。我对《瓷上的风花雪月》很有信心,主要是基于故事、细节的巧妙构思。到目前为止,《瓷上的风花雪月》是我国第一部全景式描绘景德镇陶瓷人体艺术的长篇小说,它不仅代表了景德镇民国时期的人体之美,也是小说主人公个人陶瓷艺术传奇生涯的特殊见证。

每个人的人生,都是一部直面残酷和美好的长篇小说,唯有作者自己能体味字句缝隙间的悲欢离合,即使偶尔遇见心意相通的读者,也不过是读到与自己人生故事心意重合或桥段相似的断章。每一个写作者背后都存在着不为人知的艰辛,超长时间的工作不仅带来了身体上的疲劳,更带来了精神上的压力。但我自知五年的心血没有白费,我只写我想写的,写我能写的,这也是我信心十足、心灵感慰的主要原因。写景德镇就要对得起景德镇的悠久历史,不能急功近利,更不能唱高调,这是一个写作人彰显良知的问题,是做人一辈子的事情,容不得半点含糊。

景德镇是我生命和写作的源泉,对于那块土地,我有着太多挥之不去的记忆。在我的书中,景德镇不是一个意念、一个符号、一个灵感,而是一种声音——天籁之音,能净化喧嚣的心灵;是一种精神——能扭转命运的日益丰盈的力量;是一种诗性——在平凡乃至普通的泥火艺术中,能让一代又一代能工巧匠数千年对精美的瓷器依然保有希望的理想图腾。

奈保尔说过,写长篇就是一个造作的事情,你开始写的时候,你坐在那里,意识到自己坐在那里,意识到你在写一个巨著,都是意识层的东西。海明威也说过,你知道的东西你不要写,当你在写的时候,突然涌到笔端的东西,你把它写下来。

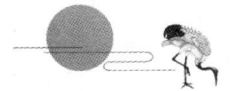

  俄国作家契诃夫曾经说过:"随着年龄的增长,生命的脉搏在我身上跳动得越加有力。"我一进入真正的创作状态,人始终有精神上的亢奋。把景德镇陶瓷画师叶临之给予我的感动,通过写作传递给别人,使其他人有了走近叶临之的兴趣,这是我一直保持对《瓷上的风花雪月》强烈兴趣的结果。通过这部书,我也因此而可以告慰曾经对景德镇作出过贡献现在还健在或已作古的许许多多的陶瓷工匠、陶瓷艺人和陶瓷画师(大师)了。

  长篇小说《瓷上的风花雪月》的顺利完成,我要感谢我的家人,他们又一次容忍我投入到本书的长期创作之中。我要特别感谢我的妻子汪秀香,感谢她为我选择的写作之路包下了全部的家庭琐事,感谢她长期对我的理解和宽容,她以女人的细心在本书创作的每一阶段都提出了很多很好的意见和建议。对此,千言万语也难以表达我的全部感激之情。感谢江西日报社、中国江西网(大江网)的领导和我的同事们对我在工作之余长期进行业余创作的理解和支持。感谢兄长汪志明和朋友王林森、俞小平、金长寿、林进军、王尚宾先生对我长期的鼓励和支持,使我对本书写作充满着强烈的兴趣和信心。感谢张接安先生为本书封面题写书名,让本书生色。感谢远在湖南长沙的好友金伟文先生对本书创作在电话中经常性的共同探讨,给我以有益的启发。感谢王珍、周稷编辑为本书的顺利付梓所付出的心血和努力。在此题名纪念!

民间历史的记忆

宋诗有云:"子规夜半犹啼血,不信东风唤不回。"这正是对我写作的精神写照。

中国自古以来实际上是一个乡土国家,但是乡土小说和有关乡土的记忆太少了,这是个悖论。我们没有写《静静的顿河》的肖洛霍夫,没有写《鱼王》的阿斯塔菲耶夫,没有福克纳这样的美国乡土作家,也没有哈代这样的英国乡土作家,这是中国文学的巨大缺失。

铁凝说:"短篇是写风景,中篇是写故事,长篇是写命运。"

在长篇小说《家族秘密》中,我偏重于史诗风格与人文精神的表达,这是流在血脉中本能的选择。历史的洪流是无数人的命运,所以小说中每个人的故事都有史诗的意味。我力图将几个家族的命运叠印在历史的洪流中,能使我们看到折腾中国人的命运问题。

"'秘史'之秘,无形无状,故隐藏颇深;'秘史'之秘,秘在内心,故含有心灵史、灵魂史、精神生活史之深义。我们的民族历史漫长,以小说状写历史之表象者多矣,而能达到秘史境界却少之又少。"(雷达语)《家族秘密》首先是家族秘史,而"家国一体",家族史便纵深至民族史。

《家族秘密》是我文学史和心灵史的一个长途跋涉坐标。20世纪80年代就已动笔,几经停辍延宕,近年又开始续写,从构思到完成,前后共花费了三十多年的时间。小说人物众多、故事繁杂、年代跨了一个世纪。真实自有万钧之力。我力图真实准确地记录浮梁乡土历史的精

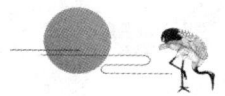

神变迁,饱含文史价值,重现那些被遗忘的历史场景、历史人物和历史生活。书中洒满了我的青春和心血。我的身心始终沉浸在本书的创作之中,我的创作生命是随着它的逐步完成而成长、成熟起来的。

鲁迅先生有一句话真是真知灼见:"真的勇士敢于直面惨淡的人生,敢于正视淋漓的鲜血。"我们这个民族忘得太快、记性太差,文学艺术应起到记录的作用,这是长篇小说应负起的文化职责。

《家族秘密》是带着我生命和心灵的记录,是我文学生命中最重要的一部作品,是一部宏大的历史小说。它里面充满了历史的声音、自然的声音、神灵的声音、心灵的声音,它是浮梁百年历史的印记,是一场飘逝在历史长河中古人的灵魂叙事。我相信,《家族秘密》能正视浮梁一个世纪的历史真相,意义自会久远,至少说明我们这一代人拒绝遗忘。

文学源于生活,又高于生活。因此,《家族秘密》并非完全凭空捏造,皆有坊间传闻和史料佐证。因为历史人物无论多么奇特也不可能原封不动地写进小说,"小说必须虚构,必须想象"。这不是我的发明,我也改变不了这一基本事实。正如马尔克斯《百年孤独》中写了一个马孔多镇,但马尔克斯的目的绝不是去写一个小镇。在《家族秘密》中,浮梁、景德镇、黄泥头、朱埠头、半路港和龙眼睛的地名是真实的,王跳鬼、张别牯在历史上也确有其人,但故事大部分是虚构的。这点我要和广大读者朋友,特别是黄泥头、朱埠头、半路港和龙眼睛的朋友们交代清楚,你们千万不要按人名、地名去套本书中的故事。那样的话,你们真的就要很失望啦。

开始创作《家族秘密》时,我曾考虑把故事背景放在瑶里,一路写来总是磕磕碰碰,不太流畅。后把故事背景放在自己的家乡后,情况才开始出现好转,灵感也时时喷涌而出。我想,这可能就是故乡情结,这就是作家马尔克斯终身只写一个马孔多镇,莫言只写高密乡的原因所在吧?!

文人相轻,不可避免。现在有些人爱用"世无英雄,竖子成名"来暗笑我的创作,我却认为,这是个好兆头,有冲突才有生命力。不是世无英雄,而是英雄太少,遂使凡夫俗子成名。

长篇小说《家族秘密》的顺利完成,首先我要感谢我的家庭,他们三十年如一日容忍我投入到此书的创作之中。我还要特别感谢我的爱妻汪秀香,感谢她为我选择的创作之路几乎包下了全部的家庭琐事,感谢她长期对我的理解和宽容,她以女人的细心在此书创作的每一阶段都提出了很多很好的意见和建议。对此,千言万语也难以表达我的全部感激之情。感谢江西日报社集团领导和我的同事们对我在工作之余长期进行业余创作的理解。感谢兄弟汪志明、王林森、俞小平、金长寿、林进军先生对我长期的鼓励和支持,使我对写作充满着强烈的兴趣和信心。感谢中国当代陶瓷书法第一人张接安先生为本书封面题写书名,让本书生色。在此题名纪念!(短篇小说《家族秘密》后记)

一道风景

——读李政群《岁月风声》

和政群相知相识,是一次悠长的缘分。只要有可能,他的作品我是每遇必读的。当他还散发着油墨书香的诗集《岁月风声》刚刚到手,"夜读你化石般的作品,如同推开新世纪的黎明之门"(《荒芜英雄

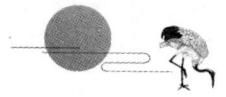

路》),便再也放不下了。

如果说写小说的政群是小说家政群,那么如今写《岁月风声》的政群就变成诗人政群了。老诗人公木曾经说过一句名言,至今仍留在我的心头。"不要把诗歌当作生命,而要把生命当作诗歌。"在读政群的诗歌时,我不能不感到,你用"疼痛握瘦的那支笔"(《荒芜英雄路》),"在语言无力表述民族情感的时节,你用脊骨写诗,用头颅顶起一轮新月。"(《闻一多》)

任凭背景如何荒芜

义无反顾的行程如鹰击长空

纵然风化为石

也要深入历史的章节

让长歌慢板荡净苍穹

让宽大无边的关怀

阳光一样

均匀撒满

每一座寒窑 (《荒芜英雄路》)

我不会写诗,却爱读诗。这神采飞扬的诗句,对我心灵可以说是一种冲击。"让我感悟唯有对生活挚爱,对民众关怀,对历史追问,并且用脊骨写诗,用疼痛握笔,一切的文字都将饱含诗情,飞扬诗意。"(《岁月风声》后记)他虽幼年丧母,浪迹天涯,依然执着于"用歌唱抚摸爱的方向,永不背叛地风雨兼程,纵使花开花落,云聚云散。"(《岁月风声》后记)可见政群的胸怀和志向。

用歌唱抚摸爱的方向

让翅膀雕塑风雨的形象

注定

成为漂泊者

深入骨髓的悲哀

和洒满旅途的诗行……(《用歌唱抚摸爱的方向》)

在《岁月风声》里,他捏一杆《寒箫》,像一匹孤独的野狼,独自游荡在浮梁沉寂的文坛原野,终于耀眼成江西文坛的一道风景。其小说、散文、诗歌都堪列浮梁文坛一流的水平线上。

一管竹箫

横在今夜

一路呜咽着排落星天

关山万里

竟经不住一种思念

竟慢慢瘦成

痛楚缠绵的行雁

正像著名诗人程维所言,"全诗有一种冷萧、清冽之气,却意境如箫。箫是中国最能出意境的乐器,也是最被诗人钟爱的意象,李政群的箫虽寒,但其所传导的意绪却如寒冲的火焰、那火焰不仅照亮关山万里的伊人的面孔,也能照亮读者的眼睛。"(《岁月风声》序)程维虽然评论的是政群的诗,"我干涩的双眼,总也止不住,溢出清泪。"(《戴望舒》)

把我的嘴唇给你

使血泪不再沾湿我的歌声

把我的双手给你

使名利不再弯曲我的骨气

把我的头发给你

使痛苦不再战栗我的智慧

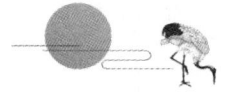

把我的眼睛给你

使黑暗不再笼罩我的生命

政群属于那种厚积薄发之人，他的文化沉淀太深太重，他的聪慧及才思，使他的运笔与一般人看有另辟蹊径之感，他敢于将想象驰骋于万里空间，敢于别出心裁地将传统的名词、动词、形容词置换使用，敢于将思想与意象纵横调配，使他的诗具有感人心魄的力量。"功夫在诗外"，在这里，可以想象，在语言上他是曾经下过苦功的。"最高的头颅高不过泥土。"（《仰望泥土》）"我是这样一无所有，只能满足你唯一的索取。"（《十四行诗抄》之一）就像是经典格言。

仔细阅读政群的诗文，不难发现他的诗哲理性很强，有时为了强调思想而使句子显得生涩。但诗歌毕竟是一种抒情味很浓的文体，优美的语言才能给人们美的享受。"艺术是一场灵魂的探险。"政群还很年轻，艺术的道路永无止境，"我要将自己走成一道风景"（《梦是我唯一的行李》）希望他走出浮梁，走出江西，在中国文坛上也能走成一道风景。作为政群的知心文友，在未来如歌的岁月里，永远会耐心地期待着。

品读陈国清散文《陕西行》

初读《陕西行》（《景德镇文艺》第三期），可能会有猎奇的等待，一般读地理博物志之类的文字，都有这种心情。作者知道如何满足这种阅读期待，他这篇散文游记所注重的就是陕西历史的特异性，加上他有意用"行云流水般"的文字来讲述,使作品显得大气,有历史的厚重感,读来更添一分兴味。

这种兴味继续下去,到文章最后部分进入了全篇的"阅读高潮"。最令人难忘的是贺敬之的民歌体诗篇《回延安》:

手抓黄土我不放,

紧紧儿贴在心窝上,

几回回梦里回延安,

双手搂住宝塔山,

千声万声呼唤你,

——母亲延安就在这里!

这高亢激昂的陕北民歌曲调让阔大悠远的陕西延安历史、风情仿佛在刹那间定格,读者忽然发现可以那样简明清晰地理解陕西,和陕西的人文精神沟通。

第二辑

今古传奇

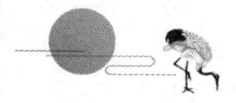

最后的倾诉

一

瑶里南山脚下,有一座孤独的茅草屋,茅草屋里有个孤独的程本金,程本金的身边缠着一条孤独的黄狗。它和程本金形影不离,默默地注视着这里的一切。

这是一座用乱石垒墙的茅草屋,屋后是南山三千亩原始森林,屋前斜坡上有几块新开垦的荒地,再过去一点是青龙湖。程本金便是这山这屋这地这湖的主人。

炊烟懒懒散散地伸着,像头折腾倦了的老黄牛,慢慢吞吞地走进暮色,融进灰蒙蒙的天空。南山一片寂静。程本金早早地吃了晚饭,坐在门前的青石板上,"吧嗒吧嗒"地吸着那根泛着紫红的旱烟杆儿,火星儿忽明忽暗,好像一个痛苦挣扎的灵魂,奄奄一息。浓辣浓辣的旱烟在喉管里转了一圈,便带出一口滑溜滑溜的痰儿,便带出一串饶河戏调儿:

悔不应该,

在当初把妻来休……

程本金哼的都是些苦情戏。从程本金干瘪的嘴巴里,嘶哑的嗓子里,那毫不连贯的调儿,颤悠悠的是那么凄婉悲怆。在这冷静寂寞的山脚下,听得让人战栗心寒。程本金就这样东一句西一句地哼着,哼得太阳沉了,南山哑了。那狗儿似乎也能理解主人的心情,趴在地上,

"噢……"像是低声呜咽,又像伴奏。

那单调苦涩的嗓音,那悲凉的曲调,可是程本金人生的写照,心声的诉说?不知是命运捉弄了程本金,还是程本金戏弄了命运。程本金不清楚,程本金也不想弄清楚。

二

想当年,程本金是个高大壮实的后生,力大如牛,三百斤的石臼程本金一个人可以举过头顶。1938年7月,日军冈村宁次中将的部队进攻德安的时候,程本金刚满二十岁。结婚第三天,程本金便穿着崭新的军装随国民革命军俞济时部离开瑶里到德安参加德安战役(又称万家岭战役)。

在战场上,程本金几乎把所有的气力都发泄出来了。在一次残酷的战斗中,程本金与三个强悍的日本鬼子拼刺刀,刺刀弯了,枪托断了,最后一个日本鬼子硬是被程本金抓住两腿撕开的,那殷红的血溅得程本金满脸满身。

几年中,程本金转战大江南北、长城内外经过了大大小小无数次血战,多次立功也多次负伤,至今程本金还拖着一条为救58师师长冯圣法而负伤的残腿。由于一条腿残了,程本金没法再继续随军打仗,只好带着残腿谢绝了师长的挽留很遗憾地离开了部队。

那天,哗啦哗啦地下着雨。没有惊动瑶里,没有惊动南山,冒着大雨、踏着泥泞,程本金悄悄地回到了家乡。瑶里古镇依然是程本金走时的样儿,瑶河依然千古不变地流淌,古老的青石板路依然光滑,程本金的家依然是那三间明代徽州古屋。

家门没有关。程本金的媳妇正在昏暗的厨房里做晚饭。灶里的火旺旺的,映照着程本金媳妇的脸。那是一副忧郁而漂亮、寂寞而动人的脸,苍白中隐约透着山里女人迷人的韵味。

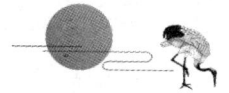

"兰子!"程本金丢下行李,失声战栗地叫喊着。

程本金的媳妇浑身就像被东西刺了似的抖了一下。她慢慢地转过身子,抬起头,撩了撩头发,很吃惊地打量着眼前水淋淋的陌生汉子。

"兰子,是我呀!"

"……"

"兰子……"

"……"

程本金媳妇凝滞的目光倏地闪了一下。终于,她认出来了,眼前的汉子就是几年前同自己结婚而又一直杳无音信的汉子。

"哇……"她发疯似的扑上去,撕着,咬着,哭着……

程本金紧紧地搂着自己的媳妇,任她的泪水倾泻在冒着热气的胸脯上。

程本金俯下身子,轻轻地抱起兰子,进了房间。

不多时,房间里发出强烈的喘息声,尔后又转为三月春雨的绵绵絮语……

此时,灶里的火更旺了,噼噼啪啪,活泼而欢快,映红了厨房,映红了整个破旧的房屋,好像每个角落里都弥漫着一股兴奋的情绪。

不知过了多久,那盏松脂油灯亮了,火苗儿忽闪忽闪。

程本金醒来了,看见兰子正在给一男孩洗澡,边洗边哼着儿歌:

小宝宝,快长大,

长大别忘爸和娘;

娶媳妇,好成家,

早生早抱胖娃娃。

似梦,非梦。程本金擦了擦眼睛,神儿一愣:"哪个的儿?"

兰子电击似的一抖……

三

程本金仍然不敢相信眼前的一切,可事实却像铁钉钉门板一样摆在自己的面前。

那个野种,那个塌鼻子,那个又矮又黑的"崽"正在门口的臭水沟里踩水玩。他无忧无虑,一个劲儿地踩,好像要从臭水沟里踩出一股清泉来。

程本金坐在石条门槛上,心里就像喝了那臭水沟里的臭水,直想吐。

晚上,程本金到大哥家里去坐了。自然兄弟之间唠叨了半夜,临走时大哥轻声告诉他:"那个野种,是一个磨剪刀、补套鞋、整锁、修锅的外地人的。"

此时此刻,程本金的双眼红辣辣的,像一只发疯的水牯牛,内心里有一股浓浓的火药味:"老子在前线命都差点搭上了……"

"野种……"猛地,程本金跳了起来,把那个"野种"轻轻一挟,挟到村后的山沟里,一石头砸死了,无声无息。

程本金回到家重重地吐了一口气,感到了从未有过的快感。他端起粗瓷碗,"呼呼"连喝了四碗稀粥。

"儿呢?"兰子从河里洗衣回家的第一句话,就是问自己的崽哪里去了。

"那个野种?"程本金鄙夷地斜了兰子一眼,轻描淡写地说道:"死了。"

"啊……"兰子挎着的篾篮子掉在了地上。

"我砸死了。"程本金轻松地说道,有点幸灾乐祸地望着兰子。

"你……你……"兰子气得说不出话来。

"你心痛吧,臭婊子。"程本金挥手抡过去,兰子的脸上顿时留下了

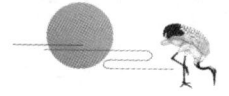

一个清晰的巴掌印儿。

兰子没有说半句话,锥样的目光死死地盯住程本金。末了,兰子跟跟跄跄地走了。

下午,村里放牛的老汉告诉程本金,有个穿红棉袄的女人跳进了青龙湖。

程本金慌慌张张地跑了出去,发现青龙湖周围围了很多人。大家打捞了老半天,一点影儿也没找着。老辈人说,那是捞不着的,程本金的女人是叫龙王掳了去,这是命中注定的。

这是一个仅有一百平方米的小湖,却很神秘,一年四季的水碧绿清澈,谁也不知道它有多深,相传是一条龙卧于此地而成,每二十年,它便要掳去一个女子。听老辈人说,在这之前,就有好几个女子被龙王掳了去。

灶里的灰冷了。床上的被冷了。屋里没有了一点热气儿。

程本金的女人永远走了,再也不回来了。程本金清楚地记得,兰子是穿着他们结婚时的那件红棉袄走的。

四

程本金在青龙湖旁的破庙里守了七天七夜,痛痛苦苦地想了七天七夜。

程本金也想过跳青龙湖,可这样太便宜自己了,他不能原谅自己痛痛快快地走完一生。于是,他用那根紫红的旱烟杆儿挑着被子到县政府投案自首了。

最后,县法院判了他死刑。

得到消息后,58师师长冯圣法派部下从前线急急赶来,硬是把程本金从法场上劫了回来。程本金为此默默地感谢老师长,他为自己能获得漫长的肉体和精神上的折磨而感到宽慰。

死神客气地延续了程本金罪恶的生命。程本金先到老师长那儿去了一趟,他谢绝了老师长的好意,重新回到了生他养他的瑶里古镇。

程本金的回来并没有引起大哥的惊喜。他大哥说,为了提防警察再来抓他,为了他的后半生,还是去为财主守南山吧。

于是,程本金默默地看了一眼曾使他兴奋使他留念又曾犯过罪的老屋,又默默地看了一眼大哥,走了。

程本金来到镇后的山沟,扒开一堆乱石,找到那堆脆嫩脆嫩的白骨,用衣服包好,裹进被子里,进了南山。

五

南山,死一般的寂静。

茅草屋,孤零零地卧在那里。

青龙湖,好碧绿好平静。

程本金用力打开门,一团团无声的霉气、湿气阴森森地扑面而来。没有窗户,茅屋严严实实地像个牢笼。当他宽厚的身躯堵住了那低矮的门框时,里面什么也看不见,漆黑得可怕。从他胯下钻出的那点可怜的一束光,便是这屋里的太阳,这屋里的精灵。

程本金刚放下东西,一只瘦骨伶仃的黄狗不知何时来到他的脚下,那亲热劲儿就像久别重逢的朋友。程本金鼻子一酸,收留了它。南山少了些寂寞。

于是,他和它一道在墙脚下庄重地安葬了那捧脆嫩脆嫩的白骨;于是,他和它一道在青龙湖边烧纸钱烧香烛;于是,他和它一道上山护林防火打猎种红薯;于是,他和它一道就这样默默地生活,生活在默默的南山脚下。

有一天,程本金从山上背回一只肥胖的野麂。突然,黄狗"汪汪汪"地叫个不停。红薯地里坐着一个头发凌乱、面黄肌瘦的女人,怀里

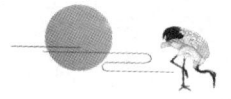

揣着一个崽。地里东一个坑西一个坑,刚长的红薯被糟蹋得不成样子。地上有一堆火,飘来丝丝的红薯香味儿。

"你是哪个村子里的?"程本金和善地问道。

女人两只疲惫无神的眼睛警觉地盯住程本金。程本金从她的眼神里好像看到了兰子的影子。

"你肯定是饿坏了,到屋里去,我给你烧饭吃。"

女人也许真的饿坏了,也许发现程本金没有歹意,就大胆地随程本金进了茅草屋。

那半锅稀饭被她喝了个精光。

女人吃饱了,精神好了许多,哄着怀里的崽,没有走的意思。

程本金想了想,从床头摸出十块大洋,说:"拿去吧,可以将就一阵子。"

女人没有接钱,突然"扑通"一声跪在地上,泪水"哗哗"往下流。她说:"好人,你就可怜可怜俺娘儿俩收留我们吧。"

女人说,她是从河南逃荒来的。国民党为了阻挡日本鬼子的进攻,炸开了花园口黄河缺口,她的家乡全淹了,尸横遍野。她的男人是个磨剪刀、补套鞋、整锁、修锅的,黄河洪水卷走了他,也卷走了她的一切……她发狂似的找啊,她撕心裂肺地喊啊……她找到了,找到了奄奄一息的男人。他求她到江西瑶里看看,那里有他爱过的女人和自己的骨肉……

河南女人哭得很伤心、很凄凉、很绝望。

程本金心里"咯噔"一震。阴差阳错,天底下竟有这种巧合?眼前的女人就是和自己的女人睡过的男人的女人!他的脑壳一阵晕眩:血污的战伤,血污的塌鼻子……"老子……"他心里那股邪火又点燃了……眼睛?女人的眼睛?他又看见他的女人的眼睛……报复的念头只一闪,就像叫天子在空中画了个弧之后消失在草丛里。随之,另一股情绪又缓缓升起……

程本金显得很平静地说:"这年头哪里都一样,我这里也很苦,没有本事养活你们,你还是找户好人家去吧。"

"你是个好人,我愿意跟着你吃苦。"

"你……你走吧。"

"……"

沉默。沉默。沉默。

"好,你不走,我走。"

程本金头也不回地走了。

那条黄狗跑一阵回头看一阵。它茫然了,不知道主人内心的故事。

在外面胡乱转了半个月,程本金又回到了南山,回到了青龙湖边,回到了那座茅草屋。

程本金离不开南山,离不开青龙湖,离不开那座茅草屋。

河南女人走了,乱七八糟的茅草屋被收拾得干干净净,肮脏的被子也被洗泛了白,那十块大洋被压在枕头底下。

程本金蒙了,脑壳嗡嗡直响,像有无数的断腰蜂在横冲直撞,搅得要爆炸。此时此刻,程本金才真正感到后悔,他才开始反思自己过去所做的不应该发生又确确实实发生了的悲剧。

终于,程本金鼓起勇气,想赶在太阳落山以前,追上河南女人,亲口告诉她,这里曾经发生的一切。

三天……五天……十天,程本金拖着一条残腿,追呀追呀,但是河南女人再也没见着。

六

南山的树林经过一年又一年,依然长得很茂盛,很茂盛;茅草屋翻了好几回,依然那么结实,那么耐住;青龙湖潮起潮落二十年,依然那么

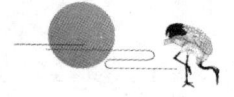

碧绿,那么平静。

悔也不应该,

在当初把妻来休……

每当傍晚,南山脚下总会回荡着酸楚的饶河戏腔调儿。程本金总在向大山述说着那个古老而熟悉的故事:陈相公赴京赶考,遭了骗……陈娘子削发为尼……

家族秘密

一

土佬拄着那杆土铳孤独地站在茅屋前,久久地凝视着不远处新隆起的那个小土堆。日头火辣辣地烧了一整天,土佬关灶收工下了盘龙山。落日的余晖开始笼罩着土佬佝偻的身影。土佬静静地站着,像个枯树桩,像个稻草人。那个小土堆是个新坟,坟里埋着土佬的心肝宝贝儿子。

十月的盘龙山,像条睡着了的苍龙蛰伏着。土佬的目光穿透火红火红的枫林,射向望不到头的远山。土佬相信盘龙山有山魂。土佬一辈子守山,山上的树木一茬一茬地越长越高,土佬却越长越矮,转眼间,不满五十岁的土佬就显得老态龙钟,满头的白发,满脸的皱纹,满口的缺牙,无一不显现出衰老的气息。可土佬仍不愿下山,盘龙山,似土佬的魂,连着土佬的命根子。

山对面,土佬苦命的弟弟在咿呀拿腔地唱,顺着风,歪歪扭扭飘来一串酸楚楚的饶河戏腔调：

咿，

咿，

咿呀啊呀……

听着这酸楚楚的饶河戏腔调，凝望着远远近近的大山，土佬心里禁不住也酸楚楚的。

"唉"，晚风把土佬的叹气送得很远很远，久久地在盘龙山回荡。

二

土佬儿子死的那天下午，土佬扛着土铳正从田垄边的山道经过。开始在田地里干活的社员都在大声地说笑，见土佬过来，都闭了嘴，只是相互间指指点点、窃窃私语，尔后都神秘兮兮地望着土佬。土佬心里顿时一惊，暗想：莫非我家有人偷偷上山砍树了？

果真，土佬不满十岁的儿子，背着一捆干柴，跌跌撞撞地从山林里钻出来。

土佬不愿相信，也不敢相信。儿子？真是自己的儿子！土佬用力揉揉眼睛，很清楚地看到背柴的确实是自己的儿子。在众目睽睽之下，土佬不愿看到也不敢看到这一幕。

"爸爸……"儿子甜甜地叫了一声。

土佬似在梦中，又非在梦中。

"爸，山上有好多的干柴，我明天还要去捆。"儿子背着干柴欢快地迎向父亲，等待父亲的表扬。

土佬当时脑壳一热，想也没想就扣响了手中土铳的扳机。

"轰隆……"

那震裂土佬心头的一声轰鸣，突然间在人们的耳边炸响。

"爸爸，你为什么开枪打我？"儿子趔趄几步，用手紧紧地捂住胸口

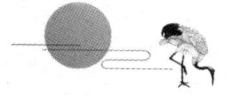

哭着说。

那殷红殷红的血,当时就把土佬的眼睛照花了。

"儿啊,莫怪爸爸无情,谁叫你不听话来山上砍柴呢?大家的眼睛都盯着呢!爸爸不打你,就守不住山。儿啊,山可是爸爸的命根子啊!"土佬抱着儿子渐渐冰冷的身子泪流满面,像狼似的嘶叫着。

土佬抬起头,那满山满坡的树林都染成鲜红鲜红的了。

土佬女人料理好儿子的后事后,没哭,也没叫,静静地从樟木箱子里翻出一套结婚时穿的红棉袄套在身上,一丝一毫也不留念地往龙池里一跳。

得知消息后,土佬兄弟俩在龙池里打捞了三天三夜,结果连一片衣角也没捞上来。

龙池旁围了好多看热闹的人,都说捞不到了,捞不到了,龙王爷掳了去,那是没法子的事。兄弟俩开始不信,现在信了,也认了。

龙池里的水碧绿碧绿,日复一日,既不升高,也不降低,平静得像一盆水。

三

晚上,兄弟俩默默地围坐在火塘边,各抽各的旱烟,各叹各的气,不愿烧饭,也不愿吃饭,就这样默默地坐着。

很久,弟弟咳嗽一声才开口:"哥,小鬼不懂事,你何苦这么认真呢?"

土佬答:"你不晓得我的事。"

弟弟说:"你脑壳木哩。"

土佬答:"你不晓得我的事。"

弟弟说:"虎毒不食子,你这样心狠要遭天打雷劈哩。"

土佬答:"我说你不晓得我的事就不晓得我的事。"

兄弟俩无话了,仍默默地围坐在火塘边,各抽各的旱烟,各叹各的气,不愿烧饭,也不愿吃饭,就这样默默地坐着。

第二天下午,兄弟俩下了山。在村口,土佬们看到队长喝得醉醺醺地领着两个公安过来,本想避开,队长却叫住了他俩:"土佬,你等一下,我带公安正好要去山上找你,你自己下来了省得我们爬山。"

兄弟俩乖乖站住了。

两个公安过来,用绳子把土佬绑了起来。

弟弟赶紧帮着求情:"队长,我哥哥用土铳打自己的儿子完全是为了守好集体的山林,怎么能抓我哥哥?"

队长打着酒嗝说:"队里叫你哥哥守山,也没叫你哥哥拿铳去打死人,人命关天,政府能不管?"

弟弟无话可说了。

队长接着说:"你们兄弟俩长年躲在山上不参加生产队劳动,社员们有意见哩。"

"队长,你也晓得,我们兄弟为守山连……"土佬弟弟人老实,说话也实实在在,不带丝毫花边。

"山守得再好,也当不得饭吃,是不是这回事?我说,你哥哥去坐牢后,你还是下山吧,不然队里就不给你发口粮哩。"

队长又打着酒嗝,说完背着手走了。

土佬弟弟像霜打的秋草,蔫了。太阳把土佬弟弟垂头丧气的影子,歪歪扭扭地拉得好长。

在押往看守所的警车上,土佬晓得这是队长的报复,那次队长弟媳的款,罚得队长面红耳赤。

那天,山上只有土佬和她,土佬守山,她偷杉树。土佬不说,谁也不晓得。

她嘤嘤地哭着求土佬,土佬不听,像根木头。

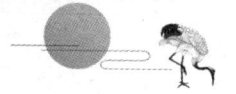

她跪着，泪流满面地求土佬，土佬不理，像根木头。

她开始脱衣裳，白白的身子，在阳光下耀眼。土佬心发慌，耳轰鸣，可身子仍不动，像根木头。

她彻底泄气了，乖乖回家卖猪交了罚款。土佬赢了，可村里人背后都说他傻，队长是那么好得罪的？就连弟弟也说，我哥哥守山把心都守成了木头，鬼晓得我哥哥心里整天都在想些什么。

警车在山区公路上急驶。对面高山上，不晓得谁家女子在唱山歌：

一送情郎日上山，

送郎不知想郎难；

想郎想得肝肠断，

望郎望得眼皮穿。

……

谁在唱？是老婆，土佬从车窗口拼命扒着朝外看，看到的仍然是俊俏的婆娘来接自己。土佬高兴地喊着老婆的名字，向前一扑，扑了个空，重重地扑在车的铁板上，再也爬不起来了。

四

三年刑满释放回村后，土佬一下傻眼了。村里不晓得何时突然冒出了几座吐着浓烟的炼钢炼铁的土窑，没日没夜地燃着刺目的火焰。村里的人都像山狗发了情，个个红光满面，不停地把一块块树木、一根根树木、一段段树木往土窑里扔。

弟弟也人前人后，像换了个人似的，精力十足地拿把快刀在山上拼命地砍，砍。

盘龙山哟，土佬的命根子山哟。

土佬完全被眼前全民的乱砍滥伐吓呆了。土佬跌跌撞撞地在一个个抡斧拉锯干得正欢的人面前下跪磕头，流着泪苦苦哀求大家别砍了,别砍了。瘦瘦的一张麻脸扭曲着,泪水灌满了每一个麻坑。

大男人的哭声太吓人了,就像孝子哭死去的双亲。土佬哭得很伤心,多年来所承受的屈辱又一次地鞭笞着土佬卑下的灵魂。

许多人都住了手,口中发出啧啧的同情声,而同时又忆起土佬为守山的种种艰辛、种种不幸……

队长冷冷地看着。队长的嘴很尖,额头也很尖,但是他却留了个大背头,气派地用手捋了捋,突然断喝一声:"大炼钢铁是上级的指示,大家不要听信他的反动话,如不砍树影响大炼钢铁犯了错误,到时候挨批斗不发口粮可别怨我没打招呼。"

于是或蹲或坐或站的人又起劲地砍起来,转眼工夫,树木又哗啦啦地倒下一大片。

这砍树声就像一刀一刀在砍着土佬的心。苍天无眼,盘龙山无救了。

土佬顿时头脑发热,突然转身冲进茅屋,端起土铳,上足硝药,安好火纸,对准砍树的人们,吼叫着:"都给我住手,如果再砍,我认识你们,土铳可不认识你们。"

人们慑于土佬的虎威,又一次住了手。

盘龙山一片寂静。

"别听他装疯,你们快动手,砍呀!"队长跳着脚骂。

人们看着土佬手里的土铳,谁也不敢先动手。

队长突然指着土佬弟弟大骂:"你也聋了?哑了?你哥哥是刚刚被政府释放的人,难道你眼睁睁地看着你哥哥再坐第二次大牢或挨枪子吗?"

脸上满是汗污的弟弟一动不动,在寒风中默默地站着,心里酸楚楚的。突然,弟弟伏在地上把头磕得山响:"哥,我们家死光了,绝后了,山守得再好也是人家有子孙的人享福,你又何苦呢?就听弟这一回

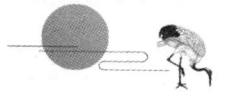

吧,弟求你了!"

土佬嘴角抽搐着,抽搐着:"我……"

土佬身子一软,一屁股坐在地上,人完全变成木头了,只有一个念头在心中萦绕:盘龙山,你的气数尽了,我的气数也尽了。

土佬决定自焚,和盘龙山一起自焚。

五

山火烧起来了,是土佬自己放火烧的。

放火前,土佬来到茅屋前,扒开儿子的坟堆,找到了那堆脆嫩脆嫩的白骨,用衣裳包好,裹进被子里。他来到父亲的坟墓前,直直地跪在地上,号啕大哭:"爸爸,不孝的儿带着孙子来看你了。儿不孝,儿无能,儿该死……"

坟墓始终沉默着,沉默的坟墓里埋着一个陈旧的秘密,一个只有天知、地知、土佬和父亲知道的家族秘密。

1934年,四处流浪讨饭的父亲来到盘龙山,看到蛰伏着如一条苍龙的盘龙山,暗暗吃惊,这里藏风得水,五行不缺,真是一块风水宝地。土佬父亲顿生邪念,心想如能独占盘龙山,让盘龙山的龙脉永远护佑着自己的子孙,自己的子孙将来定能大富大贵。

主意拿定以后,土佬父亲立马回了趟老家,暗中把盘龙山修订到自己家宗族谱上,然后吩咐土佬等自己死后偷偷埋在盘龙山上,让土佬日后找机会将盘龙山夺过来。虽然土佬对父亲的疯狂行为再三哭劝:"蚂蚁尚且偷生,何况是人。"可土佬父亲还是带着满腔的理想,含笑地上吊了。

土佬含着眼泪偷偷掩埋好父亲后,暗暗发誓一定要完成父亲的遗愿。

没想到,土佬父亲死后没过多少年,中华人民共和国成立了,盘龙山归集体所有。土佬眼见父亲的遗愿在自己的手上还未实现就成了泡影而毫无办法。土佬现在唯一能做的就是视盘龙山为父,细心地守护,不让别人任意糟蹋。

现在,盘龙山毁了,土佬完全绝望了,活在世上还有什么意思。

山火越烧越大,越烧越旺。

没有人上山救火,都一动不动地望着。都说这是盘龙山的神火,扑不灭的。都说盘龙山上的龙兴许是被砍痛了,它才发怒了。都说每几百年盘龙山都要这么烧一次的。

火红的盘龙山,映红了人们的脸。

只有土佬弟弟知道这把火是自己的哥哥放的,但弟弟没有哭,也没有叫,也没跳龙池。土佬弟弟木呆呆地站着,用牙紧紧地咬着嘴唇,像一座冷冰冰的木雕。

土佬弟弟抬起头,一双散光的眼睛,茫然地环顾着黑压压的人群。土佬弟弟不敢喊,也不敢说,突然朝大家跪下了:"大家快去救火吧,我给大家磕头了。"说着,他把脑壳在地上磕得山响。

没人上前拉土佬弟弟,谁也不愿意拿自己的小命去玩火。说着议着,大家刚才的兴奋劲慢慢地淡了,都感到说厌了,说饿了,渐渐地也就散了。

土佬弟弟望着烧红了半边天的山火,捶胸顿足,像狼似的号叫着:"大哥,你为什么这样木哦?"

声音悲悲切切,很快被熊熊燃烧的山火声淹没了。

六

发怒的盘龙山敞开胸怀,疯狂地烧了三天三夜,才渐渐地熄灭。

莽莽苍苍的盘龙山,成了丑陋不堪的秃光头。

某一天,狂风大作,盘龙山一阵"轰隆隆"地动山摇。龙池突然一

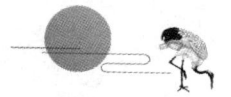

下子水干见底,十几分钟后,水又开始漫上来,水位平平静静既不升高,也不降低。

盘龙山上的龙这回真的被砍痛了烧痛了,盘龙山上的龙开始发火了震怒了。盘龙村老辈人个个都这么说,盘龙村小辈们个个都信,都吓得一齐跪在龙池边上鸡啄米似的磕头,祈求声、许愿声嗡嗡地响起一片。

有一个外地傻子路过,看着这一幕,也忍不住加入磕头的人群,只是祈求声、许愿声中夹杂着时断时续的傻笑声。

跪拜着的盘龙人开始还能容忍,可忍着忍着最后谁也忍不住了,一齐站起来大喝一声,吓得傻子连滚带爬地跑了,裂开的裤子里露出一边白一边黑的屁股……

枪毙王跳鬼

一

当冰冷的枪口直接顶着王跳鬼的后脑勺时,他不由自主地闭上了眼睛,惊恐地张大了嘴巴,全身都掠过一阵痉挛。他晓得,这次不是闹着玩的,是真的要打脑壳挨枪子啦。

那天的天气真怪,冰冷冰冷的。日头挂在空中,四周都长了毛丝,昏暗暗地糊着,没有一丝丝热气。从盘龙山吹来的冷风,刀割一般从棉袄衫袖缝里直往肉里钻,冻得人瑟瑟发抖,连男人的命根子都冻缩了。但刚翻身做主的穷苦人大都不愿离去,都伸长脖子兴奋地看着。

南河河滩上静极了，只有不晓事的乌鸦停在光秃秃的柳树枝上，不时地"哇哇"叫几声。

马上要被执行枪决的四个人，都被粗麻绳五花大绑，低着头跪在干河边的湿沙地上，背上都高高地插着白白的打着红×的长木牌子。上面分别写着：枪毙恶霸地主王里，枪毙恶霸地主王铭祝，枪毙恶霸地主王有金，枪毙坏人王跳鬼。

坏人？枪毙？不错，王跳鬼是作为坏人这一条定罪的。

把王跳鬼定为坏人，是土改工作队李队长的主意。王跳鬼的家乡是半路港，这里的人都认为把王跳鬼定为坏人，没冤枉他。

据说王跳鬼打从娘胎里出来会走路算起：偷鸡摸狗，谋财害命，欺行霸市，赌博骗人，哪一条都有他的分。但这些劣迹虽然遭人恨，但激不起众怒。

众人对王跳鬼咬牙切齿，不为别的，就是因为他喜欢找女人。男人喜欢找女人也不是多么大的罪过，花几个钱你到窑子里去玩谁也不会说你。可他的玩法和别人不同，他说窑子里的女人不干净，不值得玩。他就喜欢玩人家新娶的媳妇。谁家女人长得好看，他就要弄到手；谁家要娶媳妇，必定要让他先睡三晚，否则不得安宁。当他把一些没有性生活经验的新媳妇弄得寻死寻活时，也就一步一步把他自己送上了死路。众人都说单凭这一条，不要说打一次脑壳，打十次脑壳都不冤。

当土改工作队进驻半路港后，令李队长万万没想到的是，无论工作队怎样开会怎样做工作，贫苦群众要求的不是清算地主枪毙地主，而是都跪着要求枪毙王跳鬼。

这确实让李队长犯难了。王跳鬼也是穷苦出身，家里既没有田地，也没有财产，一间破草房，说什么也是翻身做主的劳苦大众。怎么群众都一致要求枪毙他呢？这样做确实违反党的土改政策，可不这样做又打不开半路港的土改工作。

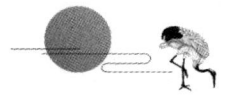

　　李队长经过几天几夜的调查,又经过几天几夜的思考,终于做出了把王跳鬼以"坏人"定罪判处死刑的决定。没想到决定一公布,半路港群众奔走相告,积极性一下都调动起来了,土改工作的局面一下子被打开了。

　　主持这次公审大会的李队长很兴奋也很果断,他声音响亮地宣读完判决书,右手一挥,随着三声震耳欲聋的枪声,三个恶霸地主的脑壳被打得脑浆四迸。

　　枪声过后,三个刚才还和自己哆哆嗦嗦跪在一起的人一下子就成了死人。王跳鬼到这时才晓得害怕,脑壳嗡嗡直响。当李队长那致命的右手有力往下一挥时,王跳鬼两眼一闭,绝望地号啕大叫:"我埋了金窖啊!"

　　这一声说是喊出来的,不如说是哭出来的。现今的老人们,都说王跳鬼那声音震得人头皮发麻,到现在想来还令人瘆得慌。

　　李队长示意行刑队暂停执行,大步走到王跳鬼面前,厉声喝道:"你真埋藏了金窖?"

　　王跳鬼:"真的,好多好多的金子。"

　　李队长:"那以前审你的时候为什么不主动坦白?"

　　王跳鬼:"那是我的命根子,不到生死关头谁肯说出自己埋的金窖?"

　　李队长:"快领我们去挖金窖。"

　　王跳鬼抬起头有些不相信地问:"你们不枪毙我啦?真的不枪毙我啦?!"

　　李队长厉声喝道:"我告诉你王跳鬼,如果你再耍什么阴谋诡计,政府照样枪毙你。"

　　王跳鬼突然一用劲,猛地站了起来,"噌"的一声,竟把捆绑的麻绳给挣断了。

这一招,把在河滩上看热闹的人,都看呆了,竟有个别胆大的人还忍不住人喊了一声:"好!"

二

夏天和冬天的区别对王跳鬼来说,一个是脚踩刀尖活,一个是枪口下死。

被押着去富坑挖金窖的路上,王跳鬼满脑壳想的都是那疯开的南瓜花。

没有人知道王跳鬼何时第一次在盘龙村出现,这个秘密一直藏在水妹的心里。那是个日头火辣辣的中午,村里的牛啊狗啊都躲在阴凉的墙根下,热得张着嘴喘气。村头的那块南瓜地里的花开疯了,黄黄的像镀了一层金鳞片儿。

王跳鬼当时就眯缝着一只独眼站在盘龙村村口,正犹豫着进不进村时,突然有一个穿红绸缎的俊俏女人照花了他的眼。

这妹子是童族长的儿媳妇水妹,虽然她生有一个八岁的儿子,但仍很俊俏。水妹一点也没有感到危险,仍在全神贯注地摘辣椒,红红的辣椒映红了她俊俏的脸蛋。一曲《望情哥》唱得辣椒地里春情荡漾:

乖姐住在竹林坡,

手扶竹子望情哥;

娘问女儿做什么?

我数竹子几多棵,

昨日数来少一棵。

少一棵?

一心一意望情哥。

那鲜花,那山歌,那美人,当下就把王跳鬼的眼睛看花了,心听痴了。乖乖,人人都说天仙嫦娥美,那只是书上编的,戏里唱的,听人说

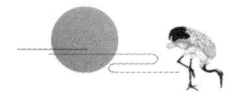

的,望不见,摸不着当不得真。眼前这辣椒地里的俊俏女人,在他看来真要赛过天仙一百倍。他痴痴地望着,听着,一激动,狠揍了自己一拳,骂道:"老子今天要定了她。"

王跳鬼快速地扑上去,几下就把水妹扑倒在地。水妹没有反抗,娇嫩的嗓音在辣椒地里轻轻地回荡。

"天杀的,你敢吃了我吗?"水妹身上有了微微的抖动,话音刚落,已被王跳鬼按倒在地。一瞬间,她身上的衣服被剥光了,白白的身子一下耀在阳光里了。

王跳鬼一边动作一边骂,水妹轻轻地咬了他一口:"你这人胆子真大。"语气中似有某种微微的娇嗔。

王跳鬼动作更猛,劲更大,原想她这下该疼得尖着嗓门儿讨饶哭叫,没想到她竟边扭动身子边极度兴奋地小声呻吟起来……

王跳鬼拉上裤子,望着死气沉沉的富坑村,没有一点复仇后的快感,却突然有一种委屈涌上心头,他有些酸楚楚地自言自语:"盘龙村人,我要糟蹋完你们的女人。"

王跳鬼独来独往,说到做到,在一个月之内实实在在睡了十多个年轻妹子。有一个新娘子结婚时坐花轿路过半路港时被王跳鬼掳上山,被他睡了三天才放回。

童族长大为震怒,带着大批官兵围剿了半个月,连王跳鬼的人影也没见着,白白浪费了不少粮饷,仍有年轻女人被掳上山。

盘龙村人气得咒天咒地,气得对盘龙山直跺脚。

连绵起伏的盘龙山,是王跳鬼藏身的天堂。

三

毒日头当头照着。

一只灰色的老鹰在盘龙山上空盘旋。

王跳鬼骑着一匹高头大马从山路上慢慢地走来,天干地燥,热气冲天,他有点萎蔫蔫的。只有马脖子上挂着的一圈铜铃,清脆脆地响着,给山路带来一丝丝的凉意。

转过一山坳口,王跳鬼突然被小溪中的一个白白的影子刺得一晃。他猛地一惊:看见了一个人。

一个女人。

一个年轻的女人。

一个赤裸裸的年轻妹子在洗澡。

王跳鬼勒住缰绳,居高临下呆呆地望着。

也许是马嘶,也许是铜铃声,小溪中的妹子发现了王跳鬼。她没有吓得惊叫,也没有吓得四处躲藏,而是睁大眼睛直直地望着王跳鬼,眼神里几分愤怒,几分挑战,几分游移。

那只灰色的老鹰仍在盘龙山上空盘旋着,死死地盯着下面两个可疑的猎物……

终于,她露出洁白的牙齿朝王跳鬼莞尔一笑。

这下,王跳鬼真的被激怒了,盘龙人把我看成吃人的恶狼,你一个孤零零的山里女子竟敢蔑视我,传出去让我以后在盘龙山还怎么混?你这是在逼我,你这是自寻死路。你莫怪我王跳鬼坏事做绝做尽,在这荒山野岭欺负你一个弱女子。

王跳鬼跃马扬鞭,一瞬间就到了那女人跟前,抬头一看竟发呆了:看那女子,生得面如桃花,身材窈窕,无比妖冶。

王跳鬼越看越上眼,越看越上心,越看越欢喜,他一下拥着那女人:"大美人,你好逗人喜欢。"

"男人没一个好东西。"

"你不怕我?晓得我是谁吗?"

"土匪王跳鬼,在盘龙山谁人不知,谁人不晓。"那女子倒不害怕,

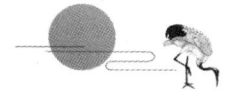

语出惊人。

"老子要糟蹋你!"王跳鬼真的被激怒了,猛地把她放倒在地,狠狠地扑上去。

那女人丝毫没有反抗,也没伸手拒绝,只是慢慢地抬起头,眼泪潸然,满脸泪花。

王跳鬼很是得意:"嘿嘿,你终于晓得我王跳鬼的厉害了吧,不是吹牛,我王跳鬼在高高的盘龙山,睡过多少女人,破过多少黄花闺女的处,你一个黄毛丫头,竟不晓得害怕,那才怪事哩。"

那女子仍不慌张,只是小声地附在王跳鬼的耳根旁说:"王跳鬼,你一点也没有感觉到自己死期临近了吗?"

王跳鬼听后先是一惊,过后仍哈哈大笑:"你别哄小鬼了,要哄你回家哄你老妈去吧,你也太小看我王跳鬼了,我王跳鬼是那么好哄的?你还是乖乖陪我玩,弄得老子高兴了,送你一块洋布。"

那女子幽声地说:"我死不足惜,只是不想再害人了。"

"到底什么事?害得大爷我一惊一乍的,你怕是活得不耐烦了。"王跳鬼的身子软绵绵的,被弄得没了兴趣,心里非常恼火。

那女子流泪叹息,停了好一会儿才说:"看你英雄一世,心里实在不忍心伤害,实话告诉你吧,我是一个麻风病人啊!"

王跳鬼一听,吓得心惊肉跳,好像掉了魂似的,他晓得,麻风病是一种传染性极强的奇怪疾病,初得时,看不出症状,面若桃花,美艳无比,到病发作时,皮肤皲裂,头发卷曲,四肢痉挛,只有等死。如男人感染上了,三四天后脖子上就会出现红斑,七八天就遍体瘙痒,一年后就痉挛卷曲,离死期不远了。

那女子穿好衣服后,王跳鬼一改往日的凶相,细言细语:"你为什么要救我?"

"小女子虽生在山野,但也能分清人间善恶,你虽为土匪,但你从不杀人,你比起那些满嘴甜言蜜语其实比毒蛇还狠毒的人要好一百倍,一千倍。"

"好女子,多谢你救命之恩,你的大恩大德我永世不忘,这点金子权当酬谢,不成敬意。以后,在盘龙山谁敢动你一下,就是我王跳鬼的仇人。日后如有用得着的地方,我王跳鬼万死不辞。"说完,他扔下一块金砖,匆匆离去,瞬间即消失在盘龙山中。

那马铃声,久久在盘龙山回荡……

四

王跳鬼还没回到盘龙山的老窝,不晓得有水灵灵的女人在等他。

他日也想夜也想,想破头也想不到,水妹这个女子敢孤身上山来找他。

突如其来的事情,使他疑惑不已。他注视着躺在茅屋里微闭眼皮而嘴唇颤动的女人,头脑极快地思索起来,她是真的钟情我还是个淫荡的雌儿或是有什么阴谋想陷害我。如果自己是个普通的山里汉子,这一切也许好理解,但自己是王跳鬼,是土匪,怎么会发生这种事情呢?他想不通,实在想不通。

水妹眼睛睁开了,燃烧着火一样的光芒,樱红的口里皓齿微启,甜甜地笑着。

愣了一袋烟工夫,王跳鬼突然开口责问她:"你好大的胆!"

她没有作声。

"你不怕我杀了你?"

她仍沉默不语。

"你是看中了我的金子还是想来暗害我?"

她还是沉默不语。

"你到底来做什么?不说实话我真要发火哩。"

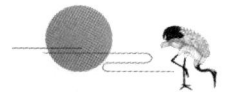

"王哥……"水妹抬起泪水斑斑的脸,放声号啕大哭。

十八岁那年,一顶花轿把她抬到了盘龙村的童族长家。

她万万没想到,童族长的儿子根本不能干那事,光晓得用嘴咬,用手抓,每天晚上,她水灵灵的一朵花被折磨得死去活来,泪水,洒在红绸被上。

她不能活了,她不想活了,她要死了。

日子久了,童族长望着水妹那哭肿了的双眼,心里明白了大半,为了他家的名声,他只好严厉地教训她:"我们家在盘龙村是大户,爸晓得……委屈了你……这是女人的命……嫁鸡随鸡,嫁狗随狗……你要安心过下去……若要惹出半丁点儿风流事儿来,家法族规定不轻饶!"

水妹痴呆呆地站着,苦涩的泪水模糊了眼睛,模糊了眼前的天地。

她只好认了,可那次王跳鬼的强暴又唤起了她做女人的欲望,她从他身上,才真正体验到男人的全部可亲和可爱,他那粗鲁的爱抚,他那让人喘不过气来的搂抱,他那剧烈的动作,让她感受到了一种令人回味无穷的迷醉。

她豁出去了,她不要活了。

王跳鬼走近她,轻轻地扶住她的肩,慢慢地把她的红衬衫从肩上脱下来,露出赤裸裸的胸部,他轻轻地抚摸着吮吸着。"小妖精。"他笑着说。

她的笑容和他一样极具揶揄味道:"王跳鬼。"

王跳鬼用手按着她,让她跪在自己的面前:"你最好还得学着说点情话。"

她为他解开衣裤,黑丛丛的一片诱花了她的眼。她心里一阵激动,慌忙把他的裤子往下一拉。

他用手捧起她的脸,尔后放开,"快点!"他大声说。

她抬头望着他:"求求你啦!"她喃喃自语。

王跳鬼笑了笑,拉着水妹的手,让她握住自己,水妹握住了。

"快,快动。"

水妹的手开始揉搓。

"趴在地上,快。"

王跳鬼抱住她丰满的屁股。

王跳鬼又让她跪下,硬把自己塞进她的嘴里。

"王哥,求求你,我不喜欢这样。"水妹泪眼痕痕地哀求着。

"我不听,"王跳鬼粗暴地说,"快吸。"

水妹用嘴吸着,吸着,慢慢地也情不自禁地感到了亢奋。

"像狗那样!"王跳鬼大声呵斥着。

"是,是。"水妹呻吟着。

"快点!听见没有?用嘴,吞下去,要是你吐出来,老子就杀了你。"

王跳鬼抓住水妹的头发,强迫水妹咽下。

完事之后,王跳鬼得意地说:"喂,你现在才晓得我王跳鬼是什么东西了吧!"

水妹不晓得是痛苦还是快乐,过了好久,她忽然大声哭起来。

月儿,躲进了云层;星星,发出清冷冷的光,

盘龙山好寂静。

五

日头已从树顶上露出脸来,山坡上一团一团的色彩像是红布片儿,又像是燃烧的火光儿。

王跳鬼没有醒来,仍光着身子搂着水妹酣睡。水妹把脸贴在他的胸前,让泪水湿润着他的体肤,他睡得很熟,胸膛一下一下地起伏着。她轻唤着他,像妻子唤着自己的男人,她喜欢这样一辈子守着他,亲着

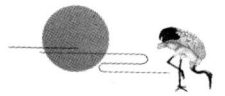

他。盘龙村的男人都巴不得他死,可她愿意跟他一辈子,她真心喜欢他,贪恋他,爱着他。

王跳鬼仍在熟睡,他虽然百般折磨着水妹,但心里仍在想着他的英子,这一想搅得他晚上没睡好觉,直到天光,他才迷迷糊糊地入睡。

一想哥哥日落山,
望郎不见想郎来;
日想哥哥人心好,
夜想哥哥难上难。
二想哥哥进绣房,
手拿明灯思想郎;
明灯放在床头上,
只见明灯不见郎。
三想哥哥进花园,
大树下面望郎来;
并蒂莲花开池塘,
只见莲花不见郎。
……

那调儿,凄婉动人,活活地把他的眼泪都唱出来了,
听着这熟悉的山歌,他晓得是他的英子回来了。

"英子,英子。"王跳鬼在心里痛苦地呼唤着,一遍又一遍,像在回味一种模糊的往事。

他本名叫王得,是一个走村串户的卖货郎,只因他看中了财主童家的闺女英子,就不愿走了,偷偷地留了下来。

那是他一生中最美丽最快乐的日子。

后来她怀了孕,事情公开了。

他俩跪着求也没用。

可怜的英子,他心爱的英子,被沉了龙池。

他的英子死了,他也不想活了。

因他是半路港人,童族长不敢让他死,但他仍受到重重的惩罚:双眼被剜掉。

他从昏迷中醒来,摸索着捡起一只还有点温热的眼珠,塞进眼窝,跺着脚哭骂着:"盘龙人,我跟你们没完!"

从那以后,盘龙山的山道上少了一个卖货郎,多了一只王跳鬼……

"啊,麻风婆,麻风婆。"一声惊叫,惊醒了他的苦梦。

王跳鬼翻身而起,见是昨天遇着的麻风女秋云,才没有发火,只是冷冰冰地问:"你来做什么?"

秋云一点也不惊慌,指了指身边的饭桶说:"得人钱财,当涌泉相报。我给你送饭来了。"

王跳鬼冷冷地看了秋云半天,才开口说:"谢谢你的好意。"

秋云抬起头,一双散光的眼睛茫然地环顾着沉寂的大山,她不想喊,也不想叫,扑通一声跪下了:"看在我这个快要死的人的分上,就听我一次吧……我给你磕头了!"说着,她把头磕得山响。

王跳鬼过意不去,上来拉她:"你放心好了,缺钱花我会给你金子的。"

"不,不,我是说,你别再去糟蹋女人了,我们女人的命苦啊。"秋云急急地说,脸色由白变红。

"别说了,你劝不了我。"

秋云的嘴角抽搐着,抽搐着,说:"我……我……王哥,你莫要干这种伤天害理的事啦!"说完又趴在地上号哭起来了。

"快叫她走,她是麻风婆,当心被传上麻风病。"水妹在边上一个劲地惊叫。

"滚!给老子滚远点!"

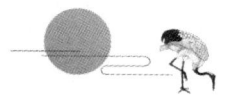

经水妹一说,王跳鬼恶声恶气地吼,抬脚将木桶踢下山谷。

响声在山谷久久回荡,惊动了不远处一只黑色的狐狸,它吓得一溜烟跑了。

秋云十分意外地愣了好长时辰,突然,她"哇"地哭出声来,磕磕绊绊地朝山下跑去。

王跳鬼冲进茅屋,端起酒坛猛喝,借着酒劲,把水妹剥得精赤条条,好一顿毒打,而后又杀猪样地叫着扑上去……

六

"当当当"的钟声又在盘龙山敲响,村民们以为又是王跳鬼下山掳女人来了,纷纷操起家伙,乱哄哄地赶来,一走近,才望见祠堂里绑着一个人。

一个女人。

是被村民们赶上山去的麻风婆秋云。

秋云上身精赤着,披头散发,浑身像棕子一样绑满了绳子。

"麻风婆,麻风婆。"跑在前面的人脸都吓青了,纷纷后退。

场上顿时乱哄哄的,女人喊,男人叫,横跑着的是人,竖跑着的是人,如一群被赶着鸭子,呱呱呱,哈哈哈……

猛听童族长大喝一声:"将麻风婆拖到龙池沉了。"

无人响应,无人动作。

围观的人,胆小的,一个个掩住面孔往后缩,生怕惹病上身。胆子大些的,捏紧拳头,怒目而视。场上一片寂静,静得连一根针掉在地上都能听见。

这时,秋云的哥哥站上前,双手抱拳,对大家一一拱手,严肃而又客气地说:"各位父老乡亲,我家祖上虽然不敢夸口出了无数高官巨富,可也从没出过强盗土匪。我小妹秋云不幸得了麻风病,大家都晓得,我在这里就不多说。为了全村男女老少着想,去年祠堂问事,将我小妹赶上山,我这个做哥哥的无力帮她只好默认。族长大人,你今日无缘无故把她抓来,口口声声要将她沉龙池,今天,当着大家的面,把事情的端由说清楚,只要合乎祖制族规予以公断,我这个做哥哥的决计不讲偏话,全凭大家做主"

秋云的哥哥讲毕,向四周拱了拱手,行了礼,然后退在一旁。

人群中发出喊喊喳喳的议论声。

童族长始终阴沉着脸,站在高处,见大家议论个没完。才大声吼道:"秋云,当着大家的面,说说你是怎样和土匪搅和在一起的。"

秋云不开腔。

童族长又问一遍。

秋云依然不答。

童族长再紧问一遍。

秋云还是死不开口。

童族长麻脸渐显红紫:"那就别怪盘龙村的族规无情,来呀,拶子侍候。"

走上两个青年后生,拿起拶子,把秋云放下,将十指夹住,然后,两人各抓住一边的绳子,等候童族长吩咐。

男男女女,老老少少,一个个全惊呆了,心肠软的已用手捂住双眼,不忍再看。常言道:"十指连心",这拶子拶下去,秋云的十个指头还不痛死人。

"秋云,你还是自己招了吧,免得受皮肉之苦。"

秋云面无血色,牙齿格格地打架,仍不松口。

"不听人劝,不晓得好歹,给我拶。"

两汉子一起用劲,绳子越收越紧,那拶子越夹越紧。秋云只觉得十指快要夹断,疼痛钻心,她惨叫一声,两眼一黑,晕了过去。

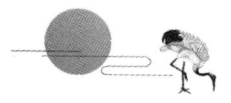

秋云的哥哥再也不忍心看下去，上前又向大家拱了拱手说："童族长，捉贼捉赃，捉奸捉双，你要拿出真凭实据来，否则，闹出人命来，我和你上浮梁县衙门对簿公堂。"

童族长本想从秋云的口中说出来，想不到秋云这女子如此刚烈，只好请出自己的儿媳妇水妹来作证。

人群中的目光一起望着她。

"那天我被掳上山全看见了，这个臭麻风婆子，她给王跳鬼送饭，还跟，还跟……哇，我的命好苦啊！"水妹大声哭叫，因心里发虚，只好用哭声掩饰过去。

"我天天给王跳鬼送饭，我喜欢王跳鬼，我还救过他的命，我不怕，我什么也不怕。"

秋云的心抖动着，嘴唇哆嗦着，她目不转睛地望着，望着，眼前一会儿发红，一会儿发绿，发黑，好像天地都在变。

"妖精！十恶不赦的妖精！"童族长气得直跺脚。

"沉龙池！沉龙池！"

有人带头，大家都闹哄哄地喊起来，

童族长命人抬着秋云去沉龙池，后头跟着一大溜看热闹的人。

突然，手持双枪的王跳鬼骑着高头大马挡住了人们的去路，人们一看他那杀气腾腾的样子，都害怕地停住了。

"你们都竖起狗一样的耳朵听着，老子就是你们恨之入骨的大土匪王跳鬼，想活命的，快抬起脚丫子滚，不然老子送颗花生子让你们尝尝。"

王跳鬼双手一挥，"砰砰"两枪冲天而爆，像晴天打旱雷，那些老实巴交的种田佬哪里见过真枪实弹，吓得"哇"的一声跑开了，都恨自己亲娘少生了一条腿，把个童族长撞在地上半天爬不起来。

"哈哈哈！老子就是王跳鬼！老子就是王跳鬼！"

嘶哑的嗓音像狼嚎似的。

七

盘龙山的夜,深沉沉。

这里原也没个名,王跳鬼来这里藏身后就把这叫富坑了。在两面陡峭的山坡上,不时露出几个杂草丛生的陷坑,别看它表面上很浅,其实是个很深的无底洞,稍不注意掉下去就会丧生。传说在没有月儿也没有星星的夜晚,从远处可以看见有绿莹莹的忽闪忽闪的"鬼火"在飘动,可以听见遇难者悲惨的呼叫……

渐渐地,秋云的病开始发作。几天工夫,秋云的皮肤变糙变粗了。面孔上,身上红一块肿一块,脸上布满爆裂的鸡皮,而且又痒又痛,可怜的秋云,被麻风病折磨得不成人样。

"我不活了,让我去死吧!"秋云躺在茅草棚里,又哭又叫。

王跳鬼急得团团乱转,毫无办法。

"你为什么要救我?我真的不想活了!"秋云凄惨的哭声让人听了心寒。

"我为什么要救你?我王跳鬼什么样的女人没玩过?"王跳鬼想了好久也想不通这桩事,只好凶巴巴地说,"我就是要救你,我为什么不能救你?"

秋云越哭王跳鬼心里越急,他踱来踱去,口干舌燥想喝酒,当他端起酒坛时看见里面浸着一条毒蛇,他说声"霉气"就想倒掉,忽然他想起小时曾听人说起过用蛇酒治麻风病的传说。

王跳鬼一拍后脑勺,心里想:对呀,我何不试试看,兴许能救她一命呢。又一想,秋云肯不肯喝呢?不喝?灌她。主意已定,他端起一碗毒酒走到秋云床前,故意激她:"你不是口口声声地说要寻死吗?这是一碗毒蛇浸过的毒酒,有种就喝下去,别一天到晚像鬼样地乱号。"

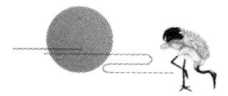

秋云一点儿也不害怕,下了狠心似的,端起碗一口喝尽,然后躺下等死。

奇怪,秋云喝下毒酒后,肚子居然不痛了,皮肤也不痒了。

"也许,酒的毒性不太大,多喝几天毒酒,毒性就会发作哩。"王跳鬼仍在有意激她。

"喝就喝,大不了受几天苦再死。"

秋云铁了心,几天都连着喝毒酒。

哪晓得,她越喝人感觉越好,她不但没死,身上的红肿也消除了,皮肤也不痒了。她把那坛毒酒喝光后,她的病好像痊愈了,爆裂的皮肤转为晶莹如玉,弯曲的头发垂若如云,脸上的鸡皮也嫩似笋芽。

王跳鬼这几天出山办事,回来时暗想该给秋云收尸了,他刚到山脚就听见有甜甜的山歌传来:

乖姐住在竹林坡,
手扶竹头望情哥;
娘问女儿做什么?
我数竹子几多棵,
昨日数来九十九,
今朝数来少一棵,
少一棵?
一心一意望情哥。

王跳鬼一阵惊喜,望见从茅屋里出来的秋云好看极了,如一朵鲜嫩的花儿。

这一瞬间,他真想扑过去,把那个活鲜鲜的秋云紧紧搂住,在那火焰般的嘴唇上狠狠地亲一个。

这愿望如此强烈,他浑身的肌肉都像弦似的绷紧了,仿佛颈上搁了一把刀,凉凉的刀刃已慢慢地压进皮肤里……他一动不敢动,指甲嵌进了肉里,头醉酒似的发晕。

我的天,真是撞邪了,他王跳鬼还从来没有这样动过真情,他身上的每个毛孔都在充血,他紧紧地闭着眼睛……

歌声停了。

"你怎么?不认识我了?"秋云甜甜的声音像她唱的山歌那样好听。

"……"他没吭声,也没抬头。

"王哥,你……真的不认识我了?"秋云向前跨了一步。

王跳鬼的鼻子酸酸的,从她身上,飘来一种又咸又热的香味……

"你说话呀,王哥。"秋云说不上半句,眼泪又哗哗地涌出来了。

他猛地打飞她的手:"你走开!"他压低着嗓子吼道,又飞快地瞥了她一眼,转过身去。

秋云第一次看到他这么凶的眼神,火烧似的,仿佛要把她吞噬了。她也是第一次晓得有一种莫名的害怕,也是第一次在一个男人面前像个孩子似的听话……而且是听这种人的话。

他们相对而望,默默无言。

八

盘龙山被围得铁桶一般。

也许是盘龙村出的那三担大洋起了作用,这回官兵动了真格。

盘龙村在童族长的督促下,男男女女都动起来了,有钱的出钱,有粮的出粮,有力的出力。围剿的官兵天天吃着白米饭肥猪肉,更来了精神,那当官也神气地吹:"盘龙山已被围得水泄不通,一只鸟也休想飞走。"

童族长也很得意地摸摸自己的山羊胡,摇头晃脑地跟着说:"这次王跳鬼再能,再狠,也是砍脑壳的命哟。"

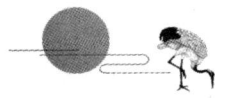

躲在盘龙山的王跳鬼也晓得自己目前处境艰难,他不想连累秋云,不想害得她也被砍脑壳。他劝她走,她不听,他赶她走,她不走,他打她,她情愿挨打。他真打,打得"啪啪"地响,她就哭,哭得惊天动地。

两人顶牛了。

这天晚上,王跳鬼推开秋云的茅屋门,走了进去。

秋云略有些吃惊:"你……来做什么?"

王跳鬼随手把门关上,很凶地说:"你明天一定要下山去。"

"我死也不下山。"秋云声音细细的,样子很坚决。

"你到底走不走?"

"不走!不走!我死也不走!"

王跳鬼突然又恼怒起来,他一把扳过她的肩:"我要糟蹋你!"那样子很凶,恶狠狠的。

秋云以为他又在吓唬自己,一点也不害怕:"有种你就来。"

王跳鬼低叫一声,扑上去把秋云拦腰抱起来,转身走几步,把她扔在床上,秋云晓得这回来真的了,她想跳下床,他双手抓住她的肩,死死地按住。

两人像牛顶角,呼呼直喘气。

"王哥,你欺负人?"秋云泪水盈盈。

"随你怎么说。"王跳鬼不肯松手。

秋云终于软了劲。

秋云的心里其实早就想到会有这么一天,她晓得自己不是他的对手。他要得到的东西,早晚跑不掉。她病好后,天天就盼着这一天了。如果他肯开口,她早是她的人了。现在他来真的,她不想反抗了。她假装没了力气,双手一松,任他把他的衣服一件件扒光。

秋云兴奋得哭了。

静极了,只有喘气声,秋云原以来王跳鬼很粗野,没想到他的动作很轻很轻,一会儿抚摸脸庞,一会儿抚摸双乳,慢慢地才摸入禁区。突然,他的手僵住了,他定定地望着她白白肚皮上一块黑胎记,喃喃地:"英子……"

"英子?我不是英子,我是秋云。"秋云听他叫英子,一脸愕然。

"你别骗我,你是英子。"

"不,我不是英子,我是秋云。"

"你是英子。"

"好,好,你说我是英子我就是英子。"秋云说完,嫣然一笑。

"不……你骗我……你不是英子……英子死了……沉了龙池……已经死了……"

王跳鬼的独眼瞪得滚圆,露出眼白和那只空眼眶很吓人。他突然双手捂住整张脸,从指缝间漏出一声极难听的号啕,弯成一张弓,将沉重的头伏在两膝上。

"呜……"王跳鬼蹲在地上号啕大哭,粗野的嗓音听起来好瘆人。

盘龙山的空山野谷都荡起那长长的回音。

九

一月天,小寒接大寒的日子。一场百年不遇的大雪伴着严寒来得突然,覆盖着空旷的田野,覆盖着高高的南山。盘龙山成了一片银白的世界。

不管王跳鬼处境多么艰难,也不管他怎样发火跺脚咒骂老天,大雪还是伴着严寒悄然降临了。

"天意,真是天意啊……"老人们到现在还说是那场百年少有的大雪使王跳鬼和秋云命里该绝。

那天早上,王跳鬼走到秋云睡的茅草屋前打招呼:"秋云,我到木炭窑去做事,你记住千万不要送饭去,也不要去找我。"

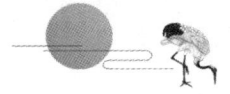

秋云整夜一惊一乍总做噩梦,刚刚睡着猛听王跳鬼在门外喊,她脆弱的心里实在承受不了这猛烈的惊吓。她冲门外凶了一句:"死鬼,大冷的天哪个愿去找你?"凶完,她又躲在被窝内偷偷地发笑:"腿长在我自个的身上,你不让我去我偏要去,看你王跳鬼能把我给吃了?!"

王跳鬼打过招呼,缩头缩腰地扛着东西走了。

秋云爬起床,麻利地烧好了饭,饭是王跳鬼喜欢吃的野猪肉炖粉皮。她梳好头洗好了脸,然后提着木饭桶悠悠地出了门。

木炭窑是前人烧完木炭后废弃了的土窑,平常没人敢去,是个长满芭茅很阴森的地方。秋云只用了半袋烟的工夫就到了。

王跳鬼在挖坑,已经挖了大半个人深,影影绰绰只露出个脑壳。王跳鬼呼哧呼哧地喘着粗气,拼命往外掏土。

秋云看着又好奇又心疼,不知道王跳鬼的脑壳是不是出了毛病,冰天雪地的大冷天,一个人跑到这废弃了的木炭窑里来挖坑。

秋云摆好饭菜,温柔地招呼:"哎,冻不死的,该歇息吃饭了。"

这一声把王跳鬼吓得差点掉了魂,他的心像一只小鹿似地"怦怦"跳了好久才落窝。见是秋云,他的脸唰地变成紫色,顿时咆哮如雷:"叫你不要来不要来,你为什么这样不懂事?我的话你就当放屁?"

秋云挨了没头没脑的一顿白臭骂,才看清坑旁堆了好多好多的金子,金灿灿的耀花了她的眼。她长这么大还从未见过这么多的金子。

秋云倒抽一口冷气:乖乖,原来王跳鬼避开自己是偷偷躲在这里埋金窖。

"你都看见了?"王跳鬼语气出奇地平静。

"我不是有意的,我真的不是有意的。"秋云只知道嘤嘤地哭。

"我不管。"

"王哥,我真的是一片好心。我是怕你冻着。"

"我知道。"

"我不想死,王哥。"

"秋云,莫怪我。"

"我真的不想死,王哥。我知道我是不应该不听你的话来到这里,你就挖了我的双眼吧,王哥,求求你。"

"我不会挖你的眼珠子,你知道的,我王跳鬼这辈子都不会挖别人的眼珠子……"

……

十

1949年冬天的雪好大好大,纷纷扬扬下了一整月。高高的盘龙山,好似一片冰雪的世界。

王跳鬼被枪毙后,盘龙山下的富坑就那么一直叫了下来,直到现在还有人居住。王跳鬼所埋藏的金窖虽然被政府挖走了,可当地老百姓仍在传富坑还埋藏着金窖,狡兔还三窟呢,王跳鬼那么聪明的人,怎么可能只埋藏了一个金窖呢?只是王跳鬼已死,这些都成了一个难解的谜。不过,直到现在,仍经常有从外地来的探宝人拿着探测器在富坑转悠着寻找着,寻没寻到就没人真正晓得了。

只留下一个藏宝的传说。

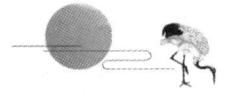

青　花

  1931年，浮梁县首任教育长乐一洲，字俊斋，世代书香。初上任时胸怀一颗救国救民之心，雄心勃勃想干一番大事业。时间一长，才晓得教育长在县政府只是个闲职。于是他心灰意冷，终日无所事事年余之久矣。

  一日，乐一洲上街闲逛，忽见迎面走来一位十四岁左右的小女孩。她目如秋水，脸似桃花，唇红齿白，指如玉笋，手托两块白豆腐，轻悠悠地飘然而过。乐一洲一见，惊得目瞪口呆，嘴里不停地赞叹："好一个如花似玉的水女子。"

  乐一洲尾随其后，很快就把她的身世打听得一清二楚。原来她名叫青花，自幼父母双亡，跟随叔婶生活。叔婶系瓷器小贩，家境并不富裕，因青花多一张嘴吃饭被视为累赘，稍有不逊，非打即骂。

  青花身世凄凉，乐一洲痛在心里。他拿出少有的精神欲求速战速决，立马托人出面说媒，许以大洋两百块做身价，买来纳为小妾。大洋两百块，在当时并非小数目，可购大米四十担。她叔婶见凭空飞来一大笔意外之财，顿时眉开眼笑，满口答应。

  乐一洲家庭富有，在县城购一幢房子，用小轿抬来青花，当夜成亲。乐一洲大青花十六岁，又是娶妾，自然不愿张扬。但县政府一些同僚还是得到了消息赶来贺喜。他只好盛筵款待。

  席毕，宾客们兴高采烈地闹洞房，丢下新郎官，一心与新娘嬉闹，逼着她唱一段饶河戏。青花稚气未脱，惶惶不知所措，只得一句一句念道：

  我好比笼中鸟，

  有翅难飞；

  我好比南来雁，

  受尽孤单。

  仿佛稚童背书一般，全无腔调。

  见此情景，参与闹洞房的人大都失了兴趣，不忍再闹，纷纷告辞。

  县教育长纳妾，闹得满城风雨，这事惹恼了李金轩。

  李金轩是浮梁民国新生活运动负责人，她认为乐一洲这种严重侵犯妇女权利的腐败行为必须制止。

  次日，她找到满面红光的乐一洲，责怪地说："你大小也是个县政府官员，怎能做出这种以强欺弱的事？你这不是害了青花一辈子吗？"

  乐一洲很认真地回答："我虽有妻室，但系父母包办，毫无感情可言，现已名存实亡。我既娶青花，就会好好爱她一辈子。"

  李金轩见说服不了乐一洲，更加怜悯青花，将其拥入怀抱，面对面倾心交谈，详细讲述男女平等，纳妾不合法等道理，说着说着竟泪流满面："你就是我的亲妹妹，听姐的话，赶紧逃出乐一洲的虎口，我要保护你独立生活，以后另择良偶。"

  青花哭着说："他待我很好，我们夫妻平等，感情笃深，求姐姐莫拆散我们的姻缘。"

  李金轩见说不通青花，只好叹口气说："既然你铁心跟他，我当然不便强行干预。不过我好心提醒你，他是有钱人家的花花公子，小心莫上他的当。"

  "姐姐，这都是命，今后是好是坏我都认了。"青花哭成了泪人。

  经过此风波，两人感情与日俱增。乐一洲视她如掌上明珠，细心呵护。青花与在叔婶家相比，境遇如同天壤之别。青花刚结婚时，人们称

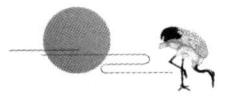

其为"姨太太",不久,省去"姨",改称"太太"。妙龄十四岁的小女孩,公然做"太太",并得到普遍承认,这在当时确实鲜见。

青花乃有志的女孩,并不一味恃宠生娇,她坚持入校求学,学文学画,以优异成绩毕业。本是一桩买卖婚姻,偏成为恩爱夫妻,堪称奇事。

青花喜书对联赠人,无论熟识不熟识,无论地位高低,只要前来,概不拒绝。一次,一烟花女子求书,青花落款竟称其为"贤姨雅正"。人们传为笑谈。青花书写对联近两万副,流传极广,几乎浮梁城乡每个角落都可看见。

有一年夏季,乐一洲购来折扇一把,要送给李金轩。青花亲笔题字,并在扇子上画了一幅菱角图,工笔重彩,笔触细腻。题款称李金轩为学姐,落款自称砚妹。李金轩视此扇为珍物,细心收藏至今。

桃　红

1932年,浮梁行署专员靳景福向浮梁县政府推荐自己的女儿桃红到县中心小学谋职,指明要她担任校长。

县长是个老官僚,对专员唯命是从,让教育科照办。

桃红系靳景福三姨太所生,因出生时窗外鲜艳的桃花开得正红,故取名桃红。她除了美貌出众外,性格也和母亲十分相似;举止谈吐,一派风骚模样,喜说男女间的风流韵事。

桃红和同父异母的哥哥从小一起长大,青梅竹马,两小无猜。后哥哥情窦初开,桃红也渐晓人事,两人互慕互爱,竟生出了异样的感情。只碍着家里人多眼杂,才没敢做出同床共枕的羞事来。

两人过于亲密，靳景福觉得有些难堪。怕家丑外扬，他特地赶回家，轻言重语地教训了他俩一顿。说尽管是亲兄妹，按礼也当避嫌。

从此两人近在咫尺，难以相见。

为了怕日后他俩旧情复燃，靳景福只好速速给儿子成亲，并把桃红带出来教书。见妹妹要远走高飞，哥哥惆怅；自己要远离哥哥而去，桃红心里难过。他们暗中互赠情诗，以叙相思之苦。

桃红终于上了路，两人虽然难舍难分，但终究还是暂时摆脱了一段孽情。

桃红虚龄十六岁，初中毕业，从学历上讲当教员勉强合格，当校长则勉为其难。有些学生和她同龄，有一两个学生甚至比她还大两岁。许多学生的身材比她长得还高。由于好奇，学生情绪很高，欢蹦乱跳地欢迎她这个小校长的到来。

因孙老师年长，桃红就尊称她为姨娘。桃红身为校长，却无力领导姨娘。孙老师不但不配合协助校长开展工作，反而处处刁难她。

桃红生性活泼，课余时间经常和学生们一起做游戏。这时，孙老师往往当众对她大声呵斥，弄得她名声扫地，尴尬不已。

孙老师性格暴躁，动辄训人。每当学生考试不及格，或不遵守课堂纪律时，她就实行旧私塾式的打屁股惩罚。她在教室里备有两种常用的罚具：一根竹板，一张长板凳。男生一律打光屁股，对女生较客气，可以穿着裤子打。她打学生屁股，常在上课时实行，下课后就急匆匆地赶回家。有一次，下课钟敲响了，她还没打完，便在黑板上写下"欠若干板"字样，留待下次补打。

每逢施罚，教室内一片骚动，别的班的学生也闻声纷纷拥至窗前窥探。桃红也混杂在学生中观看，她颇有兴趣，并轻声告诫学生："你们如果不守校规，我就送你们到孙老师处打屁股。"若见自己喜爱的学生挨打，桃红就进入教室好言劝解，面子上孙老师也给予减免。有时孙

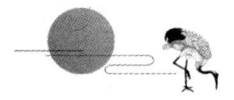

老师发怒,绝不卖小校长的面子,继续加重罚打,甚至给桃红几板子。桃红摸着疼痛的屁股赶紧逃离教室,惹得学生们哄然大笑。

孙老师自从给了小校长几板子后,愈加得意,想方设法惩罚学生。或者令学生自己脱裤,伏在凳子上打屁股;或者令女生打男生的屁股;或者令低年级学生打高年级学生的屁股。花样翻新,都是在学生的屁股上做文章。学生们编了一句顺口溜:"孙老师凶似母老虎,天天打学生屁股。"

一回孙老师又要打桃红时,国宝一把抓住孙老师拿鞭子的手。国宝的劲大,孙老师的手动都动不了。国宝是个开瓷器作坊的富家子弟。他年长桃红两岁,身材魁梧高大,粉面朱唇,是个天生的美男子。因调皮捣蛋屡屡挨孙老师的竹板子。桃红多次为他求情,也没少挨竹板。这样,两人就有了接触。

国宝读书不上进,但鬼心眼多,晓得察言观色。他总是用甜言蜜语讨好桃红,对桃红百依百顺。时间一长,桃红渐渐对国宝产生了好感。

下午放学后,学校里只剩下桃红和国宝两人。借此机会,两人无拘无束地谈情说爱。经过几个月的文火煎熬后,两个年轻人终于好奇地偷吃了禁果,经常缠绵到月上中梢才回家。

只是这天放学后,孙老师走到半路突然想起一件衣服忘在学校,急急回来取衣服时刚好撞见他俩光着身子颠鸾倒凤。当时,三个人都十分尴尬。

静了一会儿,孙老师拿起现成的竹板子,也不说话,指了指凳子。国宝也不敢吭声,乖乖地伏在凳子上,闭着眼睛等待孙老师的惩罚。

孙老师没有亲自动手,而把竹板子递给桃红,说:"校长大人,你来好好地教训一下这个畜生。"

桃红微抖着身子,声音像蚊子似的:"孙老师,我……"

"我,我什么?这个畜生毁了你的一世清白,你还不快打他?"孙老师大声地骂道。

"呜……"桃红没有接过竹板子,而是蹲下身子双手捂住脸大声地哭泣。

"真是一对活宝。"孙老师扔下竹板子,悻悻地离去了。

国宝经这一吓,回家后就疯了。整天光着身子"桃红桃红"地乱叫,后来在一臭水塘边一脚踩空,三天后尸体才浮出水面,引得全城人议论纷纷,观者如潮。

出了那事后,桃红在学校里再也待不下去了,只好辞职回家。然情哥哥已死,她日夜哀伤,以泪洗面。后嫁了几个老公,都因性事不及国宝,引以为憾,竟憾得一病不起,三十岁不到,就一命呜呼走上了奈何桥。

花　床

六月的日头,在瑶里南山的天空一动不动,像钉了桩儿。

山脚下的红薯地里,有个女人在埋头锄草,滚圆滚圆的屁股撅得老高,紧绷绷的,脚趾下腾起一小簇一小簇的土灰儿,她是盘龙村方家的媳妇,叫春子。

山道上,歪歪扭扭飘来一串赣剧调儿。有个赶猪的汉子咿呀呀地唱:

咿……

三更里月黑天,

光棍思妻泪未干,

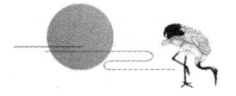

家家那个夫妻嘴对嘴,

只撇下了个王宝好孤单……

春子好熟悉这出戏,那调儿,震荡着这干燥的天干燥的地,也震荡着她干燥的心,她停了锄头,撩了撩湿漉漉的头发,抬起头,凝望着远远近近的山,心里那桩事儿禁不住又跳了出来……

听她的娘说,她在娘胎里就许配给了方家做媳妇。每年,方家送她三个节;每年,她穿方家三套衣服;每年,她和方家那个叫"假妹"的后生见三次面。

瑶河的水养大了她,出脱得水灵灵、俊俏俏,不晓得勾去了多少山里后生的魂儿哟。

瑶里古镇有风俗:

姑娘过十八,

小伙子来敲窗,

窗开了,

成鸳鸯。

瑶里的后生不敢去敲春子的窗,都晓得春子在娘肚里就有了婆家。在瑶里,汉子后生去跟结了婚的女人或许了婆家的女子好,就像触犯了天条一样,被人戏谑地称为"野合"。野合?哦,原来就是山里人所指的野狗追咬着闹春。如果哪个吃饱了没事随便开一句玩笑:"你得意什么?天生野合种。"瑶里的人一听就火,就像哪个挖了他家的祖坟似的,操家伙就打,不打得头破血流不停手。

春子十八岁那年,一顶花轿把她抬到了方家。

好热闹好热闹哦,红光流溢的洞房,占了半间房的花床红亮亮的,床架上雕满了许多仙童:有的抱着仙桃,有的骑着白鹿,有的……"长命百岁""多子多福"两面排开,煞是耀眼……

闹洞房的很多,不晓得哪个起了个头,满屋的人都唱了起来:

前村有个山妹子，

上身穿了红袄子，

下身穿了红裤子，

梳了一条大辫子，

下了花轿没影子……

大家突然不唱了：躲哪儿呢？

忽又一起唱：

老妈揭开花被子，

新郎新娘吃奶子。

"哈哈……"闹洞房的人都笑醉了。

这时，公婆笑眯眯地抱来一个光着腚的胖男孩，往床上一放，希望起个好兆头。

光腚儿毫不客气，撒了一泡尿。

洞房里又灌满了笑。

假妹没笑，有些害羞有些不安。春子没笑，心里却烧了一团火。

客散了。家静了。

红蜡烛光光亮亮，新房里的热气儿渐渐升高。

"哎，不早了，困觉吧。"春子有些害羞，轻轻地说。

"……"

洞房花烛夜，照例有人去听墙根。洞房外的墙根下，早就被一群单身汉占满了。尽管他们刚才闹了洞房，可余兴未尽，仍不满足。

"困……困觉呀……"

"……"

"脱……脱衣服呀……"传出了春子轻轻的央求声。

没有新婚夫妻的绵绵情话，只传出呜呜咽咽的抽泣声。那哭声，好吓人，也扫了墙根下单身汉的兴。他们一个个爬起来，叹着气，慢慢地

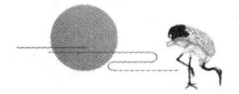

散去。黑暗中,不晓得哪个咕哝了一句:"真没劲。"

外号叫"八嘴"的老光棍李老三晃晃尖尖的脑壳,一边走,一边不满足地频频回首,嘴里奇腔怪调地唱起了小曲:

一呀么一枝花呀,

插呀么插在牛粪上呀……

声音忽高忽低,在寂静的夜里,缓缓地远去了,远去了……

第二天,春子偷偷地跑回家,一头扎在母亲的怀里,哭得很伤心很伤心……母亲重重地叹了口气,带着劝导带着安慰带着沉重的无可奈何:"闺女,我们家是守本分的,娘晓得……委屈了你……这是女人的命……你要安心过下去……"

春子痴呆呆地站着,苦涩涩的泪水模糊了眼睛,模糊了眼前的天地。

春子从地里回到家,院子里有一头大种猪,宽厚的下巴,满嘴的白沫儿,亮出两颗獠牙露出凶相。它焦躁不安,拱拱嗅嗅,不多时,院子里东一个坑西一堆猪屎。

春子看着这头呆头呆脑的大种猪,心里很厌烦。

公公正要出门,见了春子,诡秘地一笑,不见了。春子心里"咯噔"一下,公公婆婆都多次提过那桩事,现在不会了结也了结不了。果然,暗乎乎的后堂里,婆婆跪在坐莲观音前又烧香又许愿,她连着磕完三个响头后,又吞吞吐吐地把那桩事对春子挑了个透明。

"我是方家的媳妇也是方家的女啊,怎叫我去做那丢人现眼的事?"春子的脸红扑扑的,像清明花,更像晚霞。

"春子,你老公是方家的独苗,你能眼睁睁地看着方家绝后吗?"

"婆婆,我也是人啊。"

"这事儿也不是你头一回了,天知地知你知我知……"

苦苦相劝,苦苦相劝,婆婆的一句句话就像一根根刺儿……

日头火辣辣地烧了一整天,关灶收工下了盘龙山。暮霭开始笼罩山村,成群结队的牛儿,怡然自得,走进山村,走进平和,走进温暖。

房间里,春子精心打扮着自己。去年家里散了一群猪崽,假妹专趟进浮梁县城为她买了一件红艳艳的连衣裙。假妹说,他对不起她,自嫁到他家后,一年做到头,没有一件像样的衣服。今天,她穿了。

她走到照衣镜前,镜子里是一个丰满而鲜艳的女人。

她的眼里禁不住涌出泪来,也许这是命,一个女人最大的过错莫过于没为男人生儿育女、传宗接代。其实这能怪她吗?她多次梦见过自己的肚子一天比一天大,醒来时往往是湿湿的枕巾和缩在床边的半个男人。

她又想起来了,那个"多子多福"的大花床和在花床上起好兆头的光腚儿。

都是鬼,都是鬼。

女人,这就是女人。

命,这就是命。

她偷眼望外,自己的男人和赶猪的汉子正交杯换盏喝疯了,那浓烈的酒味,那不近人情的话,山风般地吹过来。

"老兄,那……那个事,就托……托你……帮忙了!"

"好说好说,只是……你的女人……"那汉子瞪着一双浑浊而色眯眯的眼睛,从嘴里抽出油腻腻的手指,然后头往后一仰,狎昵地大笑。

"我……包了……"

酒壮人胆,假妹趔趔趄趄,在粗野的浪笑声中跌跌撞撞地冲进房间。

春子和衣躺在花床上,她的双额留有清清的泪印儿。他惊呆了,他好像还是第一次整个儿看自己的女人。现在,别人却要占有她,代替自己去续香火,他的心就像被刀割了一样,鲜血从喉管里涌出来。他痛苦

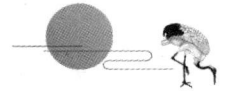

地抽搐着,抽搐着……

他多么想"扑通"一声跪在春子的面前,说:"春子,我……我对不起你,我害了你,我……我不是人!"

这时,从天边好像滚来一阵隆隆的雷声:不孝有三,无后为大……无后为大……无……后……为……大……

这一声仿佛一瓢冷水泼到假妹的心上,他那颤抖的身子突然不动了。昏昏然,他脑海里又传出一首清凌凌的山曲儿:

喜鹊昨夜挪了窝,

黑汉娶了嫩老婆;

一年一个胖小子,

白白奶水流成河;

咯咯好像鸡下蛋,

要生就生一窝窝。

这歌,把他心里快要熄灭的火又烧起来了。这愿望,像火一样煎熬着他。

假妹轻轻地叫了一声:"春子。"

假妹的双唇蠕动着,好像在叫又好像在哭。

春子迷迷糊糊,好像有一团软软的浮云托起她,使她徐徐上升,一种从未有过的体验溢满了她的心田。这时,一只温柔的手伸进了她的内衣。在她两腿之间寻找着,最后在那个隐秘的地方停了下来,轻轻地抚摸着,她很兴奋,两腿紧紧地夹住那手。

"春子,春子,你醒醒……"假妹抽回手,脸霍地涨红,像鸡冠。

春子再也不好装睡了,猛地跃起,死死抱住自己男人的脖子,浑身痉挛地颤抖着:"莫逼我,莫逼我……"

"春子,我求求你……"假妹嘴动了几下,迸出几个字来。

春子抱得更紧了:"我……我今后还有什么脸见人?"她好像喝了

半瓷碗谷酒,气喘吁吁。

"莫怕莫怕,我们不讲,没人晓得的。"假妹低着头,脸上却堆着尴尬的笑。

"不!老公!我怕,我真的好怕!"

假妹被说得面红耳赤,痴呆呆地站着。他后悔到房间里来。

一阵难堪的沉默。

黑乎乎的身影闪了进来:"春子,你依了这回吧!"婆婆哀求着,老泪顺着深深的皱纹流……

春子没吭声,用牙咬着嘴唇,像一座冷冰冰的木雕。

婆婆颤颤巍巍地跪下。春子也慌慌忙忙地跪下。

春子尴尬地、痛苦地、羞愧地站起身扶起婆婆,像扶起一座大山。

月光从树梢上爬上来了,田野、古镇以及院子里都沉浸在绿茸茸的水一般的柔光里。

完事之后,春子既没有哭,也没有笑。她默默地躺着,看着自己的男人走进房来,不晓得该哭还是该笑。很久,她才轻轻地招呼:"来,躺在我身边,陪陪我。"

假妹没理她,铁青着脸独自从橱子里拿了蚊帐到后堂去困了。

破旧的老屋里,三张床"吱呀吱呀"地响个不停,偶尔传出一两声抽泣和哀叹……

第二天,赶猪的汉子早早上了路:

咿……

喜鹊叫红满天,

光棍娶妻笑开颜,

晚上个露水夫妻嘴对嘴,

把个王宝化成水化成泥……

弯弯曲曲的山道上,跳跃着赶猪鞭梢的红布片儿,像火点儿,像戏

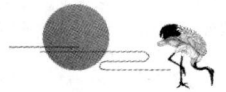

台上鼓槌柄末的红缨儿,忽闪忽闪的,悠然地,又是压抑不住欢快地跳跃着。

"咿……"那怪腔野调戛然而止。

"这鬼地方。"赶猪汉子一个趔趄,王八似的跌得四肢朝天,差点栽到悬崖下喂了狼。

露水好重,南山湿湿的,山道湿湿的,青石板上滑溜溜的,他不得劲儿。

赶猪郎揉了揉摔痛的屁股,又咿咿呀呀地唱欢了。

日头跳了起来,火红的。南山层层叠叠,望不到头。

怪腔野调缓缓地去了,缓缓地去了……

可怜天下老人心

一

张长青已年过七旬了,身子骨还很硬朗,腰板挺直得像一个年轻的小伙子,被太阳晒成紫酱色的脸孔,虽老,但挺精神。他是远近闻名的有福老人,村里老老少少都这么看,也都这么说。他呢?似乎对这些还不乐意,也许一丁点儿也没有感觉到,整天只是长吁短叹。怪不得村里一些辈分大的和个别极有名望的人或当面或背后都会数落他几句,说他"身在福中不知福"。

你能说他的福分还小吗?他和老伴生了两个儿子,如今已双双成家立业。小儿子张华在省城工作,老伴跟小儿子过,他跟大儿子张旺在乡下过,小孙子都进省城读大学了。且不说现今政策好,每年在银行里能存它个千儿八百,就过去他家省吃俭用也称得上一个生活水平好的人家,日子一向过得和和睦睦。更难得儿孝媳贤,照顾得他体体贴贴。汤汤水水,热茶热饭,全由小辈们敬端到他手上。逢年过节,小儿子不时寄些钱回来,买烟、买酒孝敬他老人家……

他有心事。这不是一日两日,也不是一月两月,而是长年累月了。这心事,他不说出来,小辈们当然无从知晓。即使他说出来,小辈们也不易理解。他这事太没油没盐啦,说不定小孙子知道后还会用胖胖的小指头刮脸蛋羞他的脸呢。

"羞!羞!爷爷好,爷爷坏,爷爷想奶奶……"

是的,就这事,你说还不笑掉全村人的大牙?他年老,脸皮薄,当着小辈们的面说不出口,只好默默地藏在肚子里。一日两日,一月两月……

二

太阳当顶了,村里升起炊烟……

一些家庭主妇都匆匆从田头、菜地和河边往回赶。儿媳马水英挎着一筐青草,风尘仆仆地回到院子里。她给栏里的猪喂完食,又抄起扫帚扫院子。听到人声,外面的鸡都扑棱着"咯咯"地叫着跑进院内,争着去啄筐里的青草。她忙着一边赶鸡一边叫:"爸!小明!"见没有回应,她自言自语地念叨着:"这一老一少整天都逛到哪去了?连个家也不顾。老头子也真是,不要你干重活,在家帮忙烧烧饭也是好的呀!"她跨进家门,才猛然发现公公原来就坐在门角边的小凳子上抽黄烟,吓得赶紧闭了嘴。

"爸!你在家呀!"马水英满脸尴尬地打招呼。

"嗯。"张长青背过脸去,吐了一口浓浓的烟雾。

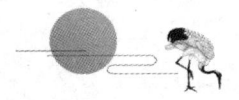

她趁这当儿想踅回厨房去烧火做饭,却被张长青叫住了:"水英,去把张旺叫回来,我有事和他说。"

"啥事这么急?他正在犁田,忙得很呢!"马水英嘴上虽这么说,腿还是往外迈了。

张旺大汗淋漓地跑回了家,不知叫他有什么急事,他连脚上的稀泥都没洗,就坐在了张长青的面前。

"爸,啥事呢?"张旺用袖子擦了擦脸上的汗,急急地问。

"其实也没有什么大不了的事。张旺,你妈到你弟家一去就五年多了,我想叫你去把她接回家来住一阵子。小明很想她呢!"张长青把烟管朝小凳脚上敲了敲,慢悠悠地说。

张旺一听,倏地站了起来。这老头子怕是越老越糊涂了,大农忙季节想这事。但他又不好驳老人家的面子,只好重新坐下,毕恭毕敬地给父亲敬上了一支烟,点上火后用商量的口气,平和地说:"爸,农活太忙了,要去哪有工夫啊?"

"又不要你走路,坐车去,这点钱我们家还是有的。"老头子脾气犟得很,一下子不易说通。

张旺在心里苦笑了一下,接着说:"爸,去省城来回好几百里,这一走农活不就耽误了?"

"你放心去,家里有我和你媳妇,顾得过来。"

"是啊,妈一出去转眼就五年了,是该接回家来住一阵子。爸,等忙过这一阵子再去吧?"张旺是想暂时把他劝住,之后再拖拖就过去了。这几年不都是这样应付过来的?

不想这次老头子是真的发火了。

张长青握着烟管,颤抖地站起来,紧盯着张旺,冷若冰霜,悲愤深沉地说:"忙?忙?年年忙?你们眼里还有没有我和你妈?没想到含辛茹苦把你养大,现在都成家立业了,还……我知道你现在大啦,有老婆孩子啦,腰板硬啦开始嫌我这老不死的啦。天啊！你你……"他越说越气愤,把烟管往腰间一插,卷起被子就往外走。

张旺吓慌了,扑上去,拉住父亲的手,苦苦哀求着:"爸,你不能走!不能走!"

张长青甩开他,怒气冲冲地冲出门去。

马水英呆立在厨房内,晕头转向,少顷,放声哭了:"这老头子我看是越老越糊涂了。年纪胡子都一大把的了,还那个……"

看到张旺走进门,她猝然停止哭声:"你说这事怎么办？你俩一样的牛脾气。我们小辈的也算做到了对他百依百顺了,可他还要……"

张旺轻轻地叹了口气:"人老了就这样……"

三

"张旺,你爸是上了年纪的人哪,你怎么能让他去背那口大破锅？刚才在路上我看到他差点摔跤。"在村口,隔壁村的王大伯拦住张旺说。

张旺一听,眉头都皱了起来,忙问:"他背大破锅做什么？"

"他准备在村西头的那座土屋里搭一口灶,说是要和你分开过。你不晓得吗？"王大伯说。

"我去看看。"

张旺急急忙忙地朝村西头跑去。那座土屋原是生产队用来放肥料的,分田到户后,这土屋反倒被闲置了。

当张旺找到父亲时,他正佝偻着身子,用手哆哆嗦嗦地砌砖,不时吐出一口浓浓的青痰。他看到父亲这般模样,又心疼又生气。他轻轻地走过去叫着:"爸……"

张长青抬头看了他一眼,又继续忙活,头差点栽到地上。

"爸,何苦呢？七老八十的还闹分家,不怕被人笑话。"张旺求着父

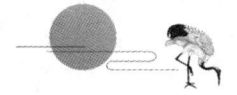

亲,"快回家吧,你人老了还住这破土屋让我们做小辈的脸往哪搁。"

"子大不容父,你别再管我的事。"张长青冷冷地应着。

"我们做小辈的有什么地方得罪你老人家,你骂我们几句打我们几下都行,不该这样的。"张旺继续劝道。

"你也有老的时候!"张长青以悲伤而冷酷的声调说:"往后我要靠我自己生活。我已经认命了。"

张旺没办法,赶紧去政府给在省城工作的弟弟张华打电话商量对策。

"……你看这事怎么办?"张旺急急地把事情的缘由说了一遍后,问。

张华在电话那头说:"他要单独过就随他的便,又不是我们做小辈的不养他。你着什么急?人老了就这样,妈妈也是整天不高兴,怎么劝她也没有用。"末了,张旺在弟弟电话快搁下时还听到一声轻轻的咕哝:"……这老头子,真是,没事找事。"

四

张长青慢慢地站起身。现在灶已经砌好了,只剩下一些泥灰杂物,明天再清理不迟。他不想生火做饭,随便地洗了洗手,擦了把脸,然后把身子软软地靠在墙壁上。

还是中午在亲戚家吃了点饭,肚子到现在也不饿,人老了,连胃的消化速度也慢了许多。

"能过就不要分家了吧,人老了能得到儿子的一口顺心饭吃就不错了,还想那么多?"

亲戚们都这么劝他。他一咬牙,在心里硬挺过来了。不是他人老了脾气古怪,有分外想法。这事谁能受得了。从结婚那天起,他和老伴相依为命整整五十年。这一辈子,虽风风雨雨但也一同走过来了。要知道,他养活两个儿子多不容易。好在两个儿子都争气,成家立业,使他有了依托。可他没想到过去生活那么苦都没与老伴分开过,现在生活好了反而长年分开,这是什么样的事哟?

他闭着眼睛,在墙壁上靠了好大的工夫,便又挣扎着坐起来。一动弹,骨头像散了架似的,酸酸地痛。是老了,身子骨大不如前了,他轻轻地叹了一口气。

现在是黄昏了。落日将暗红色的余晖洒进屋内,屋里映出他一个大大的影子。外面断断续续传来牧归的声音和人们收工时的说话声……

暮色中的山村是平和的,也是热闹的,充满了各种情趣。

他在寂寞的气氛中孤独地睡着了……

荒凉的旧矿山

天刚蒙蒙亮,李强和弟弟就起床了。

厨房灶里的柴火映红了弟弟的脸颊。

"哥,我们放在米缸底下的三千九百块钱呢?"弟弟边往灶里塞柴禾边问。

"输光了。"锅台上水蒸气袅绕,遮住李强的脸。

"还有藏在陶盆底下的一千八百块钱呢?"

"也输光了。"

"那小芳嫂给我们的一万五千块钱呢?"

"也输了,全输光了。"

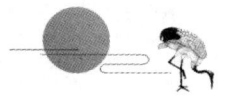

"啊!"弟弟受到这一惊,倏地站了起来。

李强仍然摆弄着灶里的柴火,声音狠狠地说:"你放心!我要赢,全都赢回来,用大把大把的钱给你讨媳妇。"

"哥,你真混,那是小芳嫂让你买嫁妆的。"

"我一定要把它赢回来。"

"你赢不回来。"

"我打赌,我发誓。"

"那是小芳嫂对你的一片心。"

"……"

"你知道小芳嫂她是多么爱你,她为了积攒这一万五千块钱,连家里给她上街买衣服的钱都省下了,还要受到别人的讥讽和冷言冷语。可你却……"

"不要说了。"

李强猛地站起来,转身就走。

"哥,你不吃饭了?"

回答他的,只有寒风吹落树叶的"哗哗"声……

这旧矿山原是座大金矿,就横在盘龙山的半山腰,几堆小山似的废矿渣已长满了茅草。左边,一溜矮坟堆零零散散地排列着,好瘆人。坟墓里埋着的,都是早年采矿时遇难的矿工,也有些是年老病死的老矿工。

多年来,这里的矿井因资源枯竭停产后,就再也难得看到有人来了。说真格的,这里除了几堆废矿渣外,也没有什么真正值钱的东西了。自从去年镇上来了几个收含金矿石的外地人,旧矿山也就渐渐重新热闹起来。人来了,捡几十斤含金矿石回去,也能卖不少钱,比到外面去打工略强些。消息一出,来捡矿石的人就多。人一多,矿石就不那么容易捡了。一些胆大的人,就开始爬进那废弃了的旧矿井去捡矿石。那确实需要胆量,一般人是不太敢进去的。在这之前,已有好几个人因捡废钢材在里面送了命。

李强今天去捡矿石,打的就是那几口废矿井的主意。他只有一个念头,多拉些矿石回去,卖钱还账。然后再和姓王的在赌场重新较量较量。

在村口,钱铭早早地就站在那儿等了。他比李强想得还周到,除了麻袋工具外,还带了一小袋能当干粮的冻米糖。家里有个老娘就是会疼人,李强已经好多年没尝过它了。

他们没有停下,继续赶路。路虽然不太好走,坎坎坷坷的,也很狭窄。但他们走得飞快,像跑,像跳……

"李强,你说我们能赌赢姓王的那小子吗?"

"能。一定能。"

"那就爽。"

唰唰唰,是脚步声。

李强没再作声。他有意无意地望着徐徐发红的东方。刚开始,天还只现出一片鱼肚色,渐渐地,整个天空都烧红了,奇光异彩。一眨眼,又跳出个火球似的太阳,发红、发光、发亮……

"李强,你在想什么?"

钱铭的腿没有李强的长,他走一段路总要紧跑几步才能赶上李强。

"我在想姓王的怎么总是赢我们?是不是他会出老千?"

"是啊,为什么他总是老赢?我们老输?"

"如果他敢出我的老千,我一定砍下他的手。"李强狠狠地说。

仍然是"唰唰唰"的脚步声。

"我有点怕,一上赌场心里就发虚。"钱铭在不停地说,脚仍在不停

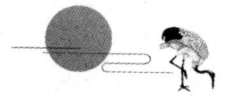

地动。

"这是因为最近老输,才会心里作怪。如果赢了几场,就不会有这种感觉了。"

"不,最近我晚上尽做噩梦,还经常梦见你爸爸。"

"想他做什么?"

"你爸爸就是因为赌输了,才上吊死的。"

"那是他没能耐。男子汉大丈夫,即使输了,也要想办法赢回来。"

这个李强,总是瞧不起自己的父亲。说他没给自己留下能继承的财产,只留下一些经常被人提起的笑料。

他暗下决心,一定要争这口气。

看着吧!

太阳发出耀眼的光芒,晨雾漫过山腰,在渐渐地消散……

年轻人的脚力就是强,几袋烟的工夫,十几里山路就被他们远远地抛在了身后。

旧矿山就在前面。

沿着一条被水冲刷得坑坑洼洼的山路爬上去,就到了堆满了废矿渣的地方。因被人多次挖过,这里到处像被野猪拱过一样,坑坑洼洼。要想在这废矿渣堆里找出能卖钱的矿石,需要费时费力,还要流一身臭汗。

还好,挖到半上午,他俩就捡到了一小堆,足有五六十斤。但后来不管他们怎么用劲挖,都没有再发现一块真正的矿石。

"不挖了。"李强把锄头一抛,撩起衣服使劲地擦了擦头上的汗水,"得想个办法,照这样挖下去,一天到晚也捡不到多少矿石。"

"那你说怎么办?"钱铭也停住了手。

"不忙,先填饱肚子再说。钱铭,你带了什么好吃的来,贡献一点,我可一点也没带。"

他俩躺在一片向阳的草坡上,要多舒服有多舒服。

钱铭把一小布袋冻米糖往李强的跟前一放,很大方地说:"这袋里装的全是冻米糖,够我们饱餐一顿,只是没带水。"

"水,有的是,过去不远拐弯处就有一股清泉。"

说着话,两个人就开始吃起来。

"李强,好吃吗?"

"嗯,你妈做的冻米糖确实没话说。"

"那你多吃点,我家做了一米缸呢。"

"还是你享福,有老妈给做冻米糖吃。哪像我,没人疼没人爱。"

……

吃饱喝足,躺着晒太阳,更觉惬意。

太阳快要当空了,阳光直泻下来,群山都镀上了一层金光,地上的水蒸气在袅袅上升。山坡上十分寂静,除了几只小山鸡在草丛中发出几声叫声外,一切都显得静悄悄的,使人有些害怕。

李强为了驱赶胆怯,故意没话找话地说:"钱铭,想找老婆吗?"

"哪个会要我。"钱铭被李强一问,羞得满脸绯红。

"想就说想,别不好意思的。我就想,你信不信,我女朋友小芳还送了我一万五千块钱呢。"李强得意地笑着说。

"我信。不过那钱却进了姓王的腰包。"钱铭用嘲笑的口吻说。

"你嘲笑我?"

"哪能呢?"

"我一定要赌赢他,你信不信?"

"但愿你能有好手气。我还指望能吃红呢。"

"好,我们现在就下旧矿井,捡它个几千斤包没问题。到时候有了本钱,再和姓王的赌一场。三十年河东三十年河西,我就不信赌不

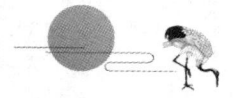

赢他。"

"这主意好是好,只是下去有些危险。"

"你小子没这个胆?"

"去就去。"

阳光照得他们的阴影像蛇一样,一伸一缩。

这里又是另一个世界。

真黑呀。什么也看不见,听不见。手电照着矿壁和矿道,只有拳头那般大的一个小光圈。由于停产多年,好多矿道都倒塌了,只留下一个狗洞般大小的口子。没法子,为了钱,他们只好冒着危险提胆钻过去。真脏,一股霉烂味直往鼻孔里钻。

钱铭有些害怕,紧跟在李强后面爬。

手电光圈这圈那,像是鬼画符。

"李强,我们这样爬,能找到回去的路吗?"

"放心吧,只要找到了矿石,按原路回去就成。"

"我们到捡矿石的地方还有多远?"

"快了,过了前面的独木桥就是。"

无话。只是机械地爬、爬、爬……

摸着黑爬,真不好受,人爬过去后,瞻前顾后,钱铭总感觉到后面像有一座桥突然断了,形成了一条峡谷大深渊。上面又像悬着一块块大石头,好像随时都会砸在自己的头上,他们爬得磕磕碰碰的,一时不小心,头又会撞在石头上。

爬,爬,爬。只有加快爬的速度,才能减少心理恐惧,缩短到达目的地的路程。

钱铭的头不小心被上面的窑相木碰了一下,痛得他叫了起来:"哎哟。"

"小心!"李强爬在前面,听到叫声,关切地说,"快了,再有一段路就到了,过去我和父亲来过一次。"

"那里矿石多吗?"

"多得很,根本用不着挖,拿麻袋装就是。"

"真的?"钱铭听他这么一说,浑身顿觉有劲,爬得也顺溜起来。

"傻小子,我亲眼所见,还会有假,我李强从来不骗朋友。"

"有这么多的矿石,那别人为什么不来捡?"

"怕死呗。"

"听说这矿井里死过好多人,人称前面的独木桥是鬼门关,弄不好会掉下去。"

"你这听哪个说的?瞎说。我就过过一次,也没死。人都是有命的,别人过都没事,偏偏轮到我们过就会有事,那就该我们倒霉。"

"也是。"

倒塌的地方过了,巷道空空的,可以直起身子走路。钱铭走的步子稳了,心也平静了。此刻他的心情特别高兴,和李强在一起做事,就是有股子闯劲。

心情好,也不感觉怕了,路也像是平稳了。独木桥,当真像李强所说的,一点也不可怕,抬脚晃悠悠一下就过了,根本就感觉不到危险。

看起来,世上还是大惊小怪怕死的人多。鬼门关?喷。

终于到了。啊,真多,金灿灿的金矿石,散落在长长的矿道里,一小堆一小堆,堆得到处都是。

装,装,装,使劲地装。他们忘却了疲劳,忘却了赌场,心里只有一个念头:多装一点,再多装一点。

"好啦,再装我们怕背不动它。"李强用绳子把麻袋口子紧紧扎好,提起来掮在背上试了拭,才重新放下。

"进来一趟不容易,多装一点是一点。"钱铭手忙脚乱地装着。

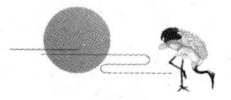

"别装了。"李强上前阻止他。

"我就要装。"钱铭固执地说。

争执不下,谁也说服不了谁。

李强见说服不他,就气呼呼地一屁股坐在自己的麻袋上。

他想起小时候听过的一个神话故事:从前,有两兄弟,骑着一只老鹰到太阳上去采金子。太阳上的金子真多,金光灿灿,像是金子的世界,耀得人的眼睛都睁不开。此时兄弟俩的高兴劲就别提了,都手忙脚乱地把金子往袋子里装,不一会儿两人都捡了一整袋。时间过得真快,眼看太阳就要出山了,老鹰站在一边很着急,就赶紧催促他们:"兄弟,你们捡的金子够多了,眼看太阳就快出山了,再不走就来不及了。"

兄弟俩不听老鹰的话,仍然埋头拼命地捡,捡,捡。时间又过去了好大一会儿,山那边半个天都烧红了。老鹰更加着急,焦急地大叫:"兄弟,你们到底走不走,再不赶紧走,我们全都要被烧死。"

弟弟害怕了,抢先骑上了老鹰,但哥哥说什么也不肯上。最后老鹰飞走了,太阳一出来,就把哥哥烧死了。

"好,听你的,我不装了。"钱铭停住了手。

"这才对头,我们得赶紧走,不然太晚了,饿了更背不动。"

两人背起装满矿石的麻袋,转身就走。

回来的路上,虽然肩上很沉,但心情是兴奋的。

"唰,唰,唰",有声音在响。

俩人都停步不前,屏住耳朵静听。

"哗,哗,哗",声音越来越大。

"快跑!"

李强提起脚就蹿。

"跑什么?"

钱铭被吓呆了。

"塌方,再不跑就没命了。"

俩人拼命地跑起来。钱铭虽然加快脚步,无奈背上的矿石太重了,压得腰成了弓形,直往前栽。他落后了。

"扔了,快扔了跑呀,不然就……"

李强在前面喊。

"不,我就不,好不容易到手的钱怎能说扔就扔呢?!"

钱铭咬紧牙关,硬扛着。

"快扔,快,不然我就不管你了。"

"轰隆隆。"

声音很大,像塌方,像地震。李强的声音被气浪淹没了。

钱铭这时才真正感到害怕了,脸上全是虚汗,心"怦怦"地乱跳。他吓得慌忙把麻袋扔下,撒腿就跑。很快就赶上了李强,转眼间,他就一蹦一跳地蹿到前面去了。

"李强,快点跟上。"

"哎,就来。"

到底是背了重东西,脚步迈得很慢。眼看钱铭已经蹿上独木桥,可李强怎么也追不上。

"快,李强。"

"哎,就来。"

"你也把东西扔了,逃命要紧。"

"没事,我马上就到。"

李强颤着走上了独木桥。不知何原因,此时他的一双脚不听使唤,走一步,摇三摇。抖,抖,抖,身子总是发抖。

快了,已经走了三分之一。

快了,已经走完了一半。

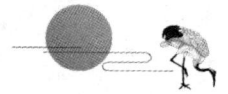

快……啊……

"咔嚓",令人心惊胆寒的一声。

独木桥承受不了压力,突然断了。

"轰隆隆。"

李强连人带包一起翻下了深渊。

"啊……"

"李强……李……"

真亮啊,满天的星星在夜空中闪烁着,群山镀上了一层银光……

钱铭带着浑身的伤痕,满脸的血迹钻出旧矿井。他记不清自己到底磕了几次头,碰了几次脚。他只是木然地爬,爬,爬,终于爬到有亮光的井口……

他才长舒一口气,此时才知道自己得救了。望着布满星星的夜空,他才真正明白,活着真好。

谁在叫?钱铭抬起头来。

"哥……"

"李强……"

远处有手电筒在晃,几声悠长的呼喊声传过来。

钱铭猛地颤颤巍巍地站了起来,迈着沉重的步履向前一步一步艰难地走去。当他发现前面隐隐约约出现两个人影时,顿时两眼一黑,昏了过去。

完了,一切都完了。

旋转,一切都在旋转,黑暗连着身子。

还有星星,到处都是旋转的星星。

不知过了多长时间,李强才清醒过来。茫茫的一片漆黑。看不见,也听不见。

我这是在哪里？钱铭呢？麻袋呢？金矿石呢？没有了，全没有了，一切都化为了泡影。

他想站起来，可身子像散了架似的，像被刀子剜一样疼痛。他鼓起劲儿，想站起来，可试了几次都没能成功。

啊，莫非我命当该绝，今天要死在这里？

对于死，他以前曾害怕过。可是这一刻，却一点也没有那种感觉了。他想安安静静地想些事情，然后再安安静静地死去。

他又想起了神话故事的结尾：过了几天，老鹰飞到太阳上一看，哥哥的尸体已长满了蛆。老鹰很高兴，就拼命地吃起蛆来，蛆的美味使老鹰也忘记了太阳出山的时间，结果也被太阳烧死了……

爸爸，你为什么自杀？是谁逼死你的？这个念头一出现，一种抑制不住的恐惧心理又冒了出来……

我难道也要走上父亲所走过的老路？是贪心，让我套进了这根逼死人的绞绳。

"来人啊，救救我吧！我再不赌了！再也不贪心了！"

李强号叫着，想挣扎着爬起来。一阵剧烈的疼痛，他又昏迷了过去。

黑暗中死一般的寂静。

生死营救

一

令人担心的事,果真发生了。

经过一阵撕心裂肺的响声过后,距地面七百多米的主通道被几百方矿石严严实实地封住了。在里面掘煤的三十七名矿工没有一个能够出来,全都像是被活埋了。唯一的希望就是等外面的人把矿道掘通。

出事的消息一传出,人们纷纷涌向矿井。父母找儿子的,妻子找丈夫的,儿女找爸爸的;哭的,喊的,叫的……整座矿山像煮开了的一锅粥。

很快,第一批由矿工组成的抢险队开始下矿井救人。

一天,两天……

抢险人员组织了一批又一批……

可矿道,仍未掘通……

二

矿山的夜,深沉沉。

从前有个矿工掘煤时遇上塌方,被严封在里面,矿上的人都认定他凶多吉少。谁也没想到,两个月后,矿工们从另一个口子掘进去后,却发现他竟神奇般地活着。这真有点像"天方夜谭"里的故事。矿上的老人们,有的说他靠吃身上的棉絮充饥,有的说他靠吃矿井里的泉水度日,也有的说他像青蛙似的处于冬眠状态,静心地等待别人来搭救……

矿山的夜是深沉的,矿山的故事是深沉的。

当报晓的大公鸡啼叫第三遍的时候,曹青才拖着疲惫不堪的身子,迈着沉重的脚步钻出矿井,随矿工们一起往工棚区走。整整一天一夜的井下抢险,他精力消耗殆尽了,心情也糟透了。此时,如果有人拿镜子给他照一下脸,他自己也会吓一跳的,他这是怎样一副尊容哟:轮廓还算端正的脸上布满了煤灰,被汗水一渍,这个二十五岁的小伙子真有点像戏文里头的花脸和尚。这时候他恨不得一步就跨进家,舒舒服服地睡他个三天三夜。

"抢险已进行到第四天了,不知里面的人是死是活。"他想。

在黎明时分的昏暗中,他透过晨雾,模模糊糊地看到了不远处工棚区的轮廓,更确切地说,是看到了工棚区后面黑乎乎的煤堆、废矿渣堆。风虽小,但刺骨,它刺痛了曹青的脸颊,卷乱了他的头发。他并没有加快脚步,仍然是沿着山坡弯路慢慢地走……

"快点走,今天食堂饭菜免费,去晚了吃不上好菜。"青年矿工韩金广嘴里叼着一支烟,身上裹着件磨破了皮的旧大衣,把头深深地埋在衣领里,从后面一蹦一跳地追了上来。

没有回应。韩金广十分纳闷,轻轻地跟在曹青后面走。

曹青一只手插在裤袋里,另一只手点着烟拼命地抽。

"听见吗?曹青,快点走。"韩金广停了停,再喊。

静悄悄地,仍然没人吭声。只有刺骨的寒风,吹着光秃秃的树枝"沙沙沙"作响……

"他难道聋了吗?这么大的声音会听不见?"韩金广急火火地想着,上去就动手把曹青嘴里的烟拔下一扔。

"你找死还是怎的,动手动脚。"曹青吼了一声,转过身,一双大

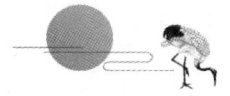

眼睛瞪视着,发出凶狠的光,浓浓的烟雾从他嘴里喷出来。

韩金广停下没动。他蒙了,也被吓住了。曹青狠狠地瞪他一眼,又径自走去。韩金广讪讪地在后面跟着。

走了一阵,韩金广又没话找话地说:"曹青,还是你小子有艳福,昨天又一个女的给你来信。嘻嘻,字迹好清秀哩。我一猜就知道是谁写来的。"

"别瞎扯,是我妹妹的。"曹青猛地吐出一句,声音仍然是火辣辣的。

过了一会儿,韩金广又自我解嘲地说:"何必呢?说一下有什么要紧,我知道你妹妹长得漂亮,像有些小说里描写的那样,身材苗条优美啦,黑头发、瓜子脸、弯月眉、双眼皮啦。还有那嘴唇,怎么来着?对,小巧的嘴唇,白得闪光的牙齿啦。还有……"

"还有你瞎扯淡。再胡说,我请你吃拳头。"

"好,小弟不敢。"韩金广哑了。

俩人默默无语,只有脚步声,唰唰唰……

"其实我喜欢跟你在一起玩倒没别的意思,可叶培发他们硬说我是拍你马屁,想你妹妹,还说……"韩金广有意无意地嘟囔着。

"什么?"最后一句曹青听清楚了,气得他一把扭住韩金广的衣领。

"我是说,我也长得不太难看吧,真的就配不上你妹妹?"说出这一句,他的脸涨得更红了,声音也不听使唤似的抖动着,要不是曹青那双有力的手拽住他,怕要瘫倒在地上。

"就你这德行。"曹青手一松,自己也跌坐在地上了。

"曹青,你别老瞧不起我,我一定干出一点人样来。曹青,你相信吗?"韩金广脸上闪着红光,眼里憧憬着。

"就凭你这几句豪言壮语?"曹青撇撇嘴,嘲讽地问。

"你不相信?"韩金广猛地跳起来,像一头发怒的狮子。

四眼圆瞪,一碰就会冒火星。少顷,俩人才各自把头扭向一边,继续赶路。

"唉,也是,在这倒霉的煤矿能干出啥名堂。管他呢,混吧!每月混他个几百块钱,花光用光,身体健康。"像六月的梅雨天气,说变就变,韩金广又露出了那种玩世不恭的神气。

"哼,我说嘛……"曹青意味深长地乜斜了韩金广一眼,独自走去了。

直到很久,韩金广仍没回去,而是独自无声无息地坐在石块上,头埋得低低的。谁知道他坐在那儿想什么呢?啊,苦恼的人!

三

曹青走到家时,全家人都还沉睡在梦乡里……他轻轻地推开门。听见父亲咳嗽两声,说:"青儿,又干得这么晚回来。锅内有热饭,吃了快睡吧!"

曹青没有回答,只是鼻音很重地"嗯"了声。

曹青拉亮电灯,屋内顿时明亮起来,给人一种家庭特有的温暖感觉。

他走到台桌前,端起茶壶,足足灌了好几口凉茶,才真正像散了骨架似的一下瘫坐在竹椅上。

听见窸窣的脚步声,曹青才转过头来:是未婚妻苏小方。她是来矿上做客的,老家在农村。

"为啥还不睡?累不死?"苏小方心疼地嗔怪道。

"想坐坐,真的,就是想坐坐。"曹青欠起身,点着一支烟贪婪地吸着。

"怪脾气!"苏小方嘟囔了一句,径自往厨房去了。

曹青仍静静地坐着,独自想着心事。

不一会儿工夫,苏小方端着热烘烘、香喷喷的饭菜出来。这时,他才真正感到肚子有点饿了。

"吃呗,呆坐着算什么事?"苏小方盛好饭,催他吃。

曹青很感激地望了她一眼,才端起碗大口大口地吃起来。

苏小方喜滋滋地瞅着,紧紧地挨坐在他身边。

屋内仍然是静。除了吃饭时碗筷的磕碰声外,只有里间不时传来老人咳嗽的声音。

终于,曹青放下碗筷,随随便便地抹了抹嘴巴。苏小方望着他,露出舒心的微笑。她把一碗温茶端到他眼前,甜甜地说:"喝吧。"

曹青愣了一下,仿佛忘了她一直陪在身边。他接过碗,没有喝,只是火热热地看着她的脸,直看得她不好意思地低下头。

"小方,你真好看。"他说,眼睛仍然盯着她看。

"没正经,啥时学会油嘴滑舌了……"她满脸绯红,小声地嗔怪他。

没话了,俩人都干坐着。只有两颗年轻的心在"怦怦"地跳动。

"小方,如果我死了……我是说,假如这次抢险时,我被石头砸死了,你怎么办?"曹青半开玩笑半认真地说。

"那我就披麻戴孝去为你哭坟。我求求你,以后别再说这种不吉利的话了。"苏小方略带哭腔地说,眼睛红红的。

"我是说,假如……"

"别说了,我求求你,求求你求求你……"苏小方说着,眼泪竟不由自主地唰唰往下掉,趴在桌上嘤嘤哭泣起来。

"小方,你不知道这事有多难。"曹青的厚嘴唇艰难地蠕动,望着她说。

"什么事把你急成这个样子,不能对我说说吗?"苏小方用手理了理他额前的一绺头发。

"我总觉得,这次事故跟以往有点不同,在抢险时怕会遇到许多意想不到的危险。"曹青注视着未婚妻的脸,"以往塌窑过后总是一片死沉沉的静寂。可这次,特别不同,像有一股巨大的波浪在冲击,声音大得吓人,整个地层深处都在震动……"

"那我们走,不当这个玩命的矿工啦!不挣这个玩命钱啦!到哪里也比这儿强。曹青,你就听我这一次,走吧……"苏小方被吓怕了,几乎在央求他。

"傻瓜,尽说傻话。遇到危险就躲避,还像个真正的矿工吗?软骨头都不如。你说,我怎能忍心见死不救。我做不到。"

"那你说怎么办?总不能眼睁睁地看着去送死吧?"

"事情没严重到那种地步,也许是我多虑了。"

"其他矿工都知道吗?"

"不清楚。"

"那我们?"

"去找李老头。只要他站在身边,矿工们心里就会踏实。"

四

草棚。煤场。清晨。

守煤场的李老头坐在床上,吧嗒着旱烟筒,眯着眼睛望着门外。这浓重的晨雾,层层叠叠压满他心头。他十六岁开始下矿井,整整挖了五十年的煤。他爱矿山,他是矿山人的骄傲。虽然他在井下遇过很多次险,却都活着出来了。正因为这,他赢得了矿山人的敬重。即使他现在年老了也舍不得离开矿山。

"矿山的小青年们,你们何时才能真正成为矿山的脊梁啊?"李老头无时不在唠叨这件事。

突然,浓雾中隐隐约约地传来一阵细微的"窸窣"声,像是有人在说话,又像是有人在偷煤。

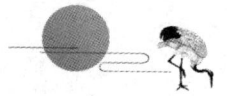

　　李老头顿时警觉起来,顺手操起一根木棍猛地蹿了出去。在离煤场不远的角落里,果真有几个人影蹲在那里。

　　"谁?你们这些小孽种,谁叫你们来偷煤的?看我不打断你们的狗腿。"

　　没有回应,他们几个人仍蹲在那里,不知在干些什么。

　　"不回答,看我打死你们。"李老头低声骂着,捏起几把小泥块,拼命往下抛。

　　"谁?找死呀?"他们猛地跳起来,举起拳头。

　　"我当是谁呢,来吧,李老头,你也来一杯。"韩金广站了起来。

　　原来是韩金广他们几个人相聚在一起喝闷酒。

　　"不要贪杯了,随便喝一点,等下还要下井救人。"李老头见是本矿人,口气一下缓和了下来,劝着他们。

　　"来吧,李老头,你也来一杯。"韩金广把李老头的话当耳边风,上来拉他。

　　"好,就喝这一杯,最后一杯。"

　　李老头那双布满血丝的眼睛一动不动地盯住他们。他端起酒杯。酒,这透明的液体,生活中曾几何时离开过它?逢年过节,走亲访友,哪一次他不是喝得兴致勃勃。可这一次,酒,喝进嘴,顺着舌根溜进喉咙,像吞进一团火,热辣辣地烧着他那颗焦急的心。顿时,汗冒出了额头,心像一下子堵在喉咙口。

　　韩金广他们手忙脚乱地吃着,转眼间,两瓶四特酒一滴不剩。他们酒兴正浓,还在一杯接一杯地直灌。

　　"来,李老头,再来一杯。"韩金广站起来倒酒。

　　"不要了,金广,再喝你非醉不可。"李老头劝着他。

　　"来吧,李老头,你再陪我喝一杯。"韩金广端起酒杯就往李老头嘴里倒。

"要喝,我以后请你喝。"李老头后退着,苦口告诫着:"金广啊金广,你平常喝酒我不拦你,这次可千万不要再喝醉了,等下还要下井去救人哪!"

"下井?我……才……舍不得死呢……连……连老……老婆都没有抱上。管他呢!今……朝有酒今朝醉……阎王老子来了我也不在乎。"

就在这时,曹青带着一股冷风迈进煤场,横眉冷对地站立着。

"人还没救出来,你们就想破掉矿工们的规矩。人命关天,你们倒有雅兴躲在这里喝酒。真阔啊,看我把你们……"曹青走过去,用脚把酒瓶扫得满地滚……

其余几个人慑于曹青的威力,都悄悄地想溜。

"别想溜,都给我站住。韩金广让他人模狗样地躺在这里,他不配去救人。你们几个,只要认为自己还有点矿工的味儿,就该拼出性命下去救人。"

最后一句,曹青几乎是吼出来的。

五

早饭过后,曹青、李老头等二十几名矿工组成的抢险队开始下井救人。

这是乡办的煤矿。矿井条件十分简陋,既没有现代化的采煤设备,也没有小矿车帮助拉煤,靠的是完全用人工掘和用肩膀挑。深深的矿井,只用密密麻麻的松树桩硬撑着,如果两人在矿道上碰面,只有紧贴着矿壁才能通过。

"当心,腰不要伸得太直,小心碰伤脑壳。"李老头走在前面不时地提醒着。

"没事。"后面不时有人答着话。

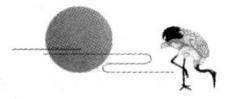

他们走在这深深的矿井里,好不威风。说话声交织着重重的脚步声,"轰隆隆"地作响,像是把整座矿山都震动了似的。

这强大的声音,每次都深深地震动着矿工们的心。只有这时候,他们才真正感到当一名矿工的无上光荣。世界上只有他们,才能把埋藏了好几亿年的"乌金"从地底下开采出来。

出事地点就在眼前。

大家都心情沉重地停下脚步。

塌下来的矿石被清理得差不多了。乱石堆上散发出一股硫黄的气味,冒出一丝袅袅的青烟……

"开始吧!"曹青清了清嗓子,又重复了一句:"开始吧!"

矿工们静静地走向前,像完成一件什么重大使命似的纷纷举起了手中的铁镐、铁铲……

经过很长时间的铲凿,终于听见里面传来清晰的"沙沙"声。从声音上可以听出对方也在铲。这就是说,里面还有人活着。大家心里一热,更加拼命地铲起来……

又紧挖紧铲了好长一段时间,一个碗口大的洞露出来了,一股热气直冲出来。

里面的人得救了。他们一个个爬过来,衣服撕成了布条条,胳膊和腿上血肉模糊,一张张鬼样的脸,叫人无法辨认。但最可喜的是,他们三十七个遇险者都一个不少地活着。李老头看着他们,很动情地说:"不错,托菩萨保佑,一个个都挺过来了。"

此时相逢,个个悲喜交集。他们相互搀扶着,一步一步地朝井口走去……

"轰隆隆……"什么声音在响。

大家都停下脚步,屏住耳朵静听。

"轰隆隆……"

声音很大,像火车,像爆破。

"快跑!有暗流,不跑就没命啦!"

有人惊叫起来,提起脚就想窜。

曹青停住脚步,暗想:我早感觉到了。果真有暗流。他把目光扫向李老头,想从他那儿得到某种启示。

"别慌,如果暗流真的是冲着我们来的,你们谁也别想跑掉。"李老头很有经验地判断着。

这话给大家起了很强的镇静作用。大家都静下心来,把耳朵贴在矿壁上听起来。

"轰隆……轰隆隆……""轰隆……轰隆隆……"

强大的激流声滚滚而过,直向前撞去。好险,没破口子。大家都长长地松了口气。

"好险!"

大家搀扶着,继续迈步。

"李老头,听声音这暗流来势不小。你说会从哪儿决口?"曹青仍不放心,快步赶上李老头。

"如果我没记错方位,这暗流有可能是沿旧井道朝国矿方向去了。看样子那里也要遇难啦!"李老头说完,轻轻地叹了口气。

"那——"曹青一听急了,猛地停了下来。

"傻小子。这是天灾人祸,我们有什么办法。"

"不,不能就这样一走了之,我要去救国矿。"

"你是说,凿开口子,把水引向我们这个矿井。"李老头用眼睛盯着曹青说。

曹青重重地点了点头。

静场。好一阵子。

"那……你上去吧,我反正是一个老头子啦,拼着这把老骨头……"

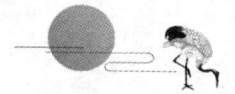

李老头发狠地说。

"不！我是队长！遇事最后一个走是矿工们的规矩，你最好也不要破例。"曹青说完，把头扭向一边，不再搭理李老头。

"我……"

"别说了，我决定了的事决不后悔。"

"好吧，我走，你保重。"李老头的眼眶里含满了泪珠，跌跌撞撞地离开了。

曹青拼命地想忍住，但泪水还是一个劲地往下掉。他一发狠，提起斧头一步一步朝有响声的地方走去。

"噌噌"的脚步声使曹青转过头，只见韩金广大步走上来，同他肩并肩。

"谁叫你来的？快回去！"曹青低声吼道，并不停步。

"不！"韩金广正视前方，声音小而坚定。

"这是去玩命。"

"我知道。"

"没必要。"

曹青停住脚步。

韩金广还在往前走："我知道你瞧不起我，我不争气。但我不能让你一个人去冒险。要死，死在一块！这是矿工们的规矩，希望你也不要破例。"

曹青的心颤抖了，像被人用刀子剜了一下。他终于克制住了，很动情地朝韩金广点点头，然后继续迈开了步子。

两人默默地停了下来，谁也不看谁一眼。

"挖吧？"

"再等等！"

"挖！"曹青咬了咬牙，猛地用劲把斧头朝矿壁上砍去……

没长胡子的班长

在论述班长时,斯大林曾经说过:班长是军中之父;拿破仑也特别强调:军士是军中之母。而我们这位没长胡子的班长面对两位世界杰出军事家的伟大见解却大声地宣称:没有班长就没有军队。

——题记

一

罗兴史能当班长?

武装警察部队九江市支队浔阳中队的这个炊事兵,个头不过一米六五,二十三岁,瘦脸,圆眼,连胡子都没长出一根。最重要的是那众所周知的德行。他总是昂着头走路,斜着眼睛看人,说话时手指不停地在空中画圈,仿佛永远拿着指挥棒。在宿舍里,他时常趿着拖鞋,跷着二郎腿,尽兴地"吹牛",说到得意处,那露出脚趾头的臭袜子,一抖一抖……

就是这么个兵,居然当上了班长,还是带一个后进班,现实真会嘲弄人。对他,几个不服气的老兵表面上没露出什么,背后聚在一起少不了来一顿嘲讽:"就他,能当好班长?那全中队的人都能当班长。"

"怎么这么多人,偏偏轮上他?"

"当班长,啧,'牛皮大王'还差不多。"

"等着慢慢瞧吧,好戏总在后头。"

"……"

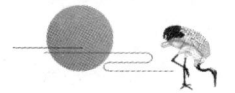

听到这些议论,罗兴史想了没有?想了!辩论了没有?没有!那他?

他准备拿出的是行动。

二

"看牌!甩!一条龙!"

"输了,钻桌子。干!不干!挂子弹袋!"

罗兴史还没跨进班里,这阵吵闹声,像被一股恶意的风故意送来报信似的。他像喝了一碗凉水,浑身冷冰冰的。吵闹声来自三班,肯定是那群"老爷兵"趁组织学习的时间玩扑克无疑。这时候如果他擅自闯进去,大家会不会理睬他还很难说。反正他没有一次就把班长的权力全都抖出来的想法。今天他只想和他们打个照面,聊聊天,扯扯皮。你看,他口袋里还藏着一瓶"四特酒"和一小包炒花生米。至于工作嘛,以后有的是时间。他想着,抬起手轻轻地敲了敲门。

"又没上锁,要进就进呗。是存心把门敲破还是怎么的?"

里面传来一声嘶哑的嗓音。大概这样他们已经玩习惯了,连门闩也不插。这时,如果中队干部突然撞进来,那?——算啦!中队干部何止知道,简直头疼得要命,对他们毫无办法。不然,这个班长的缺轮得上他?

他大大方方地撞了进去。

呵,好热闹。

六七个光头兵趴在床铺上围成圈儿,在吵闹声中尽情地把几副扑克放在一起打。当兵的就喜欢大造声势,几颗"炸弹"抓在手里一起放那才够过瘾。罗兴史知道,这时候凑过去打扰了他们,双方都会尴尬的。正犹豫着,坐在屋角边打瞌睡的李双冰向他打了声招呼。

"是你呀,新官上任,不过来坐坐?"

他就是副班长李双冰。罗兴史抬起头，碰上了李双冰冷峻的怀有戒意的目光。李双冰身高一米七八，相貌清秀，双唇和嘴角流露出刚毅果断、坚韧不拔的神色。他在中队甚至整个支队都是出了名的。他敢和支队长开玩笑，敢拿着瓶酒独自坐到队部去喝，平常说话更是大大咧咧的。他军事技术能拿得出两下子，但训练起来不大安分，一会儿说教案编得不科学，一会儿说组织不严密，全队就数他建议多。前几任班长恼火透了，一个个气得吵着要求调出了班。罗兴史暗想，班里的战士在学习时间这样公开地玩，他倒显得无忧无虑，足见他是不会把干部们放在眼里了。

罗兴史问："中队今天休假了？"

这是明知故问。

"上午安排以班为单位组织学习。"李双冰毫无表情地回答。

"那他们？"罗兴史坐在一张矮凳子上，很舒服地背靠着墙壁。"你们就学习好了？"

李双冰微微摇头。

"你怎么不去玩呢？"为了打消对方的顾虑，罗兴史装着很随便的样子问。

"你难道认为这样玩有意思吗？"李双冰以问为答。

"那你的态度呢？"罗兴史不想急于表态，只是根据对方的回答来分析他属于哪种类型的人。"比如说喜欢，不喜欢，反对或不感兴趣。"

"他们的实际年龄才二十岁多一点点，又离开父母不久。"

"那你的看法呢？"

"我，不等于你。"真摸不透他，罗兴史遇到的第一个人就是这么冷冰冰的。

对于李双冰，过去罗兴史虽早有耳闻，但一接触起来，才真正感到他是那样令人费解。奇怪的是，三班的大多数战士都有点服他。最后

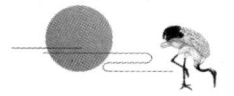

一句,罗兴史听得出这是在将他的军。意思是说你能当班长,就早应该知道这些事。

见罗兴史没吭声,李双冰的脸上露出了一丝不易察觉的嘲笑。他站起身来拍了几下巴掌让战士们静下来后,才开玩笑似的来了几句介绍:"这位是上级新任命的班长。对他,大家都比较熟悉,我也就不多讲了。好,现在请我们的班长来几段就职演说,大家鼓掌欢迎。"说完又是几声干笑。

稀稀拉拉有几个人鼓掌。

"简直是恶作剧。"罗兴史愤愤地想着跨上前,心里竟有点微微发慌了。过了好长一段时间,他才大胆地来了几句开场白:"从今天起,我就是三班的正式班长了,我下决心把三班各项工作搞好。"

有人心里发毛了,在下面小声地嘀咕着:"喊,每个班长刚上任都爱吹几句大话。你这个第六任班长,又来这一套。"

此时的罗兴史就像演员进入了角色,听到这些议论,他连眉头都没皱一下,仍然口若悬河地一路讲下去:

"……有人说我们三班是'光头班'。落后呗,少不了会挨骂,也有人给我起了个外号叫'牛皮大王',这不怪别人刻薄,只怪自己不争气。就中队干部们想得出来,当真让我来当这个后进班的班长,来管你们这些个'光头兵'。按书上的话说白了,就叫'以毒攻毒'吧!"

他声音不高,像是拉家常,娓娓道来,但却出人意料地把大家的注意力吸引了过来。

"我,谁都知道。在中队可是调皮出了名的。要论玩把戏,不是吹,你们这里谁也比不上。不信?谁都可以比试比试。今后,谁要在玩把戏方面超得过我,没二话,他打屁,我这个当班长的连气也不吭一声。如不能,对不起,你就得老老实实听我的。"

室内鸦雀无声。战士们一束束眼光开始透出惊讶的神色。

"今后,我们什么事都来真格的。完成了任务,就休息。扯皮,写信,看书,打球,谈恋爱都行。超过了其他班,我请客。"

"现在,大家先尝一点,酒不多,表表意思,一小包花生米,我在炊事班时随手拿了这么一点,请同志们原谅,我这个人有点嘴馋,请吧!"

战士们的眼光由惊讶转为喜悦。

这在三班还是第一次。看得出来,战士们对他还是有好感的。他给人的第一印象是,这个班长到底和其他几任班长有那么一点不同。

什么地方不同呢?

三

时间早过了半晌,罗兴史才吹响了原地休息的哨子。他们渐渐地在这个大草滩上散开——站着、蹲着和躺着的都有,间或有人说些逗人的扯皮话。

三伏天,太阳像扣在天空的一个大蒸笼,瀑布似的辐射下来。外面热,草滩上也跟着热,直热得让人有点透不过气来。

寂静。连一点风丝儿也没有。

"你们看,他俩干什么去?"不知谁喊了一声,大家都伸长脖子站了起来。

火辣辣的太阳光下,两个人在草滩上走走停停,眼看就要走上防洪大堤的斜坡,身后拖着两道长长的阴影。这里是个宽阔的奶牛牧草场,长年累月在上面放牧,肥了草,又牧肥了牛,是个理想的野外操场。在这上面练擒拿格斗,宽敞、松软、最不易被摔伤。所以罗兴史经常带着他班上的战士们到这里来训练。

"一定是去找水喝。我也口渴得要命。"外号叫"小豆子"的段自林猛地跳了起来。

被他一煽动,大家真的感觉到嗓子火辣辣的,干得直冒烟。

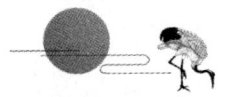

"别吵了,谁去把王伟和张海平喊回来。真是,一对憨包。"罗兴史轻轻地咕哝了一句,又去摆弄他那个六面体的宝贝魔方,赤橙黄绿蓝白,他总有使不完的兴趣去弄这玩意儿,可他从未摆正过一色。

没法子。队长不在,他班长在这里就是个大将军,谁有意见也不管事。大家只好把眼光投向远处,看着段白林一蹿一跳地消失在堤坝后面,只有李双冰倒沉得住气,也不怕草地上热气蒸人,仍然把一顶旧军帽扣在脸上睡得个死香。

仍然是静悄悄的。

想不到的事总有。段白林刚刚走了一会儿,又气喘吁吁地跑了回来。

"班长,班长,你来!"他急急地但又轻轻地喊。

"咋啦?"罗兴史很不情愿地收起魔方,拍拍身上的草屑、灰尘,迅速地奔了过去。

"王……王伟正在那里一个劲地哭,可凶了。"段白林悄悄地说。他的脸白得十分难看,可能是紧张的缘故。

战士们都悄悄地围了上来。

"哭什么?"罗兴史不解地问。

"不……不清楚。王伟手上拿着一张姑娘的照片。真的,漂亮极了,高高的鼻子,圆圆的脸蛋……他……他还亲照片上的姑娘。张海平伸过头去想看,他就抱住张海平,张海平想动手挣脱,可一下子他俩又抱滚在一起了。"

"嘻……"战士们发出一片嬉笑声。

"嗡",罗兴史的脑袋一下胀得有水桶粗,心中的火气顺着脊梁直冲脑门。他闭嘴死死咬住牙关,腮帮子鼓得像含着个大栗子。

"够了……快带我去。"罗兴史终于大吼了一声,这声音粗暴得连他自己也吓一跳。

"是,我……"段白林的脸憋得通红,像一片火烧云。

段白林在前面带路,罗兴史把战士们喝退后,自己也小跑着紧紧地跟上去。

"轻点!"走到堤坝斜坡顶部,段白林壮着胆子把罗兴史按倒在一个小坑里。"你听。"

静悄悄的。再听。过了几秒钟,又听见了说话的声音,像是张海平在说。罗兴史像段白林一样,伸出头来窥视。他惊奇地发现:王伟和张海平四仰八叉地躺在草滩上,脚前是抽剩了的香烟头。

"嘻嘻,王伟,你说你写的小品文《小精灵》是说你自己,我不信。"张海平说。他吸了口烟,吐出一个大大的烟圈。

"这还有假,我在他们眼里的形象比这更差。"烟雾乱糟糟地从王伟的嘴里喷出来。"其实,我何不想要求进步,只是……"

"你老兄今天说话怎么了,吞吞吐吐的。"

"算了,不说了。"

"……"

段白林偷偷地用眼角去瞟罗兴史,知道他也全听清了谈话的内容。只见他嘴唇紧闭,头上豆大的汗珠一个劲地掉在草地上。他用斜斜的眼角余光不满地盯住段白林。段白林自己也给闹蒙了。明明王伟他们……怎么现在又……莫非是。"班长,再听一会儿。"

"听个屁?你快去把他俩叫出来,到训练场找我。"罗兴史火辣辣地咕哝了一阵,溜下了堤坡。

看来真的是他把话给传错了。段白林气不打一处来,捏起几把小泥块,死命地往下抛。

"谁?找死呀?"张海平猛地跳起来,举起拳头。

"我当是谁呢?'小豆子',有事吗?"王伟也爬了起来。

"是我,穷咋呼什么?等下有你们好受的。"段白林也不是熊包,他

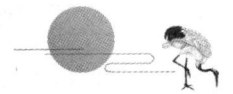

照直挺着胸脯,习惯性地把那长长的头往后一仰,站立着。

"我们怎么啦?准又是你这个'小豆子'打小报告了。"见是段白林在偷听,张海平心里很冒火。

"哼!我才不打小报告呢,是班长叫我来喊你们的。"

"一个样。"张海平撇撇嘴。

"就不是一个样。"

"就一个样。"

他俩碰到一起,就有数不完的争论。

"张海平,你给我住嘴。"王伟猛地喝住张海平,见他没作声了,才笑吟吟地对段白林说:"班长刚才都听到些什么了?"

"这——"段白林语塞了。

"这什么?你——"张海平又要冒火。

"也好!你不肯说就不勉强了,反正我王伟长这么大还不知道什么叫'怕'字。走!"

他们一行三人,下了斜坡,又在草滩上出现了。

罗兴史没吭声,甚至连看也没看他们一眼就掏出了哨子……

四

星期六一到,一周一次的篮球比赛又开始了。

从早上起,整个中队就沸沸扬扬地开始谈论这件事。这不是偶然的。三班在其他方面被公认是落后班,可篮球比赛在中队每次都拿第一名,就连中队为参加支队组织的篮球联赛而组成的篮球队都以三班人员为主力,足见三班在篮球方面的实力是雄厚的。中锋王伟,神投手李双冰和后卫张海平,都能给对方造成很大的震慑,每次比赛都是"一边倒"。难怪有人说,周末是三班的。这话里既有某种敬意,也包含着不少妒意。

可比赛一开始,罗兴史压根儿就不让王伟和张海平两名主力队员上场,而是分派他们俩去菜地浇粪,真是令人哭笑不得。一班队员开始打得很拘谨,显得紧张,打了十多分钟后发现王伟和张海平仍没上场,劲头十足,连投带罚一连得了二十分。而三班由于缺少主力队员,士气低落,快攻总是打不出来,篮板球又控制不住,连连失误。

"换人,三班换人!"观看的战士们都纷纷地叫喊起来。

大家对王伟和张海平的球技都是十分熟悉的,对罗兴史不让他俩上场大为不满。

哨子声和喧闹声不时从球场传来。王伟和张海平的心急得像有一盘火在炒豆子——蹦蹦跳跳的。他俩站在远远的菜地里干着急,都弄不明白班长在这关键时刻为啥不派自己上场。

"唉,这场球非输不可。要我上,保证……"张海平把浇粪瓢一扔,愤愤地说。

"你急又有什么用?人家班长都不急,你操这份心干啥?"王伟慢悠悠地把粪水浇在菜根上,显得不急不躁。

"你心里一点都不急?我不信!"

"急有什么用。自古以来,谄媚求荣的官本来就不在少数。这事,怎么能怪我们年轻有为的班长同志呢?"

"我就咽不下这口气,能赢非要输,这到底是为何?"

"为何,为何?你问我,我问谁去?"王伟也烦躁地把粪瓢一扔,坐在一边干生气。

真急煞了他俩。

他俩越不想看球场,哨子声和喧闹声越是一个劲地传过来。他俩烦躁得要命,用双手拼命地捂着耳朵,心里想着:让篮球见鬼去吧!

只过了几分钟,段白林和另一个战士急匆匆地跑了过来。王伟站起身,听见他们边跑边大声嚷嚷。

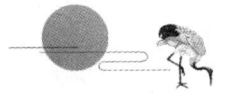

"我们到处找你们两个,总算找到啦!"段白林气喘吁吁地说。

"我们班打得怎么样?"王伟问。其实,从他们脸上,王伟已经看出局势不妙。

"唉,五十七比二十七,输十五个球。"

"叫人家压着打,要多臭有多臭。"

听他们一说,王伟和张海平觉得浑身不舒服,眼眶里湿漉漉的。说真的,这时他俩要哭都哭得出来。

"走吧,王伟,大家都在找你。"段白林哭丧着脸几乎是在哀求。

张海平也在用恶狠狠的眼光看着他。

"不,没有班长的同意,没浇完菜不能离开菜地。"王伟摇摇头。

"班长?怕他个啥。他吹的比说的好听,什么'下决心把三班各项工作搞好'。其实,对三班的集体荣誉他一点也不放在心上。"张海平愤愤地骂道。

"这样吧,你俩去打球,我留下来浇菜。这样事情过后班长即使想说也找不到什么把柄了。"段白林想出了一个两全其美的主意。

王伟沉思了一会儿,说:"好吧。承蒙大家信得过,我这堂堂七尺之躯的男子汉输也要站在球场上去输。"

哨声响了,尖声刺耳。

张海平一到球场上就拼了命,倾斜着身子,冲着场上的球员大声叫喊。王伟坐在罗兴史的旁边,近于讨好地说:"班长,我们班打得怎么样?"

罗兴史的眼睛盯着场上,香烟一支接一支地猛抽,鼻尖上的汗珠一滴滴地冒出来,没有回答。

"不知怎么搞的,打得没一点章法!"罗兴史气急败坏地对王伟说:"怎么,你又溜到球场上来啦?我的话还算不算数啦?嗯?"

"不过来看看,心里痒痒的,怪难受的。"

"你要是不来,我才真感到奇怪呢!"

"是你硬派我们去菜地的,怎么会感到奇怪?"

"所以你俩不高兴,感到被冷落了,得不到重用。对吗?"

"你是故意这样的。你为什么对我俩这样?"

罗兴史轻轻地吐了一口烟:"看来,你俩也需要荣誉,也需要集体,也希望有一位重用人才的班长。对不对?这很正常,对每个战士来说,都是这样。"

王伟像是有所察觉了。

草滩上的事,一定是。王伟暗暗地想着,眼睛一动不动地看着球场。球场上一直在逆风球——三班今天输得真惨,兵败如山倒。

比赛完了。球场上的人散尽了。王伟心事重重地立在球场中央,发泄地将一个滚到自己脚边的篮球踢向半空中。

张海平呆呆地看着……

五

这里的气氛令人难熬,主要是他们太严肃的缘故。

在这种场合,这种时候,你不严肃也不行。坐在队部里的队长、指导员和几位班长们讨论决定一个较棘手的问题。

中队建猪圈需要一些石灰,现已跟营区附近的一个地方单位联系好了,他们同意支援一点。现在问题的关键是运输问题,三四十里路程,用大板车拖石灰,在这夏季炎热的天气里确实是件苦差事。不光是一般战士有畏难情绪,就连班长们的工作也同样难做。中队为此开了两次队务会,都没有哪个班愿意承担这项任务。

"你们到底想好了没有?哼,我就不信全中队竟没有一个班自愿承担这个任务。"队长李仁良满脸愠色,两眼咄咄地盯着在座的每一位班长。

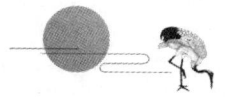

班长们都避开队长那刺人的目光,低着头默不作声。

室内静极了。

坐在边角上的罗兴史无声地叹了口气。他本以为班长们接受任务时都会像电影里那样"我去!我去!"地争着,没想到竟有这样冷场的气氛。他之所以不动声色,是因为他考虑到了这事根本轮不到他班。三班,谁不知道?

其他几位班长,有的闷头吸烟,有的假装认真看报,谁也不想首先打破沉默。

他们已经沉默了许久。

"那么,我们当真来抓阄?"李仁良沉默了许久,试探性地说。昨天就有人提出这一方法,被他骂得狗血喷头,过后谁也不敢再提了。现在他在会上又当众提出来,真使人有点摸不透。

大家犹豫着,细细地品味着队长的话。

静默。大家默默地吸烟。室内,一片烟雾缭绕……

"我,三班来负责运送石灰。"

这时,一声不太清晰的嗓音在屋角传出,引起阵阵回音。大家都惊愕地抬起头。

"你,罗兴史?三班?"李仁良望着不知啥时站起来的罗兴史,又惊又喜。他没想到会有人主动来接这个难题,更没想到是落后的三班。他觉得不保险,又追问了一句:"你认真想过了?""想过了!"罗兴史语气坚定。是的,他想过了,而且想得很多。

"我保证,只要一星期,三班一定把中队建猪圈所需的石灰如数运到。不然,把我这个班长撤了。"罗兴史拳头一攥,立下了军令状。

走出队部大门,罗兴史的心情是兴奋的。他今天算是放了一炮。最起码也让人知道,三班不是什么时候都是落后的。它要超过其他班,一定……他想象着,三班的战士们听到这个消息后该会怎样地高兴,拍手掌,敲脸盆,欢呼……

不!罗兴史没曾想到,这事还只一露风,就遭到了全班人的强烈反对。

"不行!才当几天班长就把我们给卖了。要干,他自己去,别把我们全扯去一锅煨。"张海平一听,"腾"地从床铺上跳下地,大有要和谁干架之势。

"班长班长,一班之长,帮的就是当官的嘛!"听,又是一句不阴不阳的嘲讽。

"当然啰,官兵之间有几回能达成一致?啧。"

"可不是嘛。当官的一张嘴,当兵的跑断腿。"

几句高水平的刻薄话语,把罗兴史刚才的兴奋劲冲得一干二净。罗兴史愣着。他想也许真的不该去出这个风头,他要为三班活争这口气,可这些谁又能理解呢?

"话可别扯远了。人家班长话还没开口,就堵住人家的嘴,这成啥样。一家还兴有个家长,何况整个班。"想不到,关键时刻王伟倒帮了大忙。

罗兴史有点感激地看了他一眼,就抓住时机把自己的想法和打算和盘托出:"……虽然去运石灰是件苦差事,其实,我心里早有底儿。只要大家齐心协力,加油干,两天多一点的时间就足够了。其余的时间全让你们自己安排。还不要站岗,有汽水,有西瓜吃。你们说这样的美差干还是不干?"

"这么说,还差不多。"张海平一听,率先表态。

"那我们明天就去运石灰。"意见统一了,大家情绪高涨。

罗兴史长长地吁了口气,点着一支烟,贪婪地吸了起来。

"运完了石灰,我们当真可以自由活动?"这个李双冰,对什么事都有点顾虑。

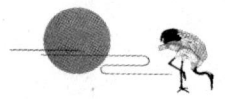

"那当然。队长和指导员都亲自表了态,还能有假。"罗兴史很轻松地回答。

不管副班长李双冰怎么看,三班当真用了两天不到的时间就把石灰全部都运到了。其余的时间呢?一句话:自由活动!

三班在罗兴史的带动下,倒真活动出了水平。他们穿着一色的白回力球鞋在球场上练球。等到休息的时候,他们到处找人赛球,不赢不散。一下子,三班的球技在中队又出了名。

三班的战士自由活动得有滋有味。可其他班的战士看着就有意见了,他们有的是各种各样的理由讲给自己的班长听。这些班长们本来心里对罗兴史就有点妒忌,火上浇油,他们的意见就一齐捅到队长那里去了。

第二天傍晚,李仁良就在操场边上找罗兴史谈话。

"三班长,你们班任务完成得很好,休息得也差不多了,是不是开始搞搞训练?说真的,三班在训练方面比其他班要差,这你得承认。"

"差,不见得,这要看你怎么看。休息完了,我带战士们练去。"罗兴史不知是真的不懂,还是装憨,一句话回答得队长不知怎样接下去好。

李仁良停顿了一会儿,还是照实说了。

"你大概也知道一点,别人对你们班有意见。"

"有意见就有意见。你们当领导的去向他们多做些解释不就得了。"

"怕没有这么简单吧?"

"完成了任务就自由活动,这可是我打了包票的。改口,怕战士们不容易想得通。"

"你就说是我队长说的嘛。"

"队长,好大的官?不见得会有几个人买你的账。"

"你别放肆,这里面首先就有你一个。别以为当了几天班长,就翘尾巴,了不得。怕是我看错了人,你也许一开始就不是当班长的料。"

"是不是当班长的料,也是你们有意挑选的。"

一场谈话,不欢而散。

队长走了,罗兴史站在原地久久没有移动。他当班长能取得战士们信任的头一条就是说话算数,讲究实际。这一次,他怎么去向班里的战士开口呢?班里的战士们又会怎样看他呢?还有副班长那刺人的目光。

没想到,当班长可真难啊!

六

罗兴史能当班长,完全是一些意想不到的原因。

刚来部队时,他曾幻想能当一名大将军。无论什么事,他都能做到一丝不苟,也爱经常向领导提点建议和意见。他没想到,就那么几条意见,把一些领导给得罪了。第二年,某武装警察学校来部队招生,他虽然考试以较高的分数遥遥超过了录取分数线,可轮到学校派人来调查他的情况时,队长不多不少地给他下了五条结论。一、自高自大思想作祟;二、爱给领导出难题;三、搞老乡观念;四、名利思想严重;五、不安心服役。自然,有了这五条就足够了。他入学的机会也就失去了。

从此,他开始走下坡路,当真以实际行动验证了队长给他下的五条结论。他不光自己经常给领导出难题,而且还影响了其他的战士。中队领导一气之下,把他从战斗班调到了炊事班。可这样还是不顶事,在领导眼里,他就像一根刺,拔又拔不掉,不拔又痛痒难受。大会小会点他的名,他照样我行我素。他的名声传出去了,调走更觉困难。一天,队长特意找到他,直截了当地说:"罗兴史,你这样混下去到底图个啥吗?"

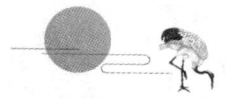

"不图啥。"

"你就不能改一改?"

"我要当上班长,不用改就会变好。敢不敢任命?"罗兴史摆出一副玩世不恭的样子说。

"当班长?就你这德行?"这句话,差点把队长脑袋里的怒火点炸。

可过了一夜,队长当真任命他为三班的正式班长。

他惊奇了,激动了,那股消逝的青年之火好像又回到了他的身上。他要鼓劲,他要干一番事业。

可现在?

"你用不着为了自己的小小承诺去顶队长的。这划不来,也没必要。"李双冰站在边上说。

罗兴史在菜地浇水,停住手:"副班长有什么话只管说,不用见外。"

"那我也就实话实说了。"李双冰扔给罗兴史一支烟,自己也点上一支,"你的弱点就是人太实了。其实,并不是什么事都需要来真格的。你想过没有?第一,队长为什么突然变卦;第二,为什么其他班都觉得我们班自由活动就不合理,要换成其他班,会不会同样有意见?我看就不会,你想过没有?这是为什么?"

罗兴史一惊,夺口而出:"为什么?"

"就因为我们班训练比其他班差。一差就气短,气短说话就不粗。"

"那你认为我们班今后的工作怎么开展?干什么都来真格的?"

"对头。"

"那你的意思是不该顶撞队长?"

"本来就不应感情用事。"

"那战士们会怎么看?"

"还不就这样看。"

"我做不到。"

"那就慢慢地去学。"

正副班长谈话真别扭,简直像在谈判。这种说话不算话的事这辈子我不会做,而且永远不会去学。罗兴史暗暗地坚持着自己的观点。

七

黄昏。营区内。大家都已吃过饭,正三三两两地一起散步、抽烟、闲谈和互相扯皮,也有几个战士在操场上比画着新学的拳术动作。单调和枯燥,清静和燥热混合在一起。段白林连蹦带跳地奔过来:"班长,回去吃饺子呀!"

罗兴史坐在营区鱼塘岸边,一根接一根地抽烟,舌头都被熏成淡蓝色的了。他没有回来,胸中感到有一股闷气……

今天又是星期天,包饺子。三班的值日生张海平跑去端来两小碗菜馅。

"怎么才领这么一点?"罗兴史瞪大眼睛问。

"就这么多。比不上后勤班,有一脸盆。"张海平把碗放在书桌上,甩甩手上的水。

"这么明显欺负人的事,你怎么不跟我说。"罗兴史再次盯着张海平问。

"跟你说?说了也是白说,我的大班长。"

"我就不信,走,去看看。"罗兴史端过装菜馅的小碗,噔噔地从饭堂里走过,最后来到厨房里,端起小碗把菜馅倒进大脸盆里,"自觉一点!重新分过。"

"整天事不干,有吃还嫌少,要加菜馅可以,叫队长亲自来。"后勤班里的炊事员不肯重新分。

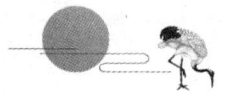

"好,我去叫队长来。"罗兴史气冲冲地去把队长拖来。"队长,你看着办吧!"

"你是当班长的,要带好头,怎么能为吃这点小事而吵吵闹闹呢!"队长不分青红皂白,开始训斥罗兴史。

"我班十二个人,才给两碗菜馅。后勤班六个人,都有一大脸盆菜馅。这怎能怪人来争呢?"

"少吃一点也算不了什么大事嘛。"队长仍在和稀泥。

"只要他们分得合理,我可以一点都不吃。"罗兴史听不下去,看看争不出什么结果,气冲冲地走出厨房……

"班长,快去吃饺子呀。"张海平来叫罗兴史。

罗兴史和张海平回到班里,班里的战士静静地站成两排,一大碗清汤煮饺子放在桌子上。

"你们都吃了?"罗兴史吃惊地问。

"报告班长,我们都吃过了。"

"吃过了就不要站着了,自由活动吧。"

"班长,你为了我们,脸面都丢尽了。"

"你们都知道了。这没什么,我的脸面不值钱,丢了就丢了,无所谓。"罗兴史自嘲地摇了摇手。

"请班长放心,我们正式向你保证:明天就开始正常训练,并一定积极向上,勇争第一。"全班战士异口同声地回答,声音洪亮,震耳,感人。

罗兴史的心一下被感动了,视线开始模糊起来,他激动地喊了一声:"我的战友们……"

官儿兵儿走上路

三人一到火车站,都傻眼了。

火车站,人山人海。人,到处都是人,站着的,躺着的,连插脚的地方都找不到。

火车进站了,人海像锅里煮沸的开水,一起滚动起来。

挤,挤,挤,拼命地挤。

三人拿着行李,在人群中拼命地向前挤去。

曾克左冲右突,好不容易才挤上火车。他占好座位,把行李放好,才算松了一口气。

叶有诚和刘春水也挤了上来。

"真挤。"叶有诚放下行李,擦了擦头上的汗水。

"下次可不能这样挤,要注意影响。"刘春水放好行李,开始批评他俩。

"说得轻巧,不挤,恐怕连行李都没地方放,现在什么都讲价值规律,火车最大限度是塞满愿坐车的人。要是每个人都有座位,我也绝不会挤的。"

"那要看什么人,我们可是军人。"

"军人怎么啦?军人坐车就该挨站?真是——"

刘春水自知说服不了他,只好解嘲似的笑了一下,重重地落到座位上。

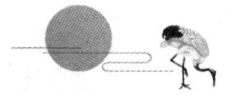

哐当——哐当,列车终于在微微的夜色中启动了。

哐当——哐当,列车清脆而有节奏的碰撞声像是一首甜美的催眠曲,刚才还吵吵嚷嚷的车厢渐渐地安静下来。有的在轻轻地拉家常,有的在打盹,有的已渐渐进入梦乡……

缓慢而单调的旅途开始了。

浅绿色的窗帘拉开了一道缝儿,窗外,漆黑中偶尔跳出几点光亮,像海里的渔火,迅速地穿插过去。曾克那张尖猴的脸,缓缓地朝相反的方向飘去。

真快啊,像是在做梦。转眼四年,他曾克由一个农村毛头小子长成了现在胡子拉碴的大兵模样。这四年,他不知是怎么过来的,像梦幻一般。到现在还是个党外人士,他急呀!据他在连部当文书的老乡透露,今年的退伍名单上可能有他。也许此次批准他回家探亲就是退伍的前奏。这可怎么好,光杆杆地来照样光杆杆地回,那四年兵还不白当了。想想吧,他家里那个还没过门的媳妇是以怎样欢喜的心情等待着他,多次在信中都叫他好好听首长的话(她认为能听首长的话,就可以入党),争取入党回来。说谎毕竟要比办事容易得多,他没费什么口舌就把这事给哄过去了。他在信中正正经经地告诉她,自己快要成预备党员了,听干部们说(他当然要比她懂得多,连队干部一般不称首长的),连里正准备把他作为干部苗子加以培养呢!听听,他说起大话来也不嫌寒齿、害臊。看他这次回去怎么交差。

哐当——哐当,是列车上坡的声音。

曾克越想越烦,越想越嫉妒他的同路老乡刘春水时来运转提了个排长,叶有诚干得马虎一点也混了个党员。就他,最差,差没顶了——空空的像是一张白纸。好像一个伟人说过,白纸好画最新最美的图画……去你的。唉,他一拳重重地打在座椅背上。

"就你好人不做,尽扯淡。"叶有诚浑身一颤,被他吓得猛地蹦起来。

"心里憋得慌,想发火,想打架。"

"眼看马上要到家了,高兴还来不及呢,还发哪门子火呀?"

"跟你谈不上,就整天恋着那斜眼媳妇,还能想得出其他的事。"

"你别瞎扯,斜眼?小看人,比你那矮冬瓜似的老婆漂亮十倍。"

"连个指甲都不如。"

"就比你媳妇强。"

"强,强在哪里?是头还是脚?"

"……"

这两个人,说起那还没过门的媳妇,总要争个面红耳赤。

"嘿嘿,你们两位可真有脸皮,在车上比起媳妇来啦,真够露脸的。"刘春水看他们争得不可开交,就赶紧过来劝解。

曾克的火本来就冲着刘春水发的,这下见失去了对手,所以就把话头引向他。

"我们这些落后兵,当然没你这个大排长的觉悟高啰,遵守纪律的模范,政治学习的尖子,'五讲四美'的标兵。好美哟,好事全给你占了,当然落后就轮到我们啰。"

"曾克,你说话最好别带刺。我们都是同年入伍的老乡。俗话说'亲不亲,家乡人',有什么话还是锣对锣,鼓对鼓地当面说好。"

"当然,何不把四个兜的军装借给我这个老乡穿穿,也好让我亮亮相,过过瘾。"

"这又何必呢?"

"又是落后话吧,你可总是高姿态。"

刘春水张了张嘴,哑口了。

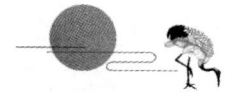

曾克装着无所谓地撇撇嘴,又吹起了那支跑了几十度调的《军港之夜》的曲子。

叶有诚倒真能沉得住气,在微弱的灯光下他又在翻那本《恋爱问题二十三解》的书。但愿他的恋爱能真正地成功。

夜,已经很深了。

灯光一闪一闪的,突然刺得人睁不开眼,一下子又把人影拉成了一张破碎的网,光怪陆离的。

刘春水不时地抬头看看窗外,仍然是黑咕隆咚的。

他用不着细细地来回忆四年自己所走过的路,也没有像曾克那么多的烦恼。他是幸运者。

刚入伍,他就有幸调到北京总部文工团工作,在那里,他虽然没有高超的表演天赋,但凭着自己一副漂亮的娃娃脸和惹人喜爱的小孩性格,很快就被首长的女儿看中了。于是,他作为首长的未来女婿,被选送到总部教导队学习。现在他官儿虽然不大,但起码却摆脱了农村,而曾克和叶有诚他们却不能。这就是他较其他两位老乡优越的地方。

这是梦,一个美好的梦。

他真想把这个梦再做一遍,十几遍……但愿今后能常做这样的梦。

呜——

列车钻过一段长长的隧洞,又继续前进。

哐当——哐当,车轮扎着钢轨仍在急速地转动着。

随着列车的飞奔,叶有诚的心却越加不安和痛苦起来。曾克说对了,他没事常常去考虑娶媳妇的事。可就这一件,他都没能力处理好。

原因是他有一个被人看成是"包袱"的家。

他一无父亲二无兄长,家里只有年老的母亲和一个妹妹,现在仍住在破旧的祠堂里。家,这就是他在部队时每天都盼着能见到的家。

现今谁家的姑娘能不考虑他的家境而单单看上他的人呢?她过去是爱他的,可现在……

一想到这,他浑身难受得要命。这些,谁又能理解呢?

他呆呆地看着车窗外,一动不动。

刘春水揉揉疲惫的双眼,望望窗外。

不知什么时候,天已经开始亮了。

东方出现了瑰丽的朝霞,远处林子里的屋顶上飘着缕缕炊烟,空中弥漫着轻纱似的薄雾。一会儿,红日冉冉上升,给大地洒上了一层金辉。湛蓝的天空,棉絮似的白云,展翅飞翔的鸟儿,出工的农民笑脸,都在列车明快的欢叫声中一闪而过……

刘春水贪婪地呼吸着早晨的新鲜空气,自己的心好像也要随着列车的速度而飞奔起来……

过了好长一段时间,他才发现曾克和叶有诚早不在座位上了。他的心猛地惊了一下。他俩到哪去了?在车上会不会出事?特别是曾克本来在部队就影响不好,在这探亲的路上可别再捅娄子啦。

这时,他自己的肚子却开始咕咕叫了。他起身朝餐车走去。

原来在这里。他刚要进餐车的大门,才发现曾克和叶有诚在拼命地喝酒。远远看去,像蒙上了一层水雾。

"来!"透过那举起的酒杯,曾克那双布满血丝的眼睛一动不动地盯住对方,"干,全喝了!为你能和斜眼,不,俊俏的媳妇再度相会。"

"干!"烧酒在曾克的喉结处一鼓一鼓地通过。"啪",杯口朝下扣在餐桌上。

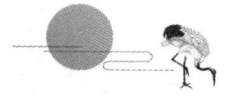

叶有诚也干了,用舌头舔着杯沿:"我看你有心事。"

"扯淡。"

"都是四年的兵油子啦……"叶有诚狡黠地微笑着,那双明亮眸子闪射出练达的光束。

"你当然可以啰,母亲健在,有个好媳妇,家里又无兄弟和你争房屋家产,还入了党。可我……"曾克摇头苦笑了一声,抓起酒瓶,往叶有诚杯里斟酒。他感到对方的目光在盯着自己,而自己脸上的肌肉是那样艰难地抽搐。此刻,他真想搂住叶有诚大哭一场,把自己深藏在心里的话全都掏给他。在部队头一年,他本来干得好好的,表扬嘉奖几乎围着他转,后来因为在晚点名时他公开说了某个领导的家属拿连队的菜没付钱,他的形象突然改变了,他成了领导眼里的一根刺。只要他违反了一丁点纪律,所受到的批评往往比别人多几倍。党支部几次讨论他入党,都因为某个领导的一句话给吹了。知道底细的人都同情他,劝他;越是这样,他的痛苦感就越强烈。他想哭,想号叫,想打架……

"再倒,再倒……"

曾克一怔,烧酒已经顺着叶有诚的手腕流下来,餐桌上多了一摊细碎的泡沫。

"还是吃满杯的带劲。"曾克翻过自己的杯子,抖动着手几次把酒倒出杯子外。他感到脑袋里有一座火山要爆发!

"干!"

"干!"

"当"的一声,曾克拿过杯子又要斟酒,被刘春水伸过来的手一把夺住。

"你——"曾克那双红红的眼睛瞪得有鸡蛋那么大,像要射出一团烈火。当他看到是刘春水时,却红光满面地站起来。

"不要贪杯了,再喝你非醉不可。"刘春水劝着他。

"来吧,大排长,你也喝一杯。"曾克的声音像是整个餐车只有他们两人。

"不,不,我真的不会!"刘春水边后退边想:曾克啊曾克,你何时变成了这个样子呢?

"啊,你认为在这样的场合喝酒不文明?"曾克上来拉他。

人们都抬起眼看着他们,目光中有鄙视、反感、嘲笑,也有忧虑。刘春水把手深深地插在裤袋里,脸上也像被酒精刺激了一样。他感到这是军人的耻辱,他后悔到这里来。

"来,我敬你一杯。"令人讨厌的曾克又上来拉他。

"曾克,真的,你不能再喝了。再喝你真的要醉了。"

"会醉?我?"

"酒喝多了总不好,眼看我们就要到家了。"

"你别管我。今……朝有酒今朝醉。谁……阎王老子来了我也不听。"

"曾克,你冷静一点好不好?"

"我头……里面清醒着呢,充其量我……也包括他,叶有诚……不过是一个大兵……这是人家送给我们的美称,不,美冠,对,美美冠……哈哈……大兵,拿酒来,我……"

"你这是在麻醉自己,知道吗?"

"我……"曾克想站起来,但觉得头重脚轻两腿发软。他像一根被放倒的圆木似的一下扑倒在餐桌上。他哭了,哭得好伤心……

呜——

列车缓缓地驶进了一个小车站,上来几个乘客后,又启动了。其中

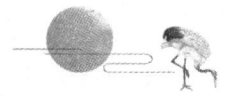

一个打扮得很时髦的姑娘却连气也不吭一声就坐在他们对面,过了一会儿,有一位年轻稍大一点的老头子也坐了过来。他们虽然想避开她,但又找不出什么理由,只好硬着头皮干挤着。

"毛毛雨,毛毛雨……"她手里提着录音机,里面的苏小明在尖着嗓音唱。

"哗……"曾克不雅观地吐了一地板,顿时,一股酸酒味直熏人鼻。

"呀,怎么搞的?讨厌!"

时髦姑娘赶紧用手帕擦着沾在自己身上的点点污垢,嘴上尖酸地谩骂着。

刘春水尴尬地站起来赔礼:"对不起,实在对不起,他喝得太多了。"

"大兵同志,请注意点文明!"她那画过眉的细而长的眉毛,像两把锋利的小刀,直向他们刺来。

刘春水忙低下头,不敢迎战。

"瞧他那副寒酸相,真可笑。"她又把一句更难听的话甩过来。

这像一颗重磅炸弹炸破了曾克的五脏六腑,炸裂了他每一根神经,他猛地一下站了起来,像一堵高大的墙。

"有种的,你……再给我说一遍。"曾克仍然是醉醺醺的,脸上的汗水像无数条乌虫似的直往下掉。

"……"

那时髦姑娘也只是嘴上的功夫,一见这架势,早吓呆了。

"曾克,你冷静一点好不好?"刘春水上来拖他。

"你走开,当兵的就这样受人欺?"曾克一把推开刘春水,火冒三丈地说。

时髦姑娘趁机溜了。

曾克咬了咬牙,终于忍住了。他浑身像散了架似的,一下瘫坐在座位上。

哐当——哐当,列车仍在继续前进。

折腾了一阵过后,车厢里渐渐安静下来。

随着列车的不停震动,他们都在各自想着心事。只有那不争气的曾克,倒"呼呼"地靠在座背椅上睡得个死香。

"嘿,你在想什么?"刘春水推推叶有诚,没话找话。

"没想什么,真的!"叶有诚仍在一个劲地抽烟,浓浓的烟雾从他嘴里喷出来。

"还想骗人,从你的眼神里我早看出来了。"

"看出什么?"

"看出你有心事。"

在刘春水眼光的直视下,叶有诚的头微微地低下了。他嘴里讷讷地说:"吹了,我家里的那个……妹妹来信告诉我的。"

"为什么?你跟她闹矛盾了?"刘春水一听急了,有点不太理解。

"没。她嫌我家穷,还有就是没能提干……"

"没提干?这能怪你吗?你就不能向她解释清楚?"

"解释了,她根本不听。"

"那——"

短暂的沉默。

"回去找她算账,这没良心的东西,狗都不吃。"不知什么时候,曾克已经醒了。

"不,不怪她,谁都指望自己能找一个有本事的爱人。我……只怪我无能。"叶有诚说完,又令人难受地呆坐在那里。

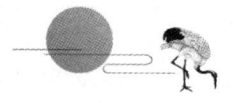

啊,这无言的痛苦。

伤心的泪水。

令人难熬的沉默。

午饭早打好了,可他们谁也没先动一口。

三人都干坐着。

哐当——哐当,列车穿过一座小城,又继续奔驰。

"怎么?小伙子们,连饭都不吃?"坐在边上的老人嘴里叼着一支烟,身上裹着件磨破了皮的旧大衣,很关心地问。

没有反应。他们三个人都呆呆地坐着。

曾克双手插在口袋里,坐在车窗前拼命地抽烟。

"听见吗?武警同志,饭都快凉了,还不吃?"老人停了停,再劝。

静默。仍然没人回答。

他们难道聋了吗?这么大的声音会听不见?老人端起饭盒就往曾克手上放。曾克没接,饭盒"嘭"地掉在地板上。

"你这个人讨人嫌还是怎么的,动手动脚。"曾克吼了一声,转过身,一双大眼睛巡视着,发出凶狠的光,浓浓的烟雾从他嘴里喷出来。

老人停住手。他蒙了,也吓住了:"何必呢?发这么大的火。年轻人,还是火气小一点好。"

"唉。"曾克长长地叹了口气,重重地把身子往后一仰。

"老人家,别生气,他就是这样怪脾气的人。"叶有诚见此情景,很不客气地瞪了曾克一眼。

刘春水从侧面很仔细地注视着这位老人,似曾相识,可一时又想不出在哪见过。

"我看这位同志可能遇到什么不顺心的事,乐意不乐意说一点给我听听？或许我还能帮你们点忙呢？"

老人的几句话出口，不像是地地道道的农民。端详老人，他虽一身农民装束，但硬朗的身躯如松挺立，眼角眉梢透出一股年轻人的气质。

"你……不像是——"叶有诚内心有点疑惑。

"不像是地道的农民是吗？哈哈，小同志我可是真正的农民老头啊！"老人朗朗地笑着。

叶有诚也有点不好意思地笑着。

"看着你们，使我想起了一件事。"老人手托着下巴，眼睛半眯着。

"那是好几年前的一件事了。有一批农村退伍军人，天天到公社里去闹，吵着要分配工作。还是年轻哟，嫌自己当了几年兵吃了亏。一天，我在公社院子里碰到一位，心里怄气，发了一顿火。我说，去看看烈士纪念碑吧！碑石向阳的那面倒数第四个名字——邱士平。国家给了他什么嘛，当兵一个月就上了对越自卫反击战的前线，连孩子气都还没脱就和敌人拼刺刀牺牲了。国家又给了他什么嘛，士平倒把一条命赔上了。想想吧，我们这些活着的人还不知福？"老人动了感情，握着茶缸的手有点微微发抖。"人不能光为自己着想，我见到过这样一位老人，他是'十万工农下吉安'时的老红军。长征途中，他爬雪山、过草地，什么苦都吃过。革命胜利了，他却自愿要求到家乡当一名农民，有人不解，劝他说'像你这般资格，就是在北京，出门也该坐屁股冒烟了。'你听他怎么说，'一个人咋能光想着冒烟呢，要多冒汗才对头呐！'小伙子们，你们在部队不光要锻炼好过硬的本领，更要锻炼好思想啊！"

又一个车站到了。老人起身下车。

他们望着老人的背影，陷入久久的沉思。

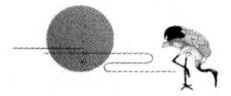

车又开了,哐当——哐当,直往前方奔去。风大起来,窗帘开始"呼啦啦"地直响……

呆了,他们是真的呆了!傻愣愣地坐着,你望着我,我望着你。

"啧,说的还真挺实在的。"好半天,叶有诚才这么轻轻地咕哝一句。

"看得出来那老人是一个真心真意对我们好的人。"曾克的声音第一次变得这么柔和,好听。

"他是谁呢?我总觉得好像在哪见过他,我来想想……对,嘿,想起来了,会是他?怪不得这么面熟。"刘春水自言自语地说。

"你说他是谁?"叶有诚追问。

"他就是有名的新疆军区后勤部部长,参加过二万五千里长征,中华人民共和国成立后全家都回到老家吉安种田。我在小华她家,不,在首长家里的报纸上见过他的照片,也常听首长说起他。"刘春水回转身,兴奋得差点从座位上蹦起来。

"老红军,会是他?"叶有诚仍然有点不相信。

"错不了。"刘春水很自信:"他的事迹在报上经常登,没想到在这里能有幸碰到他。"

"啊,真难得。"曾克听完,心里油然升起一股敬意。

三人说完,六只眼睛第一次长久而热烈地注视着。他们忽然感到羞愧,为自己过去错误的想法和做法而感到羞愧,仿佛在今天,他们才第一次回顾和检讨自己。

啊,人的眼睛是多么的亮。

呜——

列车正徐徐地进入终点站……故乡,越来越近,越来越具体了。他们的眼睛湿润了。心,怦怦地跳动起来。

他们默默地站起来,极其认真地整了整自己的军装。啊,严肃的人多么像一尊庄严的铜像!

很久,他们才开口说话。

"想家。做了几百个梦,今天总算回来了。"曾克一张口,眼睛就湿润了。

"真的。天天在家不觉得什么,离开久了才真正品味得出来。白天、黑夜、梦里……"叶有诚似乎在梦呓。

刘春水默默地站着,把手指捏得嘎吱作响。他突然想起了什么,对大家说:"我们暂时不要回家,先去战友家走走,说不定他们的家里人也很挂念呢。"

两个同乡都睁着眼睛愣愣地望着他。

"走吧! 把劲提起来! 像个真正的军人,齐步走。"他喊。

三个人排成队朝车站检票口走去……

附记:

1981年,我入伍参军,分到刚成立的中国人民武装警察部队九江市支队浔阳中队,当文书。部队火热的战斗生活,促使我用手中的笔记录之。小说虽稚嫩,但充满了部队生活的情趣。今重新阅读,仍能感受到当年写作时的青春激情,足见部队印象之深,今生已难以忘却。故选取《没长胡子的班长》和《官儿兵儿走上路》两篇,不做任何改动,以留纪念。

第三辑
风流人物

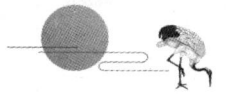

张接安：中国当代陶瓷书法第一人

景德镇陶瓷艺术界大师济济，能工巧匠卧虎藏龙。谁要是想在某个领域取得排名第一的位置，而又要得到专家、同行、收藏家一致的认可，绝非易事。江湖上排座次，最牛之人往往故作谦虚，自称第二，他第二，于是没人敢称第一。张接安被业界称为中国当代陶瓷书法第一人，想必自有其不同凡响之处。更令人啧啧惊奇的是，中国当代陶瓷书法第一人张接安的横空出世，不但得到专家、同行和收藏家的相当肯定，而且还得到了景德镇陶瓷艺术领域泰斗级人物王锡良、王隆夫、张育贤、熊钢如、何叔水的大力推荐。

他们很看重张接安的陶瓷书法，把他的陶瓷书法创作艺术成就抬得很高，他们的"推荐书"是这样写的：张接安同志历经近二十年的潜心努力，研创了"珍稀梦幻釉陶瓷书法""翡翠陶瓷书法""浮雕红地镶金陶瓷书法""高温颜色釉陶瓷书法""朗红阴雕描金书法""夜光陶瓷书法""粉彩陶瓷书法""瓷石高温颜色釉陶瓷书法"等一大批史无前例的现代陶瓷书法作品，实令人赏心悦目，作为高岭陶瓷历史研究所创始人，能立足于陶瓷历史研究之前沿，开现代陶瓷书法之新风，可谓长江后浪推前浪，令我辈倍感欣慰。其陶瓷书法打破了传统书法难得独当一面的格局，为景德镇陶瓷书法开辟了一条崭新的道路。在陶瓷书法领域我们信其日后定有大为，今书力荐之评。

张接安到底是怎样的一个人？他的陶瓷书法创作艺术成就真的有如此宏伟吗？我陋习难改，不肯尽信其真，亦不会全视其伪。近日，我第一次走进了高岭陶瓷历史研究所，拜访了该所所长、中国当代陶瓷书法第一人张接安先生。

进入高岭陶瓷历史研究所，我一眼望去，精致的博古架上，摆放着许多景德镇出土的各个朝代的古陶瓷；一件件古陶瓷藏品是静止的，却鲜活地展示了有着数千年厚重积淀的景德镇陶瓷历史文化记忆，让人寄怀古之幽情。室内还陈列了很多张接安创作的各种陶瓷书法作品。一幅幅陶瓷书法是跳跃的，生动地诉说着以高岭精神为代表的陶瓷书法文化，文意盎然，让人欣赏后身心尽情愉悦。

所长张接安端坐在茶室中央，煮水、烫杯、投茶、洗茶、冲茶，一招一式，有板有眼，做着做着，一种仪式感便紧随而至，"茶道"如月，人心如江。我带着许多好奇，开始询问他为何要另辟蹊径来研究陶瓷书法，尤其是自己的传统宣纸上书法创作已经炉火纯青的时候。

茶香袅袅中，他以茶的喜爱开始了话题。

他的故乡是历史文化积淀深厚的沧溪。那里的古牌坊、古民居、古码头、古道幽幽；高耸的马头墙，诉说着千年历史的沧桑。那里的青山绿、溪水清、鱼儿欢；茶香四溢、枝繁叶茂的古树展示着古村的勃勃生机。

他出身于书香门第。通常我们喜欢说书香门第，说贫寒子弟，都是为了解释一种结果，为什么一个人会有功名呢？因为他能够刻苦读书。书香门第，家庭贫寒，都是正面形象，都是成才原因。张接安也不例外。

他小时候放学时，经常到附近山上的寺庙中去玩，见寺中法师弘一用毛笔写字，或行或楷，或魏碑或瘦金，格调优雅不俗，遂惊奇不已，心里非常羡慕，竟像入了迷似的在庙中流连忘返，并缠着法师弘一要拜师学艺。弘一见他人小志气大，遂开始教他写字。弘一法师的教法其实很简单，取一张黄草纸，自己提笔，寥寥数下，一挥而就，然后让他照着写。起笔落笔，露锋藏锋，全靠自己领悟。

第三辑 风流人物

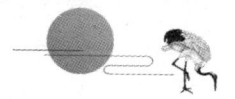

  一年后,弘一法师见他笔法渐有长进,又扔下几本残破的魏碑字帖给他,让他自己临摹。张接安刻苦临摹了几年,笔法渐渐成熟。时隔八年,弘一法师云游归来,一看张接安所书,感到很意外,大加称赞他的书法练得纯熟。又对别人说,他捡了个宝。从此,张接安被乡人称为"神童之手"。

  有一次张接安在家练字,小妹为他送来几个麻糍,旁边放着小半碗蜂蜜,让他蘸着吃。他毫不在意,边写边吃,边吃边写。隔了一会儿,妹妹来收碗筷,看见小半碗蜂蜜原封未动,哥哥却满嘴墨汁,顿时笑弯了腰。张接安闻之一惊,回过神来,才发现自己刚才蘸的尽是墨汁,半碗墨汁几乎见底,他竟浑然不知。练字痴迷至此,张接安又被人称为字痴。

  张接安谈书法,很简单,字要天天写,大字小字都要练,还有就是要重人品,书以气味为第一。"不然,但成手技,不足贵矣。"这是清道人李瑞清说的话,张接安引用过来了。

  张接安最了不起的地方,是善于学习,不断学习新东西;又善于思考,思考怎样把传统的书法艺术不断创新并发扬光大。为此,他辞去了浮梁县社保局的工作,全身心地投入到陶瓷书法创作研究之中。有人替他惋惜,认为他中年脱开官场的轨迹,实属人生之不幸。然而对于书法和陶瓷书法史,又何尝不是不幸中之大幸。

  谈起陶瓷书法,张接安认为它不仅是一门传统艺术,更是一门实验艺术,"传统的积淀太厚了。我们不能在大树下乘凉,应该尽快走上自己的路,这是一个实验,应该不断地创造新的艺术语言。"

  张接安显然有太多让人羡慕的地方,中年有成,有学养。天资遇上机缘,因此他非常职业,非常执着。景德镇陶瓷艺术界泰斗王锡良不仅是位老陶瓷艺术家,而且是一位好老师,善于发现人才。他在多个场合,公开称赞张接安的陶瓷书法。有一次,一位外地书画大师参观高岭陶瓷历史研究所时,他一眼看中了张接安的作品,立刻提出要用自己的陶瓷作品,换他一幅陶瓷书法作品。另一位已故景德镇重量级陶瓷大师王隆夫也曾给他亲笔题字:"张接安陶瓷书法",这让他深受鼓舞,铭感五内。

另一方面,他敢于尝试,用明代青花颜料成功创作了"水激石则明,人激志则宏"陶瓷书法作品。该作品一经问世,便得到业界人士的认可和好评。这件作品刚在"燃烧的辉煌"北京大型作品展中亮相,便吸引了众多藏家的眼球。北京工艺美术博物馆的专家看到这件作品时,激动地说:"本次会展上大多数是瓷画,唯独张老师的作品是陶瓷书法,看了让人耳目一新,那瓷字更是字健词雄啊!"

江西省工艺美术大师李家正说:"张接安的陶瓷书法,以创新、创意将综合装饰表现得淋漓尽致,打破了千百年来传统陶瓷书法的创作手法,为景德镇的陶瓷书法打开了一扇艺术的大门,为景德镇的陶瓷书法争了光。"

他先后研制出"珍稀梦幻釉陶瓷书法""翡翠陶瓷书法""九龙浮雕镶金陶瓷书法""郎红描金书法""夜光陶瓷书法"等陶瓷书法成果,创作了一大批陶瓷书法作品。陶瓷镶器(颜色釉浮雕阴刻书法)、陶瓷挂盘(蓝宝石釉刻雕描金书法)和陶瓷笔筒(郎红刻雕描金书法)获得国家专利。180厘米×80厘米大型郎红描金书法《紫气东来》瓷板,在北京展出期间被一收藏家以13.6万元的高价收藏。

张接安于2009年12月被"全国促进传统文化工作委员会"评为"中华传统工艺大师"称号。中国文学艺术工作者联合会2010年12月会授予他"中国陶瓷书法大师"称号。此外,他还是浮梁县第五届、第六届政协委员,2013年12月被世界文艺家联合会授予"影响中国,感动世界"年度人物。

张接安陶瓷书法作品被景德镇市政府选送到"辉煌六十周年——

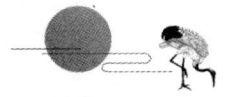

景德镇陶瓷成就成果展"参加北京展和2010年上海世博会展。其作品《郎红雕刻镶金400件陶瓷书法》荣获第八届中国工艺美术博览会暨古典家具收藏品博览会"中艺杯"优秀作品评比金奖。现在,张接安大师已合法注册,并在国际顶级域名数据库中有记录。

张接安不仅淡泊名利,不为世事所累,更有一颗平和的心。他在陶瓷书法上的研究和独创,受到专家、同行和收藏家们的热捧,被誉为"中国当代陶瓷书法第一人"。2004年和2006年两度接受中央电视台专访。

张接安,中国当代陶瓷书法第一人,在多年研究的基础上又总结并撰写出了《草书论》:

草书重线,

任其何变;

大小相配,

粗细渐进;

笔笔到头,

到头有笔;

笔断意连,

灰白自然;

字形几何,

组成二三;

四字少连,

造险为夷;

中锋入笔,

瘦劲精神;

墨浓轻淡,

笔笔变化;

密不透风，

行距跑马；

草书之法，

布局尤键。

此时，我才真正了解了张接安，了解了张接安的陶瓷书法。有字有文化就会有文人。正如我和朋友们在喝茶。喝茶，也是喝文化。陶瓷书法也一样，也是书写传统的文化，陶瓷的文化，还有就是传递文化的方式。世界在变，艺术也一直在变，唯一不变的是人的追求，文化的力量！

王尚宾：触摸青白瓷的历史

在江西景德镇，有这样一个人，有人说他，喜爱宋元青白瓷如痴如醉如狂，即便倾尽家财也丝毫不悔；有人说他，一双"火眼金睛"看尽宋元青白瓷沉浮，宋元青白瓷在他手上只需片刻，便能断出前世今生……他叫王尚宾，在所谓的宋元青白瓷圈外，寂寂无闻，而在圈内，却是大名鼎鼎。因为在江西景德镇，不乏妙手绘画的陶瓷大师，却鲜有破解宋元青白瓷历史技艺的成功者，而王尚宾就是其中之一。

碎瓷片是童年唯一玩具

出生在青白瓷之乡的人，其人生轨迹或多或少都会跟青白瓷沾点边，已过不惑之年的王尚宾也不例外。

出生于普通农民家庭的王尚宾是家中老大，家里有 7 个兄弟姐妹，

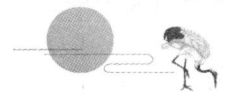

在那个物资匮乏的年代,碎瓷片成了他童年的唯一"玩具",做"拼图"、搭"积木",有时候还会漫山遍野地"寻宝",玩得不亦乐乎。

在孩子的眼里,青白瓷的烧制是十分神奇的。"青白瓷制作就是水火相容的过程,水火本不相容,但有了土,水遇土结合,土遇火相融,就结合出了精美的青白瓷。"直到现在,王尚宾都能清晰地记得童年的新鲜感。是宿命,又是追求,童年的碎瓷片,他一玩就是一辈子。和大多数的同龄人一样,中途辍学以后,王尚宾彷徨踌躇之际,那一抹青白色总是在冥冥之中鼓励着他、牵引着他,于是他萌生了把爱好变成事业的想法。

外出拜师学艺增长见识

1984年某一天,喜欢读书阅报的王尚宾从一张报纸上看到一条消息:扬州市文化局举办首届文物商店员工文物鉴定培训班,这立即引起了他的注意。

王尚宾二话不说,打起背包就坐车赶到扬州市,可惜因当时他没有景德镇文物商店开的介绍信,进不了培训班。但他还是不虚此行,几天后的一天,他认识了已退休的文博专家龚明勋,从此两人开始了长达三年的书信往来。1987年他得以到龚明勋身边学习,通过他的言传身教,王尚宾开始系统地学习收藏知识。1990年,他在扬州市开了随缘斋,1992年被龚明勋正式收为弟子,改斋号为尚玩居。在此期间,王尚宾还认识了王世襄、薛贵生和张宗舒等一大批古玩名流。

"青白瓷收藏中,有人玩古,有人玩新。"王尚宾觉得,宋元时期的景德镇青白瓷,美在釉色,美在装饰,美在器形,着实让人如痴如醉,仿佛只消一眼,就能让人恋上。

可如果说宋元青白瓷是"白富美",那他就是一个不折不扣的"穷小子",宋元青白瓷高昂的身价让王尚宾望而却步。"买不起还不能多看看?"回忆起那段岁月,王尚宾有些意犹未尽,他说,只要有时间,他就会到博物馆"约会"宋元青白瓷。景德镇陶瓷博物馆、江西省博物馆、国家博物馆……只要是收藏景德镇宋元青白瓷的博物馆,几乎都有王尚宾的身影,尤其是高安博物馆。得知该馆收藏了一百多件景德镇窑精品瓷器后,他就跑了不下数十趟。

"收藏要用钱说话",深谙此理的他开尚玩居掘得第一桶金后,就边做生意边搞收藏。功夫不负有心人,慢慢地,王尚宾为日后的收藏之路积累下了一定的资本。

方寸天地间包罗青白瓷万象

从浮梁县城出发一路向北,遇山上山,曲曲绕绕一个钟头至储田乡一个小山村,就能看到依山而建的青砖建筑群,饶玉堂就坐落于此。饶玉堂,既是王尚宾的家,也是他的工作室,取自蒋祈《陶记》中"景德陶,昔三百余座,挺埴之器,洁白不疵,故鬻于他所,皆有'饶玉'之称。"庭前,枯木生春,院内,书香四溢,与远处的湖光山色相和,确有几分超凡脱俗的味道。

饶玉堂里,最惹眼的就是那些摆放在玻璃柜中、案桌上的古青白瓷了,全都是王尚宾多年从全国各地收集而来的。

可以说王尚宾是幸运的。20世纪80年代末,国家提倡藏宝于民,文物市场相继开放,这就为"青白瓷回流"提供了无限的市场可能,而常年浸淫在景德镇青白瓷文化之中的王尚宾,对景德镇青白瓷的器形、装饰、釉色就像对恋人一般熟悉,这也成了他最大的优势。

"品鉴宋元青白瓷是一门真功夫,弄不得虚,十件里面有一件是假的就得倾家荡产。"90年代初,王尚宾花了1800多块钱,从藏家手中买回了第一件藏品——南宋青白瓷堆雕谷仓,此后他就越发痴迷了,常常是为了拍一件精品穷得上顿不接下顿。

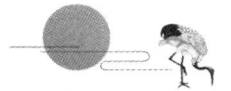

　　2008年,听说一件北宋年间的点彩瓷娃娃枕将会在香港的拍卖会上亮相,王尚宾就立马飞去了香港。经过与世界各地收藏家的多番较量,最终王尚宾还是将这件遗落海外多年的瑰宝带回了家乡。

　　谈起这段经历,王尚宾很有感情地说:"南宋著名女词人李清照在《醉花阴》中吟道:'薄雾浓云愁永昼,瑞脑消金兽,佳节又重阳,玉枕纱厨,半夜凉初透。'这里所讲的'玉枕'当然不是指真正用'玉'料制成的枕,而应是'瓷枕',这可从宋代墓葬中的出土物看出。在宋代墓葬中,至今尚极少发现有玉质的枕头,而较普遍的是瓷枕。当然,宋代南北各地烧制瓷质枕头的窑口较多,但南方地区烧造出来的瓷枕真正像玉的,除青瓷类似青玉外,真正有青白玉效果的主要应是指景德镇的青白瓷了,所以,词人所吟'玉枕纱厨'的玉枕主要应是指景德镇烧制的色质如青玉的青白瓷枕。"

　　渐渐地,王尚宾收藏的珍品越来越多,名气也越来越大。在古青白瓷收藏圈内,有人说,王尚宾有一双"火眼金睛",是真品还是赝品,他一分钟就能辨别出,甚至连哪个年代、哪个窑口的都能说出个一二来。

　　然而,王尚宾爱瓷却不急于做仿古瓷,这让很多人匪夷所思。

　　在采访中,王尚宾第一次坦露出了实情:"青白瓷玉骨冰肌中的莹莹玉光,透出古雅的气息,丰富的内蕴和无与伦比的丽质,彰显出古代景德镇人内敛中的自信,包容中的大气,传承中的创新,是中国陶瓷史上闪耀着人类智慧光芒的明珠。可能是我过于追求完美,要做就要做到最好,但这需要时间,而对我来说,因为各种因素,我没有时间也不可能沉下心来自己创作青白瓷。"对王尚宾来说,与其做出残缺美,不如专注于研究,更好地发展青白瓷文化。

　　于是,王尚宾主持成立了全国唯一的景德镇宋元青白瓷陶瓷研究所,并担任所长,致力于宋元青白瓷历史文化的研究和传承,取得了一项又一项研究成果。举办了多届全国宋元青白瓷研讨会,并出版了多期学术成果会刊，在国际考古、收藏界产生了重要影响。

景德镇青白瓷仿造成功

"青如天，明如镜，薄如纸，声如磬"的青白瓷，兴于宋，衰于元，尤其是自明代以后，就几乎绝迹于朝堂。

面对稀缺的宋元青白瓷传世藏品，常有一个问题使王尚宾思考：古代究竟离我们有多远？王尚宾通过多年的研究发现，认识时间，有两个不同的角度。一是物质意义上的，一是精神意义上的。对物质意义上的时间确认，人们历来比较自信，如宋元青白瓷的断代，尽管学术界时有争论，但通过取证，达成共识是相对容易的。然而，精神意义上的时间如何理解？过去的事有时会觉得很近，有时又觉得很远，这是心理上的距离。当面对一件件宋元青白瓷藏品时，有时似乎能够切身感受到陶工的创作状态，似乎觉得可以直接与他们对话。但是，更多的时候，我们又觉得很遥远，遥远得使人很难揣摩那时人们的心思。历史沧桑，今天我们所能看到的只是残留的古陶瓷遗迹和幸存的古陶瓷残器、残片。很多本来蕴藏着陶工们无限思绪和真实感受的青白瓷，似乎只成了验证历史存在的标本，仅靠这些东西去追寻当时陶工客观的实际创作状况已经很困难，更何况去了解他们心里的思想与情感。当我们真正想用心和他们对话时，会发现他们距离我们实在太遥远，因为他们的思想与行为早已随着他们的生命消失，真正实现和与古代陶工的对话是不可能了。但眼前一件件实在的青白瓷藏品又清晰可见，其对理想的追求的表述也是那样鲜明，不由得诱发了沿历史长河追寻古代陶工思想的愿望。

为了追寻这一美好梦想，王尚宾所在的景德镇宋元青白瓷陶瓷研究所组建了一支具有顶尖的艺术设计、高超的青白瓷技艺以及深厚的青白瓷文化积累等各类人才力量的团队。他们希望以眼为尺、以手为

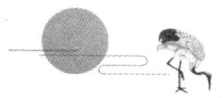

准,穷尽制瓷才华,最终凝练成惊鸿一瞥的各种青白瓷精品,让青白瓷与普通民众近距离交融,通过形、色、纹、声、意、韵等多种感官效果向人们传达着宋元青白瓷的神韵,展现景德镇的风范。

为此,王尚宾翻阅了历史上多种陶瓷文献资料,并对景德镇湖田、湘湖、南市街、盈田、丽阳、南窑等龙窑、马蹄窑进行了多次调查,还对德化窑、建宁土碗窑、白舍窑、定窑、龙泉窑、越窑、耀州窑、铜官窑等古窑遗址进行了实地考察,并投巨资于2001年在储田祖庙村搭建了试验基地,建造了一座仿宋松柴阶梯窑。

此窑依山势坡度29度而建,由四个马蹄形窑室串联合成长条形窑体,其窑室和窑底均自下而上呈阶梯式。砌筑材料为自制土砖,土砖配方为黄泥、鳝泥、泥头,比例为4:3:3,拌匀、踩熟、陈腐后打成长34厘米、宽20厘米、高5厘米的砖,阴干备用。马蹄窑窑室每间容积不一样,最下面一间较小,长1.5米、宽2米、高1.3米;第二间比第一间大,长1.8米、宽2.5米、高1.7米;第三间比第二间还大,长2米、宽2.8米、高1.7米;第四间最大,长2.2米、宽3米、高2米。砖窑下每室隔墙下有通气孔,隔墙后每室都有燃烧室,又称火膛,设在各窑室前端的隔墙下,与窑室相通,无挡火墙,呈凹槽状,窑膛的两边对称各放一个投柴孔,而在最后砌筑一条3米的地下烟囱,燃料为松柴。焙烧时先从最下一个窑室烧起,待将该窑的瓷器烧熟后,再依次逐层往上烧成。

"青白瓷的制作要求非常严格,每件作品都要完美无瑕,所以说创作烧制的过程真是千辛万苦。"王尚宾告诉记者,为配出最纯正的"影青"色,头三年,他就扎在书堆里、瓷窑边,研究着青白瓷的釉色配方。经历了数不清成百上千次的失败,耗尽了200多吨原矿料,才配出了唯一性的原料和釉料配方。

烧制过程的艰辛更是不言而喻,常常是一整窑都没一件"合格"的,一窑不行再烧一窑,最终,王尚宾的团队用古法,终于烧制出了"青中泛白、白中闪青、釉面莹润如玉、敲之声音如磬、清新淡雅、如冰似玉"的青白瓷,让人惊叹不已。

"青白瓷的烧制成功,是幸运,也是必然。现在事业只是开始,接下来要利用好景德镇传统的陶瓷文化资源,设计出更多的景德镇青白瓷精品,让青白瓷真正地成为景德镇的形象。"在王尚宾看来,景德镇青白瓷自20世纪90年代恢复后,虽然得到了发展,但要再现宋元巅峰盛景还有一段漫长的路要走,这场从童年就生根发芽的"青白瓷绝恋"恐怕就是他一生都唱不尽的歌了。

蔡青云:天台山青花妙手

我第一眼看见蔡青云的瓷板画《富贵花开春意暖》,就大为吃惊:画中花丛中的这只蝴蝶,身披彩霞,在牡丹花丛中翩翩起舞。蔡青云把深红、粉红和白色都用得那么鲜艳,从中可以看出作品暗含着为百姓祈福、预祝国泰民安、鸿运高照等美好祝福。

此画的作者蔡青云不是等闲之辈,可以说是一个具有相当传奇色彩的人物。他字卿荣,号天台山人、青云居士,是当代道家青花瓷画派的代表人物。他集画家、书法家、收藏家、鉴定家、词人于一身,现为中国道教南宗八友传人、易学大师、中国华夏文化书院院长、道家南宗书画研究院院长、中国陶瓷美术艺术大师、国家用瓷艺术总监、中国书画艺术交流协会副主席江西分会主席、中国硬笔书法协会会员、陶艺家、高级工艺美术师、上海书画协会会员、中国书法家协会会员、江西省陶瓷工业公司艺术中心创作室主任、高级画师、景德镇市第十二届政协

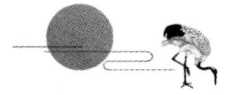

委员。

　　讲到蔡青云,我便想起"闲云野鹤"这个词。在"功利主义"流行的今天,这个词显得不仅遥远,而且陌生。在人们的印象中,他是属于青云,属于艺术的,他是书画艺术境界里的行者,心在天上,身在人间。给他一分诗性,他能还你一曲箫声;给他一曲箫声,他能用心给你插上一双翅膀,飞向蔚蓝的天空!

　　蔡青云1959年出生于浙江省天台山。这里历史上曾经出过济公、寒山、拾得、孙膑和庞涓等著名人物。8岁时,他师从第一位师傅学习道家文化与书法。他的第一位师傅是民间的隐士。说起拜师经历也颇有意思:一日他独自在路边玩耍时,这位路过的道士看中了他,便主动留下来要求做他的师傅。从此便开始一边教他练习书法,一边传授他道家的文化。在他小学五年级的时候,他有幸遇到了他的第二位师傅。这位师傅是云游至天台山国清寺的隐居道士。这位师傅更加系统地传授了他道家文化。而他的第三位师傅则更有名气了,是道家南宗的"松涛八友"之一。"画符隐于画",这位师傅是真正引导蔡青云把道家文化藏于画中之人。因此蔡青云亦成了道家的南宗传人,道号青云居士。道家闲云野鹤似的生活习惯,养成了他良好的艺术气质。

　　蔡青云对中国的国学,特别是道家学说有深刻的研究和造诣,同时对中国传统的绘画艺术亦有深厚的艺术功底,并且在创作中不断地求变创新。从浙江美院毕业后,他云游来到中国瓷都景德镇。这里数千年厚重的陶瓷历史文化积淀和青花瓷的精美绝伦深深地激发着他的创作激情,他惊叹于景德镇现代陶瓷创作的良好氛围,知道这里就是自己多年来苦苦寻找的艺术圣地,便决定留下来,从此与景德镇结下了不解之缘,景德镇成了他的第二故乡,一住就是十几年。

　　景德镇是一个具有丰厚陶瓷历史文化底蕴的古老城市。新平冶陶,始于汉世,早在1700多年前的东汉时期,景德镇这个地方就已开始烧制陶器了。数千年来,陶瓷技艺、陶瓷文化传承了下来。发展到今天,景德镇已经形成了陶瓷门类齐全、手工技艺精湛、文化底蕴深厚、表现形式多样的传统格局。深厚的历史文化积淀、雄厚的陶瓷工艺底蕴,以及陶瓷文化艺术资源使蔡青云如鱼得水。在景德镇的日子里,蔡青云刻苦钻研陶瓷创作,博采众长,广泛地交往和吸收,而且经常与景德镇的陶瓷大师们交流青花瓷的创作经验,提高了学养,扩大了视野,艺事大进,并逐渐形成了他个人独特的苍朴浑厚、雄健隽灵的风貌。他独辟蹊径,尤其是把诗、书、印、画、瓷真正融为一体,成功地将道家文化理念融于青花瓷的创作中,并且将国画和国学理论进行完美结合,使其作品既有国画审美价值,又有中国传统文化理念,终于形成了独具一格的陶瓷青花山水画创作,成为民间口耳相传的"艺术大师"。为了总结自己的创作成果,他勤于著作,其中国陶瓷山水画论文多次在全国各大刊物发表。

蔡青云对我说:"中国瓷器的制造具有悠久的历史和优良传统。青花瓷器的出现是中国瓷器从白瓷向彩瓷发展阶段中的一个重要标志。景德镇在宋代尽管不是官窑的所在地,但由于它具有优越的制瓷自然环境和高超的烧瓷技术,自景德镇青花瓷器出现以后,尽管全国瓷窑还在继续进行生产,但没有一个瓷窑和瓷器品种能与景德镇青花瓷器相媲美。"

蔡青云从事艺术创作四十载,其陶瓷美术艺术作品具有鲜明的传奇色彩和个性特色。他在陶瓷创作中主攻青花山水画,其道家文化隐于山水中,具有画中有画,画中藏画的特点。因为其陶瓷作品暗含着为百姓祈福、预祝国泰民安、鸿运高照等美好祝福,所以在民间有广泛市场。许多收藏家与知名人物慕名而求,其作品价值也水涨船高,目前在市面上是每尺5万元。尽管如此,他依旧坚持自己的原则。每年的背景画只画十幅,多一幅也不画。对此奇特的做法,他有自己独到的见

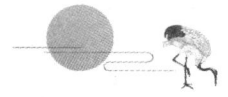

解:"陶瓷作品是用心做出来的,我给自己定了一个标准,每年只作十幅画。每幅画作都是我用心血完成的,如果多了就不能保证它的质量与水平了,当然也失去了它应有的效果。"

几条艺术大河汇聚一潭,其深其广,不可想象。经蔡青云多年勤奋努力创作,终成大观。他的陶瓷青花山水画作品《老子出关图》被中国泰山博物馆收藏,《采莲图》在第 16 届广州亚运会"海上丝绸之路——景德镇千年瓷文化展"中获得金奖,《对弈图》在中国上海国际艺术节上获中国工艺美术金奖,瓷瓶《天柱云峰》在 2006 年杭州世界休闲博览会第七届中国工艺美术大师作品暨工艺美术精品博览会上获得金奖,《琼台仙谷》在第八届中国工艺美术大师暨工艺美术大师精品博览会获得金奖,《乐在其中》在 2007 年中国收藏家喜爱的艺术大师和精英评选活动中被评为金奖,《松林飞瀑》在第九届中国(国家级)工艺美术大师精品博览会中获得中国工艺美术金奖,《春江图》在第 43 届全国工艺品、旅游纪念品暨家居用品交易会上获得金奖,《明月清风》在第 43 届全国工艺品、旅游纪念品暨家居用品交易会上获得金奖。

蔡青云是景德镇珠山画院的创始人之一,目前最大的愿望是教导更多的中青年艺术家学习青花瓷画。他和我交谈时深情地说:"道家文化是国粹,而青花瓷画可算得上是国艺了。我希望更多的人能喜欢它,学习它,创作它,并把它发扬光大,让更多人热爱我国古老优秀的文化。"

蔡青云独树一帜的陶瓷山水画作品被各界人士广泛收藏,深受藏友喜爱和青睐。人们不仅喜欢他的画作,而且敬慕他的道家修养。世人评其画作:"画中有画,画中藏画,变幻莫测。"中国国学大师季羡林赞誉他为"藏道家文化于青花瓷中的画家"。

我曾多次陪同蔡青云去鄱阳湖写生,望着一望无际的湖水,看见散落在湖中的岛屿把天地嵌在宽阔的湖面上,数不清的丹顶鹤在悠闲飞舞,一种舒展的畅快慢慢地从辽远的视域里蒸腾出来,鄱阳湖用它壮阔的气势给了他创作激情和灵感。远远地望去,此时正挥毫写生的蔡青云,多像是一只在碧水蓝天间尽情飞舞的闲云野鹤啊。

采访结束后,我仍驻足在蔡青云的作品前久久不愿离去。一幅幅精美作品釉彩湿润,青色花纹在灯光里有些迷蒙。印象中的蔡青云一一涌上心头,和眼前陶瓷青花山水画的花纹奇妙地重合,重合成一幅幅意韵悠长的艺术画卷。

江忠生:一江水墨心中生

中国书法艺术的历史,源远流长。虽说一般书法史学家认为汉代是书法自觉自为的时代,但从半坡时期原始彩陶上那些符号,我们就可以读到书法艺术凝固于其间最早的水墨波光。时间长河的流水拍打过漫漫历史的堤岸,终于奔入了文学艺术极一时之盛的现代。现代的文学艺术多彩多姿,其中自然也有书法艺术的灿烂姿彩,时时照亮、照花我们的眼睛。

为了写这篇文章,我曾经花很长的时间仔细研究过江忠生的字《忆江南》:

江南好,

风景旧曾谙。

日出江花红胜火,

春来江水绿如蓝,

能不忆江南。

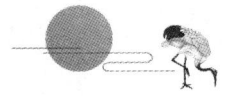

他笔下的那种明净与清雅,已具江南名士的神韵。我很喜爱他的书法,他的字行草相间,姿媚处处,看似随意挥洒,却臻天机之境。记者难以想象,一个忙碌的教师,何来如此的才情与心情。

此幅字的作者江忠生,是一位学问很高、涵养很深,才华横溢、富有激情、富有思想和独特见解的书法家、教育家和诗人,他的诗,具有鲜明的时代性、思想性和艺术性。交谈中记者得知,江忠生的艺术天赋在学生时代就充分显现出来,中学时期,他的书法作品就在省里的大型展览中获奖。

讲到江忠生,我便想起"江南才子"这个词。在流行"平庸万岁"的今天,这个词显得不仅遥远,而且陌生。在人们的印象中,他是属于江南,属于艺术的,他是书法艺术境界里的行者,心在天上,身在人间。给他一分诗性,他能还你一曲箫声;给他一曲箫声,他能用心给你插上一双翅膀,飞向蔚蓝的天空!

诗、书、画、印皆精而尤以陶瓷书法闻名于世的江忠生,无疑是饱吸优秀文化乳汁的书法大家。他的书法作品,从笔墨到意境,从笔画处置到精神内涵,无论外在形式还是内在形式,皆是地地道道的,极富中华民族特色的。综观江忠生的创作经历,他自幼受到家庭的文化的熏陶。童年从父启蒙识字,后入小游山小学读书。十多岁即嗜好写字、篆刻,得到父亲的支持和鼓励,教以写字、篆刻的基本技法和常识。少年时代的江忠生就养成了勤奋好学、奋发向上的良好习惯,每天坚持临帖两小时,并对书法艺术产生了浓厚的兴趣。

篆刻,早年他靠自学,以后又直接从历代金石文字中吸取营养,成一家之印。书法,他学颜体三年,柳体三年,尔后学米芾、黄庭坚、"二王"等行书。后来他还曾长时间地临习石鼓文,以石鼓文的笔意开拓出既拙厚凝重又俊逸遒媚的行书。他的诗,初学王维,继之出入于唐宋诸大家间。王维是中国绘画史上将诗、书、印、画最早自觉地结合起来的典范。江忠生从古代名士中学到了不少精华,这为他后来成为书法家奠下了丰厚的理论修养。

三十年的教学生涯,使江忠生积累了丰厚的传统文化艺术知识,诗文、书法水平全面提高,篆刻艺术成就突出,绘画艺术也渐入佳境。由于他广泛地交往和吸收,刻苦勤奋地探索,加之根基深厚,终于把诗、书、画、印有机地结合起来,开创了一种崭新的风貌,为艺坛人所称颂。

江忠生声名远扬后,当地有志于艺术的青年,辗转托人介绍,前来执经问难。他的及门弟子很多,其中造诣突出的,现已是省、市书法家协会会员。

江忠生的一个特点是师法古人,博采众长。他是沿着文人书法的道路走上创造的新途的。他继承和发扬了文人写意的优秀传统,摒弃那些摹形失神的糟粕,刻苦创新陶瓷书法艺术,以适应时代的要求。

景德镇是一个具有丰厚陶瓷历史文化底蕴的古老城市。新平冶陶,始于汉世,早在1700多年前的东汉时期,景德镇就开始烧制陶器了。千百年来,陶瓷技艺、陶瓷文化传承了下来。发展到今天,景德镇已经形成了陶瓷门类齐全、手工技艺精湛、文化底蕴深厚、表现形式多样的传统格局。深厚的历史文化积淀、雄厚的陶瓷工艺底蕴,以及陶瓷文化艺术资源使江忠生如鱼得水。为了练好陶瓷书法,十多年来,他不知流了多少汗,手不知脱了几层皮,人不知瘦了多少斤。功夫不负有心人,经过多年不停的拜师学艺和摸索试验,他终于破解了在陶瓷上写字的许多难题,在陶瓷书法研究方面取得了卓越的成就,现已是浮梁县书法家协会副主席,曾为《飞鹰》杂志题字,多次获得国家级书法大奖。近年来他的陶瓷书法作品受到全国各地很多收藏家的热捧,作品价格逐年上升。

这位极具艺术气质的行草圣手,为人平易,他与人交往,不论贫富,一律平等相待。有一次他从友人家回来,在一座楼房下避雨,巧遇一开

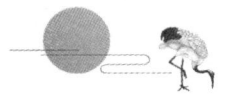

店的人。当开店的人知道他是著名的书法家后,向他求字,他慨然答允,那位开店人拿到墨宝后十分感动。

江忠生热心公众的文化事业,热爱先民创造的优秀文化遗产。他在繁忙的创作之余,还主持成立了湘湖镇农民书法家协会,让爱好书法的农民前来学习。

书法,是纸上之舞蹈,瓷上之艺术;行草,乃精神之劲舞,火中之凤凰。在江忠生的书法作品中,留下了一个优秀舞者的舞姿身影。每当我品读他一卷卷书法作品和一件件陶瓷书法精品时,仿佛看到了一江水墨在他的心中生成并不停地流向远方,令我不胜神往。

陶艺家:三国英雄梦

一部《赤壁》,于"满月"之时票房一跃突破3亿大关,并成为华语片史上第一部票房突破3亿的影片。香港导演吴宇森因此成为"3亿俱乐部"的第一名亚洲成员。然而,在景德镇,却有一位更加了不起的研究三国之人。他便是陶瓷艺术家。三国迷的他,通过多年研读裴松之注《三国志》《三国史话》等史学作品,多次亲临三国古战场寻访追踪,终于创作出包括"赤壁之战"在内的大型系列瓷版画《三国英雄风云》。

陶艺家艺术思想活跃、博学多才,无论是对历史、文学还是对艺术,都有广泛的涉猎和深入研究。特别是长期痴迷于三国时期历史的研究,使他在艺术创造的天地里俯仰自如、左右逢源。他特别推崇三国历史英雄人物,心仪"大江东去,浪淘尽,千古风流人物"的审美境界,因此一系列三国历史英雄人物,成了他近年来反复表现的创作主题。

他是一位钟情于陶瓷创作的高级工艺美术师,在长期的陶瓷艺术创作中,他以饱满的热情和非凡的才情,把创新的领悟和陶瓷彩绘表现手法有机结合起来,呈现出自然多样性和出入传统的痕迹,显示出陶瓷文化艺术现代精神和他的艺术个性。其陶瓷作品清新、飘逸、典雅、自然。

古人曰:"载文以道,论贤于器。"他探索和寻求古典文学的精髓,特别希望以古典名著《三国志》为题材,创作中国第一部大型系列陶瓷作品《三国英雄风云》。

三国是一个英雄辈出的时代,一个充满阳刚之气、既有英勇气概又有浪漫情怀的时代。不知多少风流人物在这里指点江山、激扬文字,不知多少盖世英雄在这里大显身手、叱咤风云,正是"江山如此多娇,引无数英雄竞折腰"。《三国志》中精彩纷呈和眼花缭乱的历史成为他垂青的对象。多年来他精读这部历史小说,细心地研究书里面大大小小的征伐战役,深刻领悟小说中展现人物个性和特点,花费大量的时间进行思考。并满怀激情地创作了《品三国》一诗:

问苍茫大地,谁主沉浮?

看老夫,剑指何处。

满地鸦鸣啼不住,

尸横遍野,何来卧龙归宿?

隆中即晓三分国,

何退成都死谷?

可怜昔日三结义,空怀千里云和雾。

舌战群儒,赤壁胜负;

草船借箭,烧上方谷;

今日依旧,满盘皆输。

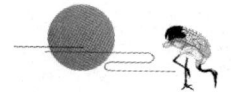

长啸良将在何处(今何处)?
却教五丈原为之败诉。
谁说天下成败已成定数?
血染官渡,火烧赤壁,智破合肥。雨降上方谷,何以认故?
马超虎将仍属蜀,
吕布神武白门输。
恶来何处?奉孝何处?
唯有曹操大哭。
三世江东有孙权,
欲夺荆州,
只有吕子明白布。
威天下不以兵革之利,
儿女情长,先温杜康一壶。

谈笑间,又是春秋一度。
精打细算,三分天下究竟为谁忙?
三家归晋,又在为谁辛苦?
边关将士,风去变换,只有昼夜不断。
新旧城池,沧海桑田,以能守住几年?
百家文化,相差甚大,未落新兴变化。
回首往事,
锦绣江山,拱手相让,巧舌如簧,屈死大军。金戈铁马,碎首尘埃。
问苍茫大地,谁主沉浮?
再温浊酒一壶。
……

为了编绘《三国英雄风云》系列瓷板画,更好地创作陶瓷作品,他一方面有目的地研究历史巨著《三国志》中人物特有的社会生活环境，古人的穿着打扮及生活习性；同时他又充分使用新的陶瓷工艺、新的材质等技法表现出的意境和画面，使之成为有历史意义、有艺术价值、有观赏品位的陶瓷佳作。为此他几年如一日日夜思考，年复一年地构思，细致地揣摩原著，潜心地研究人物形象的个性特点，充分把握新彩鲜艳的色调、粉彩的柔和、流霞彩的生动等陶瓷装饰技巧的综合运用，使其作品有新的表现手法。

另外，《三国英雄风云》系列瓷板画涉及的内容浩如烟海，仅人物就有帝、王、将、相、谋士、兵士等不同造型，再加上不同的地理环境和野外战争尤其是马战的场面，其绘画难度之大、场面之壮阔对他确实是个很大的挑战。更难的是瓷板画画好后，还要放进窑炉里烧，毕竟瓷器是火的艺术，火候稍有变化就可能前功尽弃。

几年下来，他不知烧坏了多少瓷板，浪费了多少资金。为了保持瓷板画面的统一性，烧坏了他又重新返工配套。很多时候他从早到晚要做的事就是研究修复作品，费尽心血，从不间断。

宝剑锋从磨砺出，梅花香自苦寒来。经过几个春秋，中国第一部全景式 60 幅《三国英雄风云》瓷板画终于创作成功，这标志着陶艺家的陶瓷创作又上了一个新的高度。站在这幅鸿篇巨制面前，它给人无比震撼的感觉。观赏时，犹如身临其境，无不产生一种历史的厚重感和现实的冷峻感。细细品味，又不觉让人浮想联翩，仿佛走进了那个波澜壮阔的烽火时代，让人深刻体会到"三国统一"的曲折艰辛，更让人感悟到"天下统一"何其艰辛的沧桑历程。《三国英雄风云》具有强烈的视觉冲击力和艺术感染力，因而具有极高的艺术价值、观赏价值和收藏价值。

虽然《三国英雄风云》系列瓷板画里没有搔首弄姿的仕女，没有工笔写实的芳卉，也没有唐诗宋词的吟诵，但有大江东去、"煮酒论英雄"

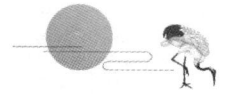

的壮志豪情……雄才大略的曹操,鞠躬尽瘁的诸葛亮,英武潇洒的周瑜,坚韧不拔的刘备等英雄都在瓷板画上一一向我们走来,让人看后兴奋不已。

综观整幅作品气势雄伟、构图严谨、首尾呼应;情景交融、意境深远,达到了内容和艺术形式的完美统一,充分体现了作者对三国历史、人物的理解,并将之升华的深厚文学功力和一丝不苟的创作精神。

品读他的《三国英雄风云》系列瓷板画,好比喝一杯清纯的瑶里崖玉茶,其香悠长,其味深邃。

站在一幅幅作品面前,我深为作品带来的美的享受而感到愉悦。并品味到作品既有变幻的肌理,又有黑白与鲜艳的搭配所带来的视觉效果;感觉到他在强调绘画意境的同时,用笔更加恣肆、扩张、升华,风格既体现出传统特色,又有现代的气息。

想来,正是因为不同一般的独特的审美精神领悟,他才抓住了这一独特的艺术视角,使他的陶瓷艺术创作达到了一定的高度。

大型系列瓷板画《三国英雄风云》一经问世,立即受到景德镇陶瓷专家的一致好评,并引起全国各地收藏家的格外关注,《中国青年》《江西日报》《世界艺术家》《景德镇日报》《江西工人报》《东方书画报》《景德镇陶瓷》等媒体都纷纷予以报道。中国工艺美术大师、景德镇陶瓷研究所所长赖得全老师亲笔题字,以勉励他在陶瓷艺术道路上孜孜不倦的探索精神。

他现正当中年,精力充沛。相信他会一直不停地研究与创作出更多的陶瓷精品,一步一个台阶向新的艺术高峰攀登!

陶艺家：纯净的女人

讲到女陶艺家，我便想起"大家闺秀"和"江南才女"这两个词语。在流行"野蛮女友"的今天，这两个词显得不仅遥远，而且陌生。

她是最年轻的江西省美术家协会会员，出身于景德镇陶瓷世家，爷爷是中国工艺美术大师，叔叔是著名的高级工艺美术大师。虽是娇生，却未惯养的她，在爷爷和叔叔的教育下，从小就不喜应酬，养成了喜静不喜闹的文人性格。

她幼承家训，雅好诗词，亦喜书画。在她4岁、稚嫩的小手刚能握稳画笔的时候，就表现出绘画的特殊天分。14岁时，她正式拜爷爷为师，开始步入陶瓷艺术的殿堂。她学习瓷画十分用功，平日做完功课就拿起了画笔。每年的寒暑假，全泡在瓷艺作坊里，从一笔一画开始，先细心观察大人绘画，然后再认真摹描。那时候的她，在陶瓷美术界已崭露头角，作品多次获奖，并以优异的成绩考取了上饶师范学院美术系，开始全面系统地学习绘画理论和绘画技巧。

在大学里，她对绘画的兴趣和执着让人折服。课余的时候，她穿着红衣安静而妩媚地坐在小河边写生。这是当时校园边上的经典画面，也是水彩画的意境。多少个夜晚，她躲在被窝里，过着与世隔绝的生活，只借着手电筒那微弱的光芒，独享"颜如玉"与"黄金屋"。在她的学友贫穷地躺在床上想入非非时，她已在那片浩瀚的知识海洋里，富甲一方，展翅飞翔了。

现在看来，她在美术上是有天赋的。天赋需要执着与挖掘，她做到

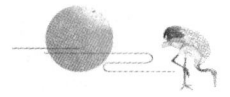

了。她在美术上所表现出来的执着与才华,已远远超越了一些同龄人。绘画,是要有聪明、灵性的。每当在考场上,同学还在抓耳挠腮时,她已能熟练地驾驭构图和色彩,在创作的原野策马奔驰了。

世上聪明的人本就不多,聪明的人还能做到如此刻苦认真,心随我动,那就更难能可贵了。

大学毕业后,立志终身从事陶瓷艺术创作的她,带着年少的梦想又回到了景德镇。她经常与景德镇的陶瓷大师们交流陶瓷的创作经验,提高了技艺,扩大了视野,艺事大长,并逐渐形成了她作品清新自然的独特风格。古人云,人如其画,画如其人。那么这位女陶艺家的确是得了一些景德镇陶瓷大师的真传,为景德镇现代陶瓷创作翻开了靓丽的一页。

女陶艺家亦擅画名山大川,画中景物极美。有人称她"本身就是一幅美图"。她面容姣好,体态窈窕,可称当代中国陶瓷女画家中最具仪容者之一。她不仅以清丽的容貌,更以娴熟的陶瓷绘画,让圈内圈外的人为之惊羡。

古训言:"勿以恶小而为之,勿以善小而不为。"她深刻地明白这些道理,经常抽出宝贵的创作时间,积极参加社会上的各种献爱心活动。她认为,赠人玫瑰,手留余香。在回报社会的过程中能够让自己的心灵得到升华,是一件很快乐的事情。这大概就是年轻陶瓷艺人的人格魅力。

很偶然的机会,我在外地一朋友收藏家中,看到她的多件陶瓷作品。她的作品,有宋元人遗风,清新淡雅。这些名作,可以这么说,其中任何一件,都堪称陶瓷美术作品中的佳作。中国画讲究的是意境美,主题都不在画里。可能是山川明月,美人遗香;也可能是"寂寞空庭春欲晚,落花满地不开门"。总之,那轮明月在哪里,相思人在哪里,要靠读画人的想象。看她的作品,她笔下的那种明净与清雅,已具大家的神韵。我难以想象,一个青年女子,何来如此的才情与心情。我几乎在一瞬间就明白了,她的作品中隐藏着的陶瓷历史元素大都来自景德镇的一方水土,这才是她取之不尽、用之不竭的创作源泉。

名师出高徒,小小年纪,她就成为江南才女,诗名与画名均享誉大江南北。赖德全可谓中国工艺美术大师,德高望重,对她的作品也推崇备至,屡屡向人推荐。此外,女陶艺家还得到了景德镇陶瓷学院教授周国桢、李菊生,中国工艺美术大师王锡良、王隆夫、王恩怀、王怀俊、刘远长、戴荣华、余仰贤、张育贤、唐自强、熊钢如,以及中国陶瓷艺术大师汪桂英等许多前辈的高度评价和认可。

阳光下,满目的青山叠翠,满目的陶瓷清雅,满目的树树花红。听着手机里旭日阳刚的《春天里》,看着春意融融阳光下挥毫作画的她,是这般端庄纯净,是这般内敛雍容。可以说,春日、阳光、蓝天、陶瓷、绘画,这就是所谓的春之缘,是所谓的心之遇,也是她陶瓷艺术人生的倩影。我回去的路上,小河上有座古青石拱桥,信步而上,回头一望,此时林静天高,云淡风轻。

金剑飞:唯有仁者医德高

他既是个悬壶济世的医生,又是个尽心称职的院长。他继承了中国医学悠久的文化传统,又把"治病救人"的传统道德发挥得尽善尽美。员工们说他是个谦虚宽厚、饱含激情的人;病人说他是病人的贴心人。他却总是笑笑说:"医院就是要诚心把病人当成自己最亲最亲的亲人。"

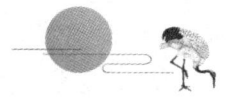

他叫金剑飞,浮梁县(湘湖)正骨医院院长。

金剑飞是浙江人,10多年前来景德镇时,只是一个普通的骨科医生,默默无闻。经过十多年的奋斗,他从默默无闻到闻名江西,从一家小诊所发展到创办浮梁县(湘湖)正骨医院,这不能不令人称奇。

浮梁县(湘湖)正骨医院现在是景德镇地区骨科规模最大、骨科设备齐全、骨科技术实力强大的非营利性医疗机构。它占地10亩,骨科医疗用房1万平方米,骨科床位100多张,骨伤专业医务人员70多人,拥有进口螺旋CT、高频X光机、C型臂X光机、全自动洗片机、全自动椎间盘摘除器、全自动中药熏蒸机、多功能手术床、多参数心电监护仪、麻醉机、B超、心电图机、救护车等现代装备的骨科专科医院。先进的医疗设备,雄厚的专科医疗技术实力,合理的医疗收费,令医院不但深受病人的欢迎,也得到了上级有关部门的充分肯定,被批准为医保定点医院,交通事故骨伤定点医院。

现在在景德镇及周边县市,在骨伤科治疗领域,金剑飞院长有很高的知名度。除了本县,邻近上饶、鄱阳、婺源、乐平、都昌等地的患者也慕名前来求医。医院每年接诊量都超过八千人次。患者赠锦旗誉之:"医德高尚有目共睹,医术高明有口皆碑。"

走进浮梁县(湘湖)正骨医院,扑面而来的是鸟语花香,让人感觉到走进了锦绣花园,产生了一种赏心悦目的感觉。可是在美丽的外表背后,是更加出色的内涵,该院将"以人为本,以健康为中心,把社会效益放在第一,一步领先,步步领先"为经营理念,创造了独特的平民医院文化,吸引了无数老百姓信任的目光,引来了国内外100多家同行前来参观取经。国家卫生部一位领导视察该院后,由衷地感叹:"这里的阳光灿烂,星光更灿烂。"是什么让这所平民医院变得如此美丽?近日,记者慕名采访了院长金剑飞。

在该院,记者亲眼看见了十分感人的一幕:一位白发苍苍的老妇人双手捧着一面锦旗,泪流满面地向医生们深深作揖道:"谢谢你们妙手回春,你们真是我的救命恩人。"院长金剑飞连忙接过锦旗,手扶老人感情真挚地说:"救死扶伤是我们医生应尽的天职,医院就是要诚心把病人当成自己的亲人。"

看到记者来采访,这位老人激动地说:"我早就盼着这一天,我总说这样好的医生怎么没人来宣传,这样的医生真少见。"

记者在采访中了解到,金剑飞院长先后到天津骨科医院、北京积水潭医院进修学习骨科手术,北京大学医院管理在职 EMBA 班结业,多次应邀参加国内外学术交流,在国内外发表骨伤科论文 20 多篇,编著出版医学专著三部。在治疗创伤骨折、颈椎病、腰椎间盘突出症、股骨头缺血坏死等骨伤科疾病方面,金院长医术高明,深受患者信赖。金院长在景德镇骨科领域治疗方面取得了几个第一:第一个开展小针刀疗法;第一个开展经皮穿刺腰椎间盘切吸术;第一个开展臭氧射频靶点治疗颈椎病、腰椎间盘突出症;第一个使用可吸收棒固定骨折部位,并较早在景德镇开展脊柱手术、关节置换术和带锁髓内钉固定骨干骨折术……

金剑飞个头不高,却很有精神,在娓娓而谈中透出一股令人振奋的脉冲力。作为一个救死扶伤的医生,他对每一个前来求治的患者具有特殊的情感,施以人性的关怀。俗话说:"医者父母心。"一个高明的医生,不光要具有精湛的医术,还应有一颗仁爱之心。对特困户、残疾人,金剑飞更是充满仁爱之心,医疗费总是尽量给予减免。给人做手术,他不收"红包",不要礼品。有时病人硬要将"红包"塞给他,他婉言拒绝:"农村人挣钱不容易,不想省钱也不来我们平民医院开刀。"

金剑飞行医,不但考虑如何为人治病,而且考虑尽可能为病人节约医药费用,一般药有效的病绝不开高档药,从不滥用药、乱收费,他把病人的事当成自己的事。他的行为,感动了无数患者,人们视他为亲

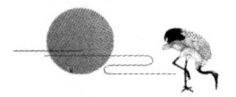

人。他说:"我是医生的后代,为穷人服务是应该的。"

采访结束后,记者仍不时在想,这是怎样一个人啊,50多次获市、县表彰,医学专著、论文多次获国家级、省级奖,浮梁县人大常委会委员、景德镇市人大代表、江西省十佳青年道德楷模、景德镇专业技术拔尖人才、享受市政府津贴,方圆数百里无不夸赞。他不但是一位受人尊敬的好医生,更是一位好党员,他对党的忠诚,对人民的真诚,对患者的赤诚,不正是构建和谐社会中人们所渴望的吗?应该说,他是医生,也是院长,但首先还是仁者,因为唯有仁者医德高。

吴建芳:让瑶里崖玉茶飘香世界

茶树是常绿植物,生长在高山云雾之中,无论寒冬酷暑,都扎根于深山野林、悬崖峭壁,努力吸收日月精华,山川灵气。在温度湿度不适宜的情况下,它将光合作用所积累的养分全部储存于根部,蓄势待发。只要环境一变,时机成熟,就集中全部的力量,向着幼嫩的茶芽,全力萌发。一斤上好的茶,要采集五万多片嫩芽才能制成,在制茶的过程中,采茶的手法,存放鲜叶的环境,制茶的温度、水分、炒茶的力度,甚至制茶工人当时的心境都有讲究,稍有不慎,前功尽弃。在自然界中,茶叶中有着最为丰富的自然颜色,采自同一棵茶树的鲜芽,通过不同的加工方法可以做成绿茶、红茶、黄茶、白茶、青茶及黑茶,这些茶有着成百上千种色彩,会产生九九八十一种奇妙茶香……

茶,自古以来就是浮梁的经济支柱和主导产业之一,曾对浮梁的发展进步做出过巨大贡献。是浮梁茶让白居易在《琵琶行》中写出了

"商人重利轻别离,前月浮梁买茶去"的千古佳句。是浮梁茶把苏东坡、黄山谷和佛印联系到了一起,他们在宝积寺品茶,在昌江上泛舟,留下了"三贤"的佳话。在国际市场上,浮梁茶曾是中华民族走向世界的名片,当年的大英帝国有着"中国浮梁茶不到岸,集市不能开"的说法,大作家萧伯纳更是说:"当下午时钟敲动第四下时,一切的活动皆因饮中国(浮梁)茶而停止……"

记者走进吴建芳的办公室,仿佛就置身于古色古香的氛围之中。记者看到,在办公室一角的书橱里,摆着整套的《茶经》《茶谱》《茶录》《曾国藩家书》《资治通鉴》《孙子兵法》等书籍,体现着主人的文化品位。

吴建芳给人的第一印象就是随和。他的随和,使整个采访过程没有出现冷场的局面。

来到崖玉茶庄,自然少不了喝茶。只见吴建芳投茶叶,注开水;头道茶水烫壶盖、烫吻杯、烫饮杯;然后又注开水,轻摇小壶,缓缓倒茶,又稳稳地将一只吻杯的茶转到饮杯中。他整套动作熟练、连贯、舒缓、优美,边做边介绍品茶因何一吻、二抿、三呷、四回味。说着,他将飘着清香的茶杯一一送到我们手上。他说这是产自瑶里汪湖仰天台的高山崖玉茶。看此茶:茶形细长,旗枪分明,色泽通透似玉,栩栩如生。闻一闻,有兰花清香,浓郁扑鼻。浅啜茗汤,如含翠碧,香气浓馥,如兰似蕙,颊舌间顿溢溢生津。喝上一口,滋味醇而鲜爽,回味甘甜,沁人心脾,涤尽了一切的疲惫。个中滋味,只有北宋诗人梅尧臣的两句诗"小石冷泉留早味,紫泥新品泛春华"能形容。

伴着崖玉茶的清香,吴建芳打开话匣向记者讲述了自己和瑶里崖玉茶的一段深深情缘……

提起茶,吴建芳对她总有一种很特别的感觉。自幼生长在瑶里产茶之乡的他,从记事起每到谷雨时节他都会与双亲一起去采茶:感受

茶园里的那种氛围，接受茶文化的熏陶。

每到谷雨时节，当大地还笼罩在一层薄薄的春雾中时；当布谷鸟还在枝头卖弄自己婉转的歌喉时；当那一朵朵被晶莹剔透的露珠浸润着的兰花和映山红在晨光的照耀下还显得妩媚动人时，嫩绿的茶芽便会像一个个淘气的娃娃从茶树的枝头冒出来；贪婪地吮吸着天地之精华与日月之灵气。此时，采茶的少男少女们便会背着茶篓，唱着欢快的山歌儿，踏着轻快的步子来到茶园开始了他们一天辛勤的劳动。吴建芳的思绪伴着采茶人的手也在轻轻飞扬，不禁轻叹："一斤茶叶五万芽，一杯佳茗千滴汗。"他暗自下决心，一定要让家乡的茶农摆脱贫穷、为家乡的茶叶发展尽自己一份绵薄之力。

吴建芳参加工作后，仍如痴如醉地自学了茶叶泰斗庄晓芳教授的《茶树栽培学》、茶学导师刘祖生教授的《茶树育种学》、张堂恒教授的《茶叶审评与检验》、中国茶艺先驱童启庆导师讲授的《茶叶文化学》、茶多酚奠基人杨贤强导师讲授的《茶叶生物化学》等，直到现在，吴建芳依然充满着对茶叶知识的渴求。

浙江大学当时有一位著名教授陈宗懋先生，他后来被推选为全国唯一的茶学界"两院院士"，有时陈先生会举办一些茶学界顶级的讲座，只要有机会，吴建芳就会去杭州专门聆听。

学茶、爱茶，以身许茶，用这样的话来形容吴建芳其实并不夸张。2001年，一个时任县煤炭公司经理的小伙子，看到瑶里茶平均每公斤茶叶卖出价不到20元，最低的卖价只有七八元。他的心被深深刺痛了，自愿弃"官"下海，创办了浮梁县瑶里茶叶有限公司。凭借多年来对茶叶的钻研和对市场的分析，加上虚心向茶叶行家们请教，他以汪湖、郑家山、白石塔等制茶历史悠久的村为基地，请来名师指导茶农抓茶园整改、名优茶采摘、制作。几年来"胸怀家乡茶农，放眼世界茶市，扎根浮梁瑶里，干好茶叶事业"，硬是把一句戏言变为诺言实现。

然而,刚刚"下海"创办茶叶公司时吴建芳却高兴不起来。话好说,事难干,因为当时的吴建芳一无钱,二无权,没有任何可以利用的社会资源和经济资源,有的只是一肚子的茶叶知识。

可以想象,白手起家创办茶叶公司所要经历的考验简直太多太多了。他一方面要应付公司里一些日常琐事,另一方面还要出去推销,因为只有卖出更多的茶叶,他才能在茶叶界立足。

那一段卖茶的日子令吴建芳刻骨铭心,但卖茶的艰辛,并没能浇灭他爱茶的初衷和信念,"学而不思则罔,思而不学则殆",自学茶业知识的吴建芳不是只学理论的书呆子,更多的时候,他想的是怎么才能学以致用。他撰写的多篇论文入选了《茶叶研究论文集》。很多人都认为,传统学科,很难出大的成绩,但吴建芳没有被传统所累,他跳出传统,研究传统,所以,才有了名茶——瑶里崖玉茶的诞生,"香高味浓汤色清,盖过毛尖与龙井,借问陆羽谁为最,瑶里崖玉茶一春",这是茶叶专家评审团对瑶里崖玉茶的一致评价。

吴建芳通过几年的奋斗,取得了不错的成绩,不仅使瑶里茶重新获得种种赞誉、荣耀、桂冠和历史辉煌,而且让瑶里崖玉茶飘香世界。吴建芳开发的"瑶里崖玉"等6个品牌12个系列的高档优质茶,其中"瑶里崖玉"首批通过国家AA级绿色食品和有机食品认证,产品荣获多项称号,并获国家地理标志保护产品,产品畅销美国、日本等10多个国家和地区,每斤优质崖玉茶售价已上涨到800多元,高的达到了1200多元。目前,公司已拥有有机认证茶园1200多亩,无公害茶叶基地4000多亩。

富而思茶农、富而帮农富。吴建芳走"公司十基地十农户"的茶叶产业化之路,公司在与产业链里的茶农签订产销合同的同时,花高薪聘请技术人员担任"科技特派员",培养"科技示范户",传授管理知识、名优茶制作工艺,搞好产前、产中、产后服务,并免费送茶农出外培训。

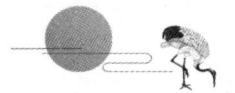

为减少茶农的市场风险,吴建芳承诺,收购上按不同规格按质收购,不因季节、市场行情不同而压质压价。

随着产业链的不断延伸,翠绿的叶芽鼓起了茶农的钱袋。9年来,瑶里镇6638户茶农年均增收1900多万元,户均年种茶纯收入达9600元,高的达4万多元。公司成为全省"一村一品"示范基地。4000多户茶农脱贫致富,盖了新房,用上了摩托车、农用车、移动电话、有线电视。在新屋下村,茶农王朋才的红黄相间三层小楼引人注目。这位昔日远近闻名的贫困户高兴地说:"有了吴建芳的带动,我种茶年纯收入4万多元,做梦都笑出声来!"

一路走来,在吴建芳的成绩和光彩背后,凝结了许多人的心血。一路走来,得益于吴建芳在多年茶叶营销过程中的天地良心。一路走来,是国家的好政策给吴建芳为家乡的茶山、茶农铺下了康庄大道。吴建芳用自己的一分耕耘,得到应有的一分收获。记者祝愿这位深深扎根瑶里茶乡的茶人,在瑶里崖玉茶的事业上一路顺风。

吴水前:浮梁茶情结

采访吴水前,是几月前的事了。回来总想为他写点什么,但一直没有写出来。倒不是无话可说,而是舍不得清理藏在记忆中的那种朦胧美妙的感觉。

第一次听说吴水前是在上海的龙华庙会上,看来自浮梁茶道表演队的"农家功夫茶":穿着蓝印花布衣衫的农家女手执大茶壶,将绿色的茶注入青花瓷碗,古风盎然。所以很多上海人未到浮梁,已经闻到浮梁的清香。

吴水前第一次认识浮梁茶，是在白居易《琵琶行》"商人重利轻别离，前月浮梁买茶去"的诗句里，当然只是一掠而过，没有留下什么印象。当他突然作为有着千年历史的浮瑶仙芝的掌门人时，他才真正意识到自己肩上的责任重大。

这位婺源徽商的后裔，生在浮梁，长在浮梁，后来成了一名乡村教师。2002年的初秋，县委组织部的一纸调令，让他从此与浮梁茶结下了不解之缘，他从经济管理专业的讲台上又坐上了浮梁县茶厂厂长的位子。

在吴水前的主持下，沉寂的车间有了彻夜的灯火，空旷的厂区又飘起阵阵的茶香。一年的时间，他完成了企业改制，成立了浮梁县浮瑶仙芝茶业有限公司，以"仙芝"这个盛唐传承下来的古老品牌命名一个崭新的茶业企业。

吴水前说，重新让"浮梁之茗，闻于天下"，将是他后半生的梦想。

陪吴水前去看他的万亩"浮瑶仙芝"茶园，是一种美的享受。沿着一块块首尾相接的青石板，走在幽静、秀丽、自然、谐美的茶园。吴水前兴奋地说："自古名山出名茶，瑶里接黄山之灵气，方圆几十里，共有九十九座峰，九十九名崖，长年崖壑幽深，雾雨弥漫，是仙芝茶自然生长的天然宝地。仙芝茶或依山，隐现于古树青竹之间；或依水，倒映于溪流之上；与幽深的涧底、陡峭的崖壁、缭绕的云雾相映成趣，如诗如画。据史书记载，唐朝已有人在此栽植浮瑶仙芝，宋朝列为皇家贡品，明初朱元璋品赏后指为贡茶。"

拉起"浮瑶仙芝"这杆大旗，走过创业之初的吴水前，并不为企业的蒸蒸日上而感到沾沾自喜，他欣慰的是他把浮梁茶和"浮瑶仙芝"带出了浮梁，以茶的名义，结识了众多的茶道中人。

对浮梁茶历史烂熟于心的吴水前，深知"和"作为茶文化的精髓，

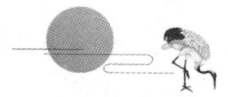

同样是企业文化的内核,是企业发展的基石。他一改立足县内、"守株待兔"的做法,既抓企业改制,又抓住时机四面出击。近两年,公司参加国内外各种展销会、交易会、洽谈会23次。通过这些茶事活动,以茶会友,提高浮瑶仙芝知名度,使浮梁茶香飘天下:2003年4月,浮瑶仙芝茶在上海国际茶文化节暨中国精品名茶博览会上捧得金奖。5月,浮瑶仙芝茶被景德镇市政府定为特供茶。同月,浮瑶仙芝公司被列入江西省农业产业化龙头企业。9月,浮瑶仙芝被江西省名牌战略推进委员会评为"江西名牌",成为浮梁县唯一的江西省名牌产品,成为全省茶业三块省级名牌之一。10月,浮瑶仙芝公司被省财政厅和省农业产业化办公室授予品牌培植奖,奖励10万元。11月,"浮瑶仙芝"茶被国务院新闻办指定为特选礼品茶,作为国礼馈赠外宾。2004年2月,浮瑶仙芝茶被授予AA级绿色食品证书,通过中国有机茶论证。同年,在中国绿色食品上海博览会上荣获"中绿华夏有机食品"称号,并获畅销产品奖。同月,成为上海国际时装模特大赛指定的唯一大赛用茶。2005年,"浮瑶仙芝"又荣获第六届"中茶杯"全国名优茶评比特等奖。同年,吴水前以高票当选江西省茶叶协会副会长,年底,被推选为全省"十大创业先锋"。2006年,在江西省名优茶评比中,浮瑶仙芝茶以总分第一夺得金奖,并连续第十年获得欧盟BCS有机认证中心的认证。在北京,吴水前采取"居高临下"的策略,拓展高端礼品用茶、商务用茶市场。不仅在北京最著名的茶叶市场马连道茶城开设专卖店和办事处,而且,在2004年将浮瑶仙芝茶叶网点,成功推入中南海、人民大会堂,并进入外交部采购网,成为财政部、农业部、林业部等中央机关指定用茶,还得到世界著名的日本茶道、茶艺、茶礼专家里千家大宗匠的高度赞扬。

教师和茶人,在吴水前的身上就这样奇异地相辅相成、相得益彰。和吴水前坐在古旧的瓦屋纸窗下围炉品茶时,在淡淡的茶香中,他痴迷地说:"对茶,我有一种近乎虔诚的心情。日本茶道鼻祖绍鸥有句话深获我的心,'放茶具的手,要有和爱人分离的心情'。这种心情在茶道里叫'残心',即在品茶时简单一个放茶具的动作,也要有深沉的心思与情感,才算是懂茶的人。"

我顿时茶兴大发融入其间,正想着苏东坡的两句诗"蟹眼已过鱼眼生,飕飕欲作松风鸣",顷刻间吴水前又给我倒了一杯浮瑶仙芝。我捧起茶杯,热气散开,茶香弥漫,慢慢地细加品啜,忍不住从心里暗暗地赞叹着浮瑶仙芝的芳香清冽,饮过两杯之后,再也不肯搁盏。

我想象着,坐在我面前的茶人吴水前,望着山外重山隐约"烟雨茶山"的样子。在"云麓烟峦知几层,一湾溪转一湾清;行人只在清湾里,尽日松声杂水声"的佳境中,一切如画,一切如画。浮瑶仙芝沐着这柔和的雨也会欢快地长出嫩嫩的芽枝来,也会舒展开笑容迎接采茶女那双灵巧的双手,也会聆听到采茶女那一曲曲甜美诱人的茶歌。茶意之深,深如瀚海;茶意之远,远如天涯;茶意之美,沁入心灵。

浮云流水意悠悠,

瑶台烟雨梦中游。

仙草偏能惊圣驾,

芝兰香味播九州。

在美妙的旋律中,我终于明白了,浮瑶仙芝的清香,不就是吴水前纯朴的心么?! 只有痴情山水痴情佳茗的人才能制作出条索精细、白毫显露、色泽翠绿、清香入肺、汤色明亮、滋味鲜爽的浮瑶仙芝。采访结束了,而浮瑶仙芝留在我心里的芳香,是永远永远抹不掉啦!

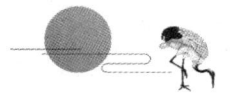

谢慎修：陶瓷文化成就京剧之美

最近，瓷都的戏迷们都在津津乐道地谈论一部现代京剧《水点桃花》。这部戏将作为全省12部优秀入选剧目之一，将于2月21日在南昌展演。该剧曾于去年8月获得2008年度江西省文艺创作繁荣工程（舞台艺术类）优秀剧目的殊荣，并作为我省4个优秀剧目之一报送文化部，角逐国家舞台艺术精品工程现实题材优秀剧目资金扶持项目。

该戏究竟有什么样的故事让戏迷们怦然心动？记者专程采访了中国戏剧家协会会员、景德镇市戏剧家协会主席、市艺术创作研究所所长谢慎修。

话题开始，谢慎修意味深长地对记者说了一句："我是土生土长的景德镇人，作文写戏都离不开故乡的千年陶瓷文化。"陶瓷文化成就了他的戏剧之美，他的戏剧创作也丰富了陶瓷文化。

一定是童年那往返里弄的漫漫路途，给予了他更多关于陶瓷历史文化景观的细致感受和闲思遐想的灵感。他把故乡陶瓷文化的千年变迁，陶瓷工人的辛勤欢悦，青年对爱情的渴望与想象，悉数编织到他的戏剧里。他的戏剧，以从小在坯房、窑炉前父老乡亲们传唱的家乡民谣作基础，因此就有了音乐的节奏。世人可以抵抗冷漠和丑陋，但抵挡不住真情流露和优美雅致。他的戏剧创作硕果累累。据不完全统计，近五年来，他为景德镇市专业和业余戏剧舞台创作了近50部（个）京剧、音乐情景剧、音乐说唱、话剧小品、音乐小品及影视剧等文艺节目。

谈起正在彩排的现代京剧《水点桃花》的创作，谢慎修深情地回忆说,2006年,在一次文艺创作座谈会上,市委主要领导勉励与会的文艺工作者:景德镇作为一座有着千年陶瓷历史的古城,在历史上产生过很多杰出的人物和无数精美绝伦的陶瓷作品。那么,我们现在的文艺工作者是不是应该创作一批新戏,来反映景德镇悠久的陶瓷文化和时代变迁呢。座谈会结束后,谢慎修就一直在思考这个问题,但一直没有找到灵感。有一次,他去看望他曾经的老师、样板戏《龙江颂》的编剧余雍和以及苏州剧目工作室的陈其行老师时,带了两套水点桃花瓷器作为礼品。交谈中,两位老师点拨他,何不以精美的水点桃花来构思创作一部现代京剧。两位老师漫不经心的一句话,突然点燃了他的创作灵感。回景德镇后他立即着手进行《水点桃花》的创作。

《水点桃花》讲述的是以陶瓷学院学生水桃花、刘建伟为主的一群"80后"毕业后,满怀激情地参加陶瓷企业应聘,却碰到瓷厂改制转型、连厂长也要下岗的现状。水桃花和她的朋友们不改初衷,决定自己创办陶瓷企业。在创业的过程中,水桃花战胜重重困难,最终烧造成水点桃花瓷器的青春励志故事。

记者在景德镇市宣传部采访时了解到,省文化厅、市委宣传部、市文化局对这部戏都非常重视,很多领导多次到现场观看排练。为把该剧打造成精品,这次由省京剧团和市京剧团、歌舞团、瓷乐团、市艺术创作研究所联合投排该剧,并聘请了国家一级导演周志国来景德镇执导。通过精心排练,《水点桃花》在全省展演中引起了轰动,并准备到北京参加全国会演。

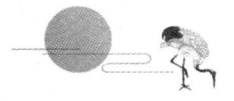

罗欣君：大爱圣人

今天是探监的日子，这是囚犯们的节日。

囚犯们一大早就显得焦灼不安，等待着出去会见亲友。

八号犯人何世文呆坐在通铺上。他对这一天已经不抱什么幻想了，他知道这是别人的节日，绝对没有人会来看他的。他也企望过，盼望了足有一年。父母、兄妹、亲友们已经被他骗怕了，伤透了心。"死缓"对于他来说，意味着地狱之门。他的精神陷入了极度混乱，几近崩溃。现在他实实在在地感到这个世界不需要他。他头脑里突然强烈地感到：每个人终归要面对死亡，但有的人去得心胸坦荡，有的人去得无怨无悔，而他所承受的最大惩罚莫过于没人理睬，没人理和死去没有什么两样。

同室的人陆续回来了。先是一个50岁的老囚犯，手里捧着一罐肉。接着是邻床的狱友也回来了，他显然是因为激动，脸微微发红。他有一个漂亮的妻子和一个聪明的儿子，每到这一天都要来看他。看守警察一叫他的号，他几乎是一步蹿出去的，现在他也回来了。

"八号！"看守警察进门来，喊道，"有人看你。"

何世文好像触电一样抬起头，疑惑地望着看守警察，直到邻床狱友使劲捅了他一下，他才从惊愕中清醒，也不知道是怎么下的床，跌跌撞撞地往外走。

大约半小时后，他回来了。进来后脸煞白煞白的，像是大病了一场,他默默地坐在床上,像呆了一样。

后来,邻床狱友实在憋不住了,悄悄地挪到他跟前小声地问:"谁来看你啦?"他没吭声,还是傻呆呆地望着地面。突然,他一下捂住脸,把身子扭向墙,"呜呜"地大哭起来。

晚上,看守警察在交接班日记上记着:八号今天面向墙壁痛哭不止,口中不停地叨念"大爱圣人"之类的话。今天有一位妇女来看过他,她是景德镇日报社退休干部罗欣君。

接下来的故事是:罗欣君惊悉在狱中认真改造的何世文患了肠癌到福建治病,她又给他寄去1000元,聊以解困。何世文在保外就医期间给景德镇日报社领导的信中写道:"在我落魄时,在我生命垂危之际,在我与死神擦肩而过时,有一位好心人为我点亮一路心灯。我不止一次流泪祝福!罗欣君老师,愿你平安、幸福,快乐到永远……"

杨武:铁肩担道义 执法如泰山

他一次次惩恶扬善,一次次严肃执法,维护法律的尊严,维护当事人的合法权益。他时刻以法官的高标准严格要求自己,努力争创一流的工作业绩,被同志们称为"公正、廉洁、文明"的好法官。他就是荣获全国法院审监工作先进个人的景德镇市中级人民法院审判监督庭副庭长杨武。

杨武1985年以优异的成绩考入景德镇市中级人民法院,一直从事刑事审判工作,先后担任过法警、书记员、助理审判员、审判员、刑一庭

副庭长、研究室副主任和审判监督庭副庭长,大学(法学学士)学历。他在思想、政治上始终坚定理想信念,加强党性修养,能以马克思列宁主义、毛泽东思想、邓小平理论和"三个代表"重要思想为指导,贯彻党的十七大精神,自觉树立大局意识、责任意识、宗旨意识、服务意识,树立正确的世界观、人生观、价值观,保持高尚的情操,提高自身政治素质和道德修养。

在审理案件时,杨武敢挑重担,敢啃骨头案,一些重大、疑难案件在他手中都能得到公正审理。1994年"严打",中院审判任务繁重,杨武手头正审理一起要案。但他得知市检察院起诉一小学教师涉嫌奸淫幼女的案情后,感到案情重大,于是主动请缨,向领导表示一定保质保量尽快审结此案。为了此案他不分节假日,早出晚归,加班加点,埋头苦干。在庭审中,被告冯进茂狡猾地对自己所犯的罪行全部翻供,矢口否认起诉书指出的奸淫15名幼女的犯罪事实。是退回检察院补充侦察,还是自己进一步核实证据?执法严肃认真的他选择了后者。他骑着自行车奔波在浮梁县勒功乡三所小学之间,寻找15位被害女生进行核实。山里人对此事讳莫如深,被害女生的家长唯恐将此事说出,坏了孩子的名声。但杨武并未灰心,他以一个人民法官的满腔热情,向被害女生家长动之以情、晓之以理。一次,山路崎岖险峻,杨武连人带车掉进了水塘,脸上、手上也被划破了,现出道道血痕。当他一身泥水、一身伤地再次来到一位被害女生家中,家长被感动得热泪盈眶。精诚所至,金石为开,杨武用自己的真诚和爱心深深地感动了被害女生和家长,她们终于打开心扉,吐露了她们长期遭到冯进茂奸淫的事实。由于证据确凿,在庭审中冯进茂终于低下头认罪服罪,从起诉到结案都很顺利,罪犯最终受到了法律的严惩。

2007年2月,杨武在受理景德镇市人民检察院抗诉的徐茶生和蔡其红劳动合同纠纷案件时，发现原审原告蔡其红向法庭提交的领工程款的领条，写明的是向双田建工队领工程款104357元，原审被告只是在"领导批示"处签署"同意付款"。这证明欠债主体是双田建工队，不能证明这是原审被告徐茶生的个人债务。原审原告蔡其红向法庭提交的双田建工队出具的其本人1998年至2002年期间向该建工队借支35433元的证明材料，也证明负债主体是双田建工队，而不是原审被告。故判决，原判决原审被告徐茶生个人偿还原审原告蔡其红劳务工程款不妥，检察机关抗诉理由成立。

依法审理各类再审案例，努力坚持法律公正，是杨武的一贯做法。2007年，审判监督庭接到犯罪嫌疑人伍斌、杨智勇、邓春华的申诉，称同案犯龚小华、万志勇、伍斌、杨智勇、邓春华因2004年2月13日以暴力殴打和威胁等手段挟持被害人王辉，强行抢回龚小华所输赌资8万元的同一罪行，仅仅因为归案时间的先后，龚小华、万志勇被判非法拘禁罪，而三申诉人却被定为敲诈勒索罪。杨武在审理此案时认为，原审人民法院判决认定原审上诉人伍斌及原审被告人杨智勇、邓春华、李建忠所犯罪行，事实清楚，对李建忠定罪准确，量刑适当，但对被告人伍斌、杨智勇、邓春华适用法律错误，应予改判，遂撤销原判决，改判伍斌、杨智勇、邓春华犯有非法拘禁罪。判决生效后，申诉人的家属要请他吃饭，他婉言谢绝，后来申诉人的家属给景德镇市法院送来了一面"弘扬社会人道主义，维护当事人合法权益"的锦旗。伍斌、杨智勇、邓春华看到改判的判决书后，都激动地说："真没想到杨法官办案这么公正，真没想到他把我们犯人也当人看待，真没想到他这么执法如山，清廉如水！我们一定要好好改造，争取重新做人。"一连三声"真没想到"道出了犯人的心声。

他是一名铁骨铮铮的执法者，人情案、关系案、金钱案等各种腐败

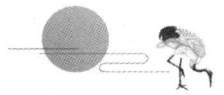

行为在他眼里没有市场,他只有一个信念:"严格执法,为民服务"。2007年6月,罪犯肖德壮的减刑材料刚送到审判监督庭,杨武就接到一封举报信,检举肖某在服刑期间因违反监规,私自使用手机被监管干部发现后,关禁闭15天,肖某禁闭结束后不思悔改,竟然扬言要杀监管干部。按规定,这种人不能减刑。肖某家属多次托杨武的朋友到家说情,并从手提包里拿出一万元放在桌上,请杨武办案时手下留情。杨武当即很严肃地批评了他:"你是我的朋友不错,但你想用金钱买动我手中的法律天平就大错特错了。"最后,杨武主动到景德镇监狱去核实情况,依法做出不予减刑的决定。据不完全统计,杨武在办案中拒贿几十人次,拒收贿赂近十万元,因此得罪了不少人,也多次遇到过各方面的施压、流氓的威胁,但他毫不畏惧,坚持原则,铁面无私,秉公执法。杨武经常挂在嘴边一句话就是:"我的权力是党和人民给的,在这个光荣而神圣的岗位上,我要做到'仰不愧天,俯不怍地'。"他是这样说的,也是这样做的。经他亲手审理的各类刑事案件达500多件,其中有200多件疑难要案,在所审结的案件中均能做到程序合法,实体处理正确,至今没有出现一件错案或被上级法院发回重审、改判的案件,营造了和谐的司法环境,促进了社会和谐和稳定。

认真做好维稳息访工作是化解社会矛盾、息纷止争的最有效手段,特别是当前,各种矛盾纠纷层出不穷,处理不当,就有激化的可能。因此,杨武从构建和谐社会,维护稳定大局出发,配合各部门耐心、认真地做好维稳息访工作,使一些上访事件得以调解,平息了纠纷,化解了矛盾,促进了社会和谐与稳定。1991年1月12日,景德镇市中级人民法院以强奸、贪污罪判处胡中波有期徒刑十一年,剥夺政治权利一年。刑满释放后,胡中波对该案提出申诉,认为原判定其犯强奸罪事实不清,证据不足。他多次前往市中院、省高院及北京上访,并扬言要在北京做出过激的行为。针对胡中波的上访,杨武根据领导安排,积极做好胡中波的稳控工作,并陆续开展了以下几项维稳息访工作:首先杨武从涉法教育入手,多次上门对胡中波进行法律知识的教育和宣传,晓之以理,动之以情,以平和的心态、动情的语言和严谨的法律阐述,使胡中波的心态有了明显的转变;其次,杨武还针对胡中波的实际情况,对其生活进行帮扶。在帮教过程中,杨武协调各部门相继为胡中波解决了低保和医保,与此同时,他还通过各种方式,对其进行不间断的教育和引导,多次为胡中波缴纳电话费,保持与他联络通畅。在杨武的耐心教育和悉心关怀下,胡中波终于表示自己不再上访了。杨武妥善地处理了这起非正常上访事件,为巩固当地稳控工作成果,做出了积极的贡献。

  一分耕耘一分收获,在二十多年的法院工作中,他忠实地履行法律赋予的庄严使命,固守那份对法律公正的执着;他以诚挚的爱,深刻诠释那份不变的为民情结;他把无私的奉献和强烈的责任感,融入日常工作的一言一行;他以扎实有力的脚步,踏出一串串闪光的足迹,体现出一位人民好法官的精神风貌,多次得到上级的表扬和院党组的肯定。杨武多次被景德镇市中级人民法院评为先进工作者,五次荣立三等功。1999年被团省委、省宣传部、省人大等七家单位联合授予江西省"保护未成年人优秀公民"称号,同年被中共中央宣传部、全国人大、共青团中央、司法部、教育部联合授予"全国保护未成年人优秀公民"称号。2000年,他被团省委、省综治委、省公、检、法、司等十七家单位联合授予"全省青年卫士"称号,同年当选为省青联第七届委员会委员。2001年,他当选为景德镇市首届"瓷都十大杰出青年",同年当选景德镇市第十届政协委员。2001年,他当选为全国"三五"普法先进个人及全省"三五"普法先进个人,同年当选景德镇市第七届青联委员、

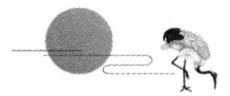

常委。作为市政协委员的他，积极参政议政，2005年，由他撰写的两件委员提案被评为全市政协委员优秀提案。2006年，杨武被评为全市优秀法制副庭长，同年他所撰写的论文《刑事推定与犯罪认定》分获全省、全市学术讨论会优秀奖、二等奖。2007年，他所撰写的论文《论我国陪审制度的价值取向》分获全省、全市学术讨论会三等奖、二等奖。2009年4月，杨武荣获全国法院审监工作先进个人光荣称号。

杨武的先进事迹受到社会上的广泛好评，并引起省内外媒体的格外关注，《江西日报》《景德镇日报》、江西新闻网、大江网、景德镇电视台和景德镇在线等媒体都多次给予重点报道。

在荣誉面前，杨武同志没有陶醉，他反复告诫自己，荣誉是党和人民给的，我只有为人民多做工作的责任，而没有享受和索取的权利。工作尽职尽责，时刻高标准、严要求，努力争创一流的工作业绩，这是他到法院工作之初就给自己定下的目标。在法院工作的二十多年中，他一直为这个目标不懈努力着。

李大蒙：编织太阳的盲人

太阳遥在天际

太阳也在人间

太阳——就是我们自己

（摘自当地歌谣）

太阳，从他眼里升起来了。

他,站在那片热恋的故土上,迎着太阳,跑呀跑,一下子扑了上去。

六岁的李大蒙拼命地睁开双眼,仍然是黑洞洞的,他感到浑身发冷,唯有夕阳剩下的温暖,斜斜地挂在他苍白瘦削的脸上。哦,那是太阳折射出的温馨吗?

可是,太阳不属于他了。

瞎了,一双明亮的眼睛……

有一天,村里来了个算命的瞎子。好心人都劝他跟瞎子去算命,找一条生路。双亲也劝说着,甚至哀求。可他总是摇头。他的固执,把双亲气哭了。人们也惊愕了。可谁又知道他的心在哭泣,在流血……

在那苦闷的日子里,他常挂着竹拐杖在家乡的小道上徘徊着、思索着。有时,他忍不住哭起来,有时,他摸着自己健全的手、摸着小毛竹。他想,小小毛竹为我探路,还能做何用?要是不用眼看,凭这双手能将你编织成器,该多好!朦胧的冲动,在他心底透过一缕希望的阳光……

他,决定学编织竹器手艺了。可是在这偏僻的小山村,到哪里去请师傅,又有谁愿收盲人做徒弟?

于是,他凭着十个指头的感觉——这个生活赐给盲人的特殊功能,自学起来。开始,他将家里的旧篾器慢慢地拆开,每拆一片竹篾,都摸清位置,然后又按原路编织,慢慢地还原。就这样拆了又编了,编了又拆……

尔后,他尝试着剖篾。真滑呀,不小心,刀滑在手上,血一滴一滴地流,染红了篾片。这像纸一样薄、一样光洁的篾片,要凝聚他多少汗水和心血哟!

渐渐地摸出了门道,一些简单的竹器开始在他手中成熟。当他把第一顶斗笠交给双亲时,双亲兴奋地哭了,人们又一次惊愕了。

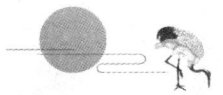

随着时间的推移,随着他的苦苦摸索,他学会了编织各式竹篮、谷箩、凉席、鱼篓、簸箕、筛子等三十多种竹器。篾匠师傅能编的,他也能编。那精巧美观、结实耐用的竹器,使他成了闻名遐迩的"篾匠师傅"。人们把他的故事神话般地传开了……

难忘啊,那幸福的时刻怎不铭刻于心!在武汉举行的全国首届部分省、市残疾人职业技能选拔赛上,新华社、《人民日报》、中央电视台、《长江日报》《湖北日报》和各省、市电视台的记者们,都纷纷把镜头对准了一个正在熟练地编织竹器的30多岁的盲人。他,就是这次大会唯一的盲人选手,江西省景德镇市寿安乡枧田村的李大蒙。

他显得有点紧张,在这样大的场合,谁又不紧张呢?当他把小巧玲珑、精巧美观的小花篮举起时,全场轰动了,掌声如潮,经久不息。"了不起,了不起!"坐在主席台上观看的全国人大常委会副委员长阿沛·阿旺晋美,中国残疾人福利基金会理事长邓朴方连声夸道。邓朴方同志还摇着轮椅向他驶来,向他表示祝贺,并亲切地和他握手。此时此刻,这位生活中的强者眼眶里挤满了激动的泪水,他喃喃地说:看见了,我看见了无数滚烫的太阳!

在村前溪流潺潺,村后翠竹青青的枧田村,我第一次见到了他。院子里放满了竹子和各式各样的竹器。搬张小竹椅,坐在院子里同他谈话。他很健谈,脸上全没悲凉,心里充满了自信。坐在他身边的年轻妻子却泪痕斑斑,看得出来,她是个温柔贤惠、朴实勤劳的人。她站起来,轻轻按下了三用机的键钮,一首风行世界的意大利那不勒斯歌曲《我的太阳》流泻而出:

啊,多么辉煌

灿烂的阳光

暴风雨过去后

天空多晴朗

清新的空气

令人精神爽朗

啊,多么辉煌灿烂的阳光

还有个太阳

比这更美

啊,我的太阳

那就是你

啊,太阳我的太阳

那就是你

那就是你

……

是啊,他虽然是个盲人,失去了光明,但他却用自己的双手,编织了心中的太阳!

第四辑

大江纪实

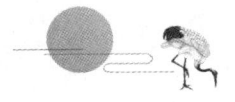

触摸西周的历史

3000多年岁月的河流把曾经的痕迹大部分冲刷干净,也许只是偶然,才在一片红土地上封存了一些古人的记忆。如果不是浮梁县湘湖镇天子畈跑马坦的惊人发现,人们也许就会彻底地遗忘他们。

两件沉睡了3000多年的西周青铜鼎在湘湖镇洞口村天子畈跑马坦重见天日,它保存得非常完美,令人叹为观止,为人们打开了一扇门,让人们看到一个过去的身影。这个身影显现出别样的姿态,从中流露出智慧和才华的光彩。

对江西省浮梁县来说,这件事改写了它的地位和面貌,西周青铜鼎成了浮梁县继瓷器、茶叶之后的第三张名片,当然也是景德镇的一张名片,它把景德镇的文明历史往前推进了两千多年。这件事让一个名不见经传的乡镇——湘湖镇成了世人关注的焦点。

西周青铜鼎重见天日

根据古书中的记载,在远古时期,长江中下游地区是比较荒凉的地方。浮梁历年的考古发现虽然也断断续续有一些成果,但大多比较普通,从没有引起过外界的关注。

但是,2009年11月6日下午4时左右,在湘湖天子畈跑马坦,一伙当地农民在修机耕道时,挖土机的铁铲碰醒了地下青铜器的梦,无意挖出的两件西周青铜鼎,很快就给人们带来了出人意料的惊喜,让人们触摸到了西周文明的历史。

"大概在11月6日下午4点多钟,挖掘机在挖土方的时候,突然挖出两坨粪桶样的东西,一个破了,我们左看看右看看认为不值钱。但我想,土里挖出来的东西,扔掉了太可惜,于是就抱回家了。它到底是什么东西?我真的不知道,也没把它当回事。后来文化站长程前进通过我的朋友彭为林转告我,说这是国宝级的文物,很重要。因为当时我老婆在医院住院,我在医院陪护,听朋友一说,所以我感觉事情重大,马上决定回家把东西上交给国家。"在现场发现青铜鼎的施工人员丰得旺这样告诉《大江周刊》的记者。

湘湖镇文化站站长程前进接到当地老百姓报告后,第一时间火速赶赴现场,掌握了第一手资料。经勘察,发现现场为天子畈跑马坦一条正在施工的机耕道,道路总长约120米,宽4米,文物遗址在中间约5米长的路段,目击者当场指出发现青铜鼎的位置,经测量,距离地面以下90公分处。在现场,他还发现印刻绳纹、网纹、菱形圈点纹陶片及青铜罍沿口带帽钉残片。

程前进在接受记者采访时说:"当时我在现场,看到遗留在地上的青铜罍沿口带帽钉残片,我惊叫一声,这是青铜器上留下的东西,我们这里发现青铜器啦。人一激动,一下就跪在地上了。"

程前进告诉记者,他为什么对青铜器这么感兴趣,还得从几年前说起。2003年,由于修建景婺高速公路,江西省考古队对湘湖东流雁窝山商周时期古文化遗址进行抢救性挖掘,程前进也参加了,当时挖出了很多石器、陶器。当时的考古队长曾告诉他,要是能挖掘出青铜器,在浮梁、景德镇,甚至在江西,那将都是一个重大的考古发现。

程前进没有想到,青铜器真的就在被湘湖发现了。他马上向湘湖党委、政府和上级有关部门汇报,在湘湖党委、政府和上级有关部门的重视下抓紧时间寻找。功夫不负有心人,经过多方打听,并找熟人做工作后,丰得旺主动上交了青铜鼎。至此,两件青铜鼎终于露出了真容。

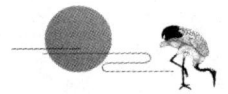

　　这两件青铜鼎经浮梁县文物局副局长李新才亲自整理,经过3000多年的漫长岁月,它们似乎刚从沉睡中苏醒,展露出当年曾经的风姿:一件约60厘米高的三足铜鼎,另一件稍小,有些破损,器物均比较完整。经过省、市文物专家鉴定,两件青铜鼎确定为商末周初时期的遗物,景德镇地区属首次发现,填补了该地区西周时期青铜器的一项空白,对研究浮梁历史具有特殊重要的意义。

　　历史场景犹在眼前,西周青铜鼎的出现似乎在告诉人们:长江和黄河都是中华文明的摇篮。

青铜鼎的发现引来各方争议

　　湘湖天子畈跑马坦青铜鼎的发现,引来众多专家、学者先后到现场进行实地勘察,而争论也随之产生,直到今天他们的观点也没能达成一致。

　　让我们仔细地观察前人留下的青铜鼎,也许其中隐藏了一些答案。

　　在中国的青铜文明时代,青铜礼器是身份、地位和权力的象征,特别是形制特殊、体量重大的青铜重器,更是政权的代表。青铜礼器是奴隶主贵族用于祭祀、宴飨、朝聘、征伐及丧葬等礼仪活动的用器,用以代表使用者的身份等级和权力,是立国传家的宝器。青铜器是中国灿烂古文明的载体之一,以其丰富奇特的造型,神秘缛丽的纹饰,精湛先进的铸造技术而闻名于世,具有无与伦比的历史价值、艺术价值、工艺价值。

　　湘湖天子畈跑马坦出土的青铜鼎经科学测定显示,它的时代距今已超过三千年。鄱阳湖是中国最大的淡水湖。一条条晶莹绵长的河流与星罗棋布的湖泊塘堰,构成了一个向心状的水网——鄱阳湖水系。鄱阳湖水系至今仍旧是中国最丰饶的农业区域之一,在很久以前,也一定是古人类繁衍生息的美好家园。

破解湘湖跑马坦西周青铜鼎的密码,是皓首穷经的学者、专家的事,更多的芸芸众生能够广泛地感受到这些历史文明的记录者携带着巨大的神秘感和震撼力,这就已经够了。湘湖跑马坦青铜鼎的发现就为人们的这种跨越时空的对话提供了契机。

无论对青铜鼎的研究有多么充分,关于天子畈跑马坦的争论却始终没有得到统一。最大的争论集中在青铜鼎出土的地点,它出现在那里究竟是什么用途?

有人认为这是一处大型墓葬,墓葬的主人很有可能就是当地的统治者。因为目前在跑马坦,已经发现了很厚的历史堆积层,也发现了几座小型的墓葬。

但是,有些专家认为,从跑马坦出土的地点看,这里根本就不可能是墓葬。根据今天的考古发现,古代南方居住在水边的居民一般喜欢择高而葬。他们似乎认为葬得越高越好,以至出现了搭建在悬崖上的悬棺。这样做的一个明显好处是不受水患的影响,可以长时间地保存棺材和随葬品。

跑马坦遗存如果是墓地,那么先民的选择就让人感到困惑,把墓地放在临河的红土地里,(据当地老百姓说,原来紧靠跑马坦有一条小河,后在20世纪70年代农田改造时填平了)显然很容易遭到河流的破坏。

青铜鼎被发现后,几位热心的专家学者都先后前来进行了实地勘察,对天子畈跑马坦的"身世"目前虽然还没有定论,但已有专家认为,这很有可能是西周时期的一个练兵场。

余希平,景德镇古陶瓷专家,高级工艺美术师,陶瓷水墨彩山水画创作专家,对我国古陶瓷的研究多有创见。他近年开始搜集整理资料,致力于景德镇历史的研究,他对跑马坦青铜鼎的发现特别感兴趣。

2009年12月3日下午,记者陪同余希平前往湘湖镇洞口村天子

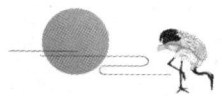

畈跑马坦进行实地探访。记者在现场看到,被称之为天子畈的地方,是一片田野,四面被群山怀抱。而跑马坦却伫立在空旷的田野间,宽2.5公里,长5公里。据当地村民讲,在不远的高山处,有一条长年流淌着清澈溪水的小河,小河在中华人民共和国成立以后被拦坝做成水库灌溉农田。当地村民一直都在传说,在很远很远时期,天子亲征,曾在此地阅兵,距离这10公里远的寿安镇灵珠村还有一个叫娘娘坞的自然村。

对于当地村民的说法,余希平提出了自己的看法,他认为:"鄱阳湖是中国最大的淡水湖。鄱阳湖水系至今仍旧是中国最丰饶的农业区域之一,在很久以前,也一定是古人类繁衍生息的美好家园。但鄱阳湖在冷兵器时代一直是水陆军事战争的重地,而浮梁县湘湖镇到鄱阳湖,由东河经昌江河只有50公里左右。所以说天子畈跑马坦是练兵驻军的地方是有一定根据的。从地形、地势上来说,跑马坦是一个天然理想的练兵场所。"通过对景德镇出土文物和史料的分析,余希平认定,天子畈跑马坦是一座古文明的宝藏,很多的历史疑团需要在这里找寻答案。但浮梁考古工作做得很少,很多文明探源工作未把浮梁纳入其中,正是因为这里缺乏考古的证据。余希平说:"浮梁在历史考古的研究上还有很多工作要做,就像一层被子,盖住了许多埋藏在地下的古文化遗址,如果能推进考古发掘,很可能会有震惊学术界的新发现!至于天子畈和娘娘坞在历史上有没有必然的联系,还有待以后的考古认证。听说娘娘坞的后背山上也葬有一座很大的古墓,虽经盗墓贼的多年多次盗挖,至今仍没挖到墓室。这是一件幸事,但同时也对当地文物保护敲响了警钟。"

余希平对湘湖众多堌堆遗址有着浓厚的兴趣,他说:"湘湖的堌堆遗址如能系统发掘,可以还原先民的生活面貌,对研究当时的历史、文化、文明程度都有着极其重要的意义。"余希平呼吁:"考古发掘刻不容

缓,目前最紧迫的就是引进有带队发掘资格的人才,立即进行抢救性发掘。同时,地方政府要采取措施加强对这些历史遗存的保护,

百姓要树立文物保护意识,自觉保护先民留下的宝贵财富。"

这里的一切都说明,天子畈跑马坦先民建立的练兵场曾经有过很辉煌的时代,即使它并不是练兵场,也一定是当时中国南方最重要的地方之一。

虽然众说纷纭,但跑马坦青铜鼎的发现,让我们重新认识了一批古老的居民,并诱惑着我们走近他们,探索他们的生活和心灵。

徜徉在脚下曾掩埋着三千多年前西周青铜鼎的遗址上,流连在略带些历史气息的土地,阅读着层次分明的古文化遗存。记者发现,在新挖开的湿土中,有一些青花瓷的碎片,看瓷片上的青色花纹,颇有古意。随手捡起的几片,在阳光下欣赏瓷片上的花纹,有山水,有花树,有莲花,虽只是残片局部,但能感觉那笔墨的自由灵动。拿给古陶瓷专家余希平一看,他竟惊叫起来:"这是元朝青花,肯定是元朝青花。"

那几片元朝青花碎瓷片现正陈列在记者的案头。瓷片上釉彩湿润,青色花纹有些在灯光里有些迷蒙。记忆中的湘湖天子畈跑马坦一一涌上心头,和青花碎片上的花纹奇妙地重合,重合成一幅幅意韵悠长的历史画卷。

这里历史上究竟还发生过什么样的故事?只有拿出有说服力的佐证,才能最后推测为结论。湘湖天子畈跑马坦西周青铜鼎,还有其他的文化遗址,它们组合在一起,似乎要对人们说些什么。但是这些来自历史的语言充满了密码和悬疑,等待人们慢慢地去破解。但愿跑马坦西周青铜鼎之谜会早一天大白于天下。

青铜鼎的原料可能来自德兴古铜矿

给人无限遐想空间的是,就在距离跑马坦50多公里的乐河上游德

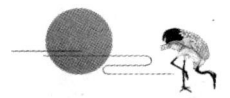

兴,就是德兴古铜矿遗址。它的发现同样震惊世人,这里曾是中国古代最重要的铜矿原产地,它的开采年代距今大约三千多年。

根据有关专家实验证实,跑马坦青铜器的原料确实全部来自江西德兴的古铜矿,原料的丰富使得湘湖的先民制作出精美的青铜器。地处吴城文化分布范围内的江西德兴商周铜矿遗址,开采始于商代中期,既有露天开采遗迹,又有地下开采系统,采矿与冶炼在同一地带进行。它的发现,为揭示江西高度发达的青铜文明赖以存在的物质基础,提供了科学依据。不仅如此,从这一地区诸多商代遗址发现的大量石范、铜渣、木炭及炼炉遗迹可以判断,殷商时期,在赣江—鄱阳湖地区有着先进的青铜冶铸业。跑马坦出土的青铜鼎,是先分铸部件然后再合铸而成的,显示其高超水平的铸造技术。此外中原有相当一部分青铜制品原料来源于长江中游的江西德兴、湖北铜绿山等古矿,这一地区成为商代青铜制品原料供给中心之一。

结束采访后,记者不时在想,湘湖天子畈跑马坦西周青铜鼎的发现,不仅让人们触摸到了西周的那段文明历史,使许多考古专家学者的眼睛为之一亮,而且让生活在这片土地上的人们激情澎湃……

长河落日:乐平涌山岩洞遗址探秘

当人们津津有味地谈起古人类生存起源的时候,往往最多的话题是:周口店"北京人"。周口店"北京人"遗址位于北京西南48公里处,遗址的科学考察工作仍然在进行中。到目前为止,科学家已经发现了中国猿人属北京人的遗迹,他们大约生活在中更新世时期,同时发现的还有各种各样的生活物品,以及可以追溯到公元前18000年到公元前11000年的新人类的遗迹。周口店遗址不仅是有关远古时期亚洲大陆人类社会的一个罕见的历史证据,而且也阐明了人类进化的进程。

而说起江西省乐平市涌山岩洞遗址,往往不为大多数人所知。

不知从哪一天开始,涌山岩洞遗址把记者心灵的指针引向了刀耕火种的远古时代,从此便使记者意与古会,情思难返。

当记者第一次在乐平市博物馆面对涌山原始人使用的工具——打制石器时,顿时感到喉头哽咽。它们是远古先民与历史对话留下的真实声音,是淳淳质朴、超凡脱俗的原始人性再现。它们的上面凝聚了无数魂灵最原始的智慧和思想。我们只有惜之、爱之而永远无法再复制、重现它们的精神。在面对它们时,记者是战战兢兢且心怀崇敬之情。对于这些远古最原始的工具遗存,记者深感无权指手画脚,只有深深地感叹古人类生命起源的漫长和伟大。

一路坐车,记者卸下大都市中的浮躁,动身前往涌山古人类洞穴遗址,准备摸索着粗糙的石头,探秘古人类起源和生存的足迹。

探秘涌山岩洞遗址

涌山岩洞遗址,位于乐平市北33公里涌山镇涌山村鸡公山山腰仙岩洞内。

记者在乐平市博物馆副馆长、副研究员余庆民先生的陪同下,前往涌山村鸡公山。记者在想,这种著名的山川实在是造物主使着性子雕镂出来的千古奇迹。

山上很宁静,山道越走越长,于是宁静越来越纯。越走越觉得山道修筑得非常完好,完好得与这个几乎无人的世界不相般配。当然得感谢乐平市裕峰旅游发展有限公司总经理徐裕西夫妇近年来的精心修缮,但毫无疑问,那些已经融化为自然景物的坚实路基,那些峡谷间石

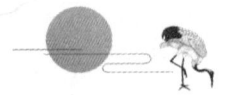

花苍然的远年桥墩,那些指向风景绝佳处的磨滑了的石径,却镌刻下了很早以前曾经有过的繁盛。

经过半个小时的攀登,记者终于登上鸡公山山腰,来到涌山岩洞遗址。它实际上是一处石灰岩溶洞,在山脚下不远处有一条涌山河,水流不断,这样的环境最适宜古人居住。

余庆民站在遗址洞口对记者介绍,涌山岩洞遗址高出涌山河200米,山脚下是乐平至涌山公路。涌山岩洞遗址高9米,宽15米,向东呈椭圆形,入洞后约25度斜坡倾向洞底,并且洞身逐渐变窄。在30米处,洞身最窄,约2米高,3米宽,洞底渐高,再进150米至涌山岩洞尽头,全长约200米,洞底平坦,洞壁有水流痕迹。

"我们知道,居室与水源是人类赖以生存的两大基本要素。人类起初还不会建造房屋,他们只晓得利用洞穴来作为栖身处。因为山洞既可以避风雨、抵御猛兽侵袭,又可储藏食物、保护火种,方便生活。'穴居野处'的传说,讲的就是人类在远古时代生息的情景。"余庆民深有感触地对记者说。

记者在采访中得知,20世纪中叶,省内有关地质部门在乐平市进行调查时,发现许多奇特的喀斯特地貌溶洞。报告一出,引起各界关注,也引起了中国科学院专家的好奇。1962年11月,中国科学院古脊椎动物与古人类研究所在江西省文物管理委员会及乐平县(市)文化馆的协助下,黄万波、计宏祥两位专家赶到乐平,在当地做了一个多月的洞穴调查,结果在乐平城东北30公里处涌山鸡公山首次发现古人类生存洞穴遗址,并进行了实地考察。随着太阳的东升西落,涌山岩洞遗址内的无价之宝已经一层层地揭开了神秘的面纱。

涌山岩洞遗址洞口附近堆积物分四层,即:石钟乳层,厚约20－30厘米;角砾岩层,厚约30－40厘米,含有破碎的骨片;黄色沙质土层,出土较多的动物化石,与化石同时出土的还有2件有人工打击痕迹的石英质石片。在第三层中出土了多种动物化石和石英质石制品,其中一件人工痕迹清楚,初步断定为原始人使用的工具——打制石器,伴出的动物化石有豪猪、黑鼠、剑齿象、犀、水牛、羊、水鹿等。并首次发现了"大熊猫—剑齿象"动物群化石。

经我国著名的旧石器考古专家、古人类学家贾兰坡先生鉴定,涌山岩洞遗址发现的化石属华南中更新世时期的动物化石、石片的几个基本特征(如打击点、台面、破裂面等)均尚清晰,尤其是台面的两侧有二次打击的痕迹,说明是人工打击的,而不是自然力作用的产物。在中更新世时期的"大熊猫—剑齿象"动物群堆积里,同时出现有人工打击的石片,在文献上是少见的。这说明早在旧石器时代,涌山古人类已懂得选取岩石,制作石器,用它作为武器或原始的生产工具,在与大自然进行斗争中改造自己,表明涌山古人类已经学会使用原始的工具从事劳动,这是人和猿的根本区别所在。涌山岩洞遗址为旧石器时代中晚期洞穴遗址,距今约50万年。这一发现,为寻找原始人类及其文化遗物提供了线索。动物化石原件保存在中国科学院古脊椎动物与古人类研究所,该遗址为江西首次发现的旧石器时代遗址。

大熊猫曾在这里长期生存

数万年前,大熊猫与东方剑齿象共存,猛犸成群结队,人兽赤身肉搏。这样的远古生活场景在电影大片中,时常给人带来无尽遐想。

那么,乐平涌山这些神秘的"大熊猫—剑齿象"动物群究竟生存于何世?它们是怎样的一部远古传奇?余庆民说,现已知由大熊猫、剑齿象两种动物构成的动物群,它们生存的时代纵横绵长,涌山岩洞遗址从未发现有更古老的种类,所以这些动物的生存时代属于更新世,至少是在四五万年前,甚至更早。

丘陵起伏,草木丛生,在整个更新世,大熊猫分布相当广泛。当时

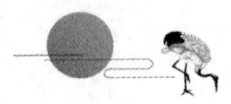

的大熊猫与剑齿虎、剑齿象以及北京猿人、南方猿人一起生活，构成典型的更新世大熊猫—剑齿象动物群，成为当时地球最灿烂的一页，而那时人类还处于猿人阶段。就在更新世中晚期，秦岭及其以南山脉出现大面积冰川等自然环境的剧烈变化，第四纪冰期之后，大熊猫—剑齿象动物群衰落，大部分动物灭绝，仅留下化石表明它们曾经存在过。

据古籍及地方志记载，2000年前在我国的四川、湖南、湖北、山西、甘肃、陕西、云南、贵州、广西等地均有大熊猫分布。直到1869年，一位名叫戴维的法国神父在四川宝兴惊奇地发现：熊猫这种动物竟然奇迹般地生存在东方大地上，而动物群其他成员几乎已经灭绝。1962年深秋在江西乐平涌山发现的"大熊猫—剑齿象"动物群化石，是江西历史上首次发现，无疑改变了大熊猫分布史。早在中科院古脊椎动物与古人类研究所两位专家黄万波与计宏祥的论文中，也认为这一发现，不论是在这一动物群的地理分布上，或者是对第四纪地层的划分上，都有一定的科学意义。

"大熊猫分布区域拓宽到了江西。可以想象，在数万年前这里也是大熊猫的乐园。"余庆民说，那时候这里正处于第四纪早期，气候比较温暖，大熊猫最喜欢的栖息地是人迹罕至、具有温和亚热带气候的山坡。

大熊猫的减少和最终在江西的消失，第四纪大冰川的冰封气候仍是罪魁祸首。

数万年前，在涌山岩洞遗址附近会是什么情景？余庆民描述，仅就涌山岩洞遗址所出土的遗物本身而言，至少可以说明在50万年前，乐平境内河流纵横，溪水密布，山冈森林茂密，草木荣华，古生态气候温暖湿润，年平均湿度可能在15摄氏度，比现今低3摄氏度左右，降水量也与今日相近，可能与日俱增湿润些，那些栖身于密林深处的大熊猫、剑齿象等远古猛兽，出没于深山老林，而群居于岩洞之中的原始人类，正是以森林作为他们采集和狩猎的生活乐园。

直到有一天,第四纪大冰川的降临,熊猫步步后退,被逼至海拔2100~3900米高的崇山峻岭之中,躲藏在针、阔叶林带之内,隐居于青藏高原东部边缘的高山深谷,已成为中国特有之珍稀兽类。

气候变化成为"大熊猫—剑齿象"动物群的终结者,已成许多专家的共识。但人类的捕杀在这一过程中也起了推进作用,这一说法也得到越来越多专家的肯定。

余庆民认为,除了气候等自然因素,从总体来看,大熊猫在江西范围的绝迹,与人类活动发展的关联不容忽视,人类行为使得大熊猫栖息地面积日益缩小,环境也在日益恶化,人为猎杀与捕捉对大熊猫的生存也构成了极大威胁,可以说在远古时期,大熊猫就是古人类捕食的对象。

他说,在人类遗址发现大量的动物碎骨,按照常理来推测,只有几种可能性。第一种可能是,当时大熊猫和鹿、原始牛、野驴等一样,是人类猎杀的对象,然后人类把大熊猫的肉吃掉后,把骨头拿来制作骨器;另外一种可能是大熊猫的遗骨是人类从其他地方捡拾到这里的,大熊猫遭到其他动物的攻击也是很正常的事情。

"被猎杀的可能性很大。"他认为,在今人眼中大熊猫缓慢迟钝,憨态可掬,实际上远古大熊猫的个头比今天的大熊猫要稍大,行动也不像今天的大熊猫这么缓慢,但与远古时期的其他动物相比,其体积仍然较小,速度也仍然很慢,动作迟缓导致人类捕食不足为奇。而碎骨的成因,则是因为原始人将动物捕获后,不但吃肉,还敲碎骨头吸取里面的骨髓,这些动物化石都是人类食用过的残留物长年堆积形成的。

不仅如此,除了大熊猫,远古时代,处于这处遗址附近的一片茂密森林中,栖息着数量众多的野猪、东方剑齿象、猫、鹿、水牛、中国犀等动物,这些动物都被古人类列入了日常食谱。

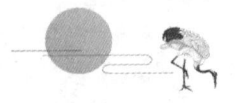

遗址的发现意义重大

在乐平涌山岩洞遗址被发现之前,要想穿越时空遐想史前数万年前的情景,对现代许多人而言,确实是有些不切实际的幻想。

但现在变得触手可及。余庆民说,涌山岩洞遗址的发现,揭开了江西境内远古人类生活的序幕,其意义价值不可估量。它填补了江西旧石器时代考古空白,谱写了赣鄱大地人类文明新篇章,丰富了华南地区旧石器时代文化遗物内涵,使我们对我国旧石器时代人类及其文化知识比以前丰富了很多,有些传统的说法也随之做出修改或补充。

这一发现,为寻找原始人类及其文化遗物提供了线索。涌山古人类是属于从古猿进化到智人的中间环节的原始人类,这一发现在生物学、历史学和人类发展史研究上有着极其重要的价值,构成了一个天然的生物史和人类史"博物馆"。

记者在乐平市博物馆采访时得知,涌山岩洞遗址已是江西省文物保护单位,市博物馆和有关部门一起正在积极申报第七批全国重点文物保护单位。

在采访中,记者能感觉到,那些50万年前的古物,似乎仍然生活在今人中间,可以做朋友式的感情上的共鸣与对话,可以跨越时空拨动人们的心弦,引起内心的精神愉悦。

采访结束后,站在涌山岩洞遗址前,记者仍不时在想,这处梦幻般的远古绿洲,曾幻化出多少历史的风景,曾负载着多少远古的思情。岁月悠悠,长河落日,它把远古的历史留在了时空的那一头,也把人类演变的传奇和深深的思索留给了现在和未来。

当记者像一名学生即将向老师呈上这份答卷的时候,在涌山岩洞遗址内把手轻轻地按在古人类曾经睡过的石床上,让远古先民的血脉在自己的手尖继续流淌。从天边那如血的落日余晖中,记者穿过漫长岁月的时空依然看到了涌山古人类那一张张野性的脸庞和猛兽搏斗的身影……

景德镇：重现远古文明的辉煌记忆

历史上有一种陈旧的说法，即认为景德镇和江西其他广袤的南方一样，在远古时期是"荒蛮服地"，处于不开化的野蛮愚昧状态，根本看不到一丝古文明历史的影子。

景德镇远古文明在历史的长河中果真断节和缺位了吗？

沿着历史长河溯流而上，在美丽富饶的景德镇乐平市，矗立着一座人类早期文明发展史上的丰碑——涌山鸡公山旧、新石器洞穴遗址（以下简称涌山遗址）。我们的祖先自古以来就劳动、生活在这片土地上。寒暑交替，沧海桑田，源流有宗，衍变有绪。年复一年的历史变迁，留下了丰富的遗迹和遗物。现在涌山遗址正以一项又一项惊人的考古发现和丰富的文物否定了这种见解，充分证明当时景德镇地区的远古文明并不落后，并且十分灿烂辉煌。

惊人发现：一万年前"王"的山谷和"划刻岩画"

这里仍保留着早期古人类曾经欣赏过的美景，历史的长河日出日落，如梦如幻。从几乎是垂直矗立于海拔319米高的涌山鸡公山顶向周边举目展望，四方所有的山头都是齐刷刷地依偎于鸡公山的肩部以下。山眉处涌山遗址，俨然远古时期的国都城门，洞门边拱立着巨大的钟乳石柱，在洞内冬日午后的阳光可以直射到洞底正中的巨石宝座

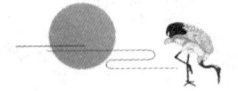

上,似乎还且倚且卧着那个史前的帝王。

历史从容地疾驶而来,2011年12月15日上午,记者随参加"景德镇市乐平涌山洞穴遗址专家咨询会"的一行专家们沿着逶迤的山道拾级而上,像文武百官伫立在史前帝王的龙榻前。隆冬的正午见不到些微的寒意,终于拉着男生衣角被拽上山的来自南京农业大学的女性研究生李妍索性甩掉棉外套,现出略显单薄素色针织毛衣。记者在涌山遗址现场看到:这里冬日可爱。难怪上古帝王们喜欢上了这里,并选中这里作为他的登基处和栖息地。

"王"的山洞里很亲切,龙榻上的"王"的身影和气息依稀仿佛还在,"王"的妻妾和侍从们的形影鱼贯进出着,好像在预兆着一万年后即将要发生的一件大事。龙榻一侧的六个水窖中,倒映着洞窟的穹顶上镌满了历朝历代的游客因感慨而抒怀的章句。突然,记者听到有人用因兴奋过度而变形的嗓音大叫了起来:"洞顶上有史前风格的划刻岩画,比内蒙古阴山一万年前的划刻岩画还要早。"他还说,结合周边发现的其他划刻分析:这里的作品比阴山划刻要幼稚或早得多。但是两边划刻岩画作品的创作思路和艺术风格似乎是"师出同源"的。

失声大叫者是南京望族文化研究所所长王耿,一个国内外唯一专业追踪史前氏族世系、稽考上古人类故国,发誓要"最可能地接近人类史前情境"的"独立学者"。他熟谙中华百姓所有的氏源,他登此山前已锁定了此地为史前人类的族源。他是把自己永远塞在山洞里的人,登山的时候,他更像是羚羊或猴子,不但总是奔跑在最前面,而且根本看不到他会累。这个"教父"级的登山者,发现涌山划刻岩画时显然更像一个孩子。同行的江西省文物考古研究所所长樊昌生、副所长徐长青、研究员张文江、肖发标等人,见证了这个看起来不可思议,但毕竟真实地发生了奇迹的时刻。他们的心也在骚动吗?他们是否还在激情澎湃地忖度着那个燧石,那个祖先们用于划刻岩画的工具或"笔"?

王耿在现场接受记者独家专访时说:"这里的确很好,不失为梦境里的香格里拉,从洞窟的拱形门向山南骋目四顾:数十座百米左右的小山头尽收眼底,再加上山北面的数十座百米左右的小山头,'王'的山洞已然被附近百座山头所簇拥着了。'王'的山洞朝南的山脚下还有近万余平方米平坦而凸出的台地,则是'王'巡视和检阅京畿和子民最适宜的平台。按照世界学术界共识,史前遗址中部落人数如达到500人至2000人,则可认定为氏族或王国。从涌山遗址地貌和洞窟划刻的场面看,此地的旧、新石器文明绝非少数人可形成或创造的。如果每山的农耕养殖和采集狩猎的资源可满足20至30人,则近百座山头所滋养的人口不下2000人至3000人了。'王'们在这里占有着10000多平方米可供农耕养殖和采集狩猎的台地、八泉八井以上的山涌、纵横交错的河道和百十来座山头中遍布的冶陶废墟、和古人类洞窟群。在这些旧石器中,前期考古也发现了划刻岩画必备的工具——燧石。所以在这里发现划刻图案和字符就水到渠成了。"

"此划刻岩画之古拙,比内蒙古阴山10000年前的划刻还要早,堪称世界之奇。"李妍在接受记者采访时也证实了王耿的说法。

下午,由乐平市政府组织的"景德镇市乐平涌山旧、新石器遗址专家咨询会"会议上,记者在现场采访时看到,江西省博物馆研究员刘诗中在会场上听到王耿述及发现划刻岩画时,激动异常,他先后三次对王耿说,只要这些划刻岩画是人工而非天然的,则无论它们是"图案"或"字符",都将是一次"世界级"的发现。王耿则补充说,这也将是江西建设文化大省和景德镇建设文化大市的重要坐标。

独家见解:这里发现的软陶年代超过17000年

在这次涌山遗址考古调查的专家组中,中国著名古陶瓷研究专家余希平最为活跃。他此行最为关注的重点还是古陶瓷历史的研究。只

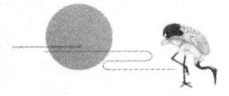

见他不时收集着民工修路遗留在路边石头上的小小古陶片,谈论的话题也大多是有关景德镇古陶瓷的。

记者在采访中了解到,余希平是全国最先提出景德镇陶瓷历史有10000多年的专家,此观点在2007年经《景德镇日报》《瓷都晚报》,以《景德镇陶瓷史可追溯到一万年前?》《景德镇陶瓷史=10000年?》为题报道后,立即在景德镇引起一片哗然,各种质疑声不断。

面对来自各方的质疑声,余希平没有急于反驳,而是来到万年县的仙人洞旧、新石器遗址进行考察。万年仙人洞的发掘,始于1962年,后中断30年。1993年、1995年中美联合考古队在对仙人洞考古发掘时,出土了天下第一陶——夹砂红陶片。在这里,余希平生平第一次触摸到了17000年的原始软陶,也证明了自己当初的观点是有依据的。因为从地理位置来看,万年县在明代才从景德镇乐平市(县)划出,一万年前冶陶时,他们一定是同族共源的。

当余希平听说涌山遗址在修路时发现大量原始古陶瓷片,欣喜若狂,上山探寻十多次,终于在山上修路遗留的古陶片里发现了日思夜想的原始软陶,初步认定它比万年仙人洞出土的夹砂红陶片年代还早。

余希平在接受记者独家专访时说:"我们现在无法从文字记载中知晓旧石器时代和新石器时代古人类的真实生活,只能从考古学家、史学家、流传至今的文物、新发现的遗迹和遗物、民间故事、古老文化中了解历史。

当我看到文物保护志愿者徐裕西从涌山遗址上收集到的石器、动物化石、软陶、硬陶、原始瓷和青花瓷等残片,虽说全是残缺的文物,仍可看出文物里有一脉传承下来的古陶和古瓷。保存得这样完整、时间这样长的遗址,在我国罕见,十分珍贵,具有极高的史学研究价值。我有一种预感:一部完整的景德镇陶瓷历史有可能就静静地躺在涌山遗址下。它又一次验证了我一直以来对景德镇的看法:最早的陶在景德镇,最好的瓷在景德镇。

现在涌山遗址表面已经发现大量原始软陶,它为探讨景德镇旧、新石器时代早期的制陶情况,提供了一个重要线索。我现在把涌山遗址上发现的软陶和万年的夹砂红陶做一个比较:万年的夹砂红陶是有细砂和红壤土,二元配方经700摄氏度-900摄氏度烧制而成,并且有纹饰,虽然纹饰粗糙简单,但它合乎古人类初期装饰的文化特点。从万年夹砂红陶来分析,可以说它已经比较接近陶的成熟期,已经初步形成了古人类早期原始的手工业产品。而从涌山遗址上发现的原始软陶,从陶质看,没有细砂成分,一元配方焙烧火湿只有500摄氏度左右,它陶质疏松,外观是红色,没有纹饰,我个人初步鉴定它的年代超过17000年,甚至比万年仙人洞出土的夹砂红陶片年代还早。至于早多少年,一千年?数千年?准确的年代还需做碳十四断代,或请有关专家们共同鉴定才能确定。不过我相信,如果在涌山遗址做进一步深度的考古发掘,一定会有大量重要惊人的考古发现。"

采访中,乐平市博物馆副馆长、副研究员余庆民直言:"人们到现在一直都说景德镇目前发现的最早的陶器只有唐、五代时期的,其实不然。在乐平博物馆不大的陈列厅里,就静卧着从远古以来,每个历史时期的陶片或陶器。有洪岩出土的古人类早期烧制的原始印纹软陶、陶鼎、陶豆、带把豆、陶网坠和烧制陶器时用的器底垫等;涌山车溪出土的完整的商代双唇网线圆底陶罐;韩家出土的南朝梁代的青瓷盅;南港村出土的唐代塔形皈依瓶,以及自唐代接渡南窑村瓷窑遗址起,唐宋元明清每个时代的古窑遗址和出土陶瓷,都有力地证明,景德镇陶瓷文化的发展从最早发明制陶开始,一步一个脚印,从来就没有间断过。"

惊喜异常:西周原始青瓷豆发现有可能改写景德镇的制瓷历史

2011年12月5日,江西省博物馆研究员、江西省文物考古研究所

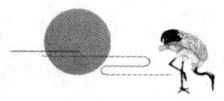

的老所长刘诗中,和江西省考古队一起在涌山遗址再次进行了考古调查和鉴定,为即将召开的"景德镇市乐平涌山旧、新石器遗址专家咨询会"会议提前做好了证据和实物的准备。他所发现和鉴定的西周早期原始青瓷豆,旁证了景德镇"瓷都""瓷源"的身份,也证实了景德镇曾是中国和世界瓷业"最早""最佳"和"最多"的圣地。

江西省博物馆研究员刘诗中在接受记者独家专访时说:"众所周知,中国是世界上著名的'瓷器之国',如果在古代中国'四大发明'之外再加一项发明的话,那就应该是瓷器。换句话说,瓷器及其工艺对东亚乃至整个人类的贡献是不可估量的。瓷器是科学和艺术的综合产物,它既是物质的产品,又是精神的产品,它同时为人类物质生活和精神生活服务。

谈及中国瓷器,就不能不谈及景德镇,景德镇是中国的瓷都,也是世界的瓷都。而对景德镇制陶瓷的历史,现在比较一致的说法是最早产生于东汉时期,'新平冶陶,始于汉世',东汉至今有1700年历史,而现在景德镇各个博物馆也见不到汉代的瓷器,只有一句诗的存在。

我注意到,近几年一些有识之士却对景德镇瓷器的起源提出了不同的见解,认为景德镇制瓷历史不只1700年,有数千年,甚至更长,只是苦于没有实物证据来证明。这次我和省考古队在涌山遗址内进行考古调查时,发现了一件比较完整的西周早期的原始青瓷豆,是当时'王'的专用品,为景德镇所仅见,让我们知道了景德镇制瓷历史有3500年之久。为研究景德镇制瓷历史的起源,提供了无可替代的珍贵实物资料。它的发现,有可能改写景德镇制瓷起源的历史,将景德镇制瓷历史往前推2000多年。这真是一次了不起的重大考古发现。"

"刘诗中老师为什么说这件原始青瓷豆是'王'的专用品呢? 是有资料、实物和考古发现来证明的。"乐平市博物馆副馆长、副研究员余庆民在接受记者独家专访时说,"因为在西周时期,江西境内有过

'应'、'艾'两个诸侯国。鄱阳湖东南方余干县,1958年出土一件'雁监甗',铭文为'雁监作宝尊彝'。'雁'即应国之'应';'监'可能是雁候、雁公之名,也可能是应国的监国者。赣西北的'艾',与应国有同样性质。《左传》记载:哀公二十年(公元前475年),吴公子庆忌'出居于艾'。此'艾'在今修水县境内。1981年陕西扶风县出土的铜饰件上有'艾监'二字,可与'雁监'同等理解。此外,2009年11月6日在浮梁县湘湖镇洞口村天子畈跑马坦出土的两件西周青铜鼎,也可以证明诸侯国在江西,在景德镇都确实存在过,而且存在了很长一段时间。所以在涌山遗址内发现西周时期'王'的用品,也就不是空穴来风了。"

记者手记:

采访结束后,记者还有一些问题需继续探讨。景德镇远古文明的发展历程究竟是怎样的?涌山遗址的文化内涵非常丰富,涵盖了旧、新石器时代,直至商周、先秦时代非常漫长一个时期的古人类文明发展史,发现有旧石器时代的大量动物化石和原始人使用的工具——石英质石片打制石器和属于华南中更世时期的"大熊猫—剑齿象"化石,有17000年以前的软陶,有3500多年历史的西周青瓷豆,有先秦战国时期的旧兵器,还有旧石器古人类留下的划刻岩画,是破译远古文化奥秘的珍贵实物资料。以此推论,景德镇远古文明在文化上的地位该如何判定?由此而来的初始文明历程又如何?尔后孕育的景德镇陶瓷辉煌经久不衰与它又有何等联系?如今当务之急是运用现代考古发现和科学技术,历史地完整地准确地研究认识和诠释景德镇文化的新课题。这是一个"景德镇"学的概念,值得广大有识之士进行多方面的研究和探讨。

探索遥远的古代文明历史,是人类的一个永恒主题,而教授、专家和学者就是实现这个主题的使者。令人鼓舞的是,对涌山遗址探索研究的重视,已经成共识,对它的研究已经成为热点,参与人数之多、素质

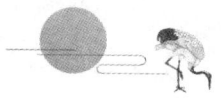

之高都是空前的。江西地质调查所负责人章人骏,古生物学家、地层学家、第四纪地质学家、地质教育家杨钟健,中国科学院古脊椎动物与古人类研究所的黄万波、计宏祥两位专家,中国著名的旧石器考古专家、古人类学家贾兰坡先生,中国文物保护基金会主任刘玉清,南京望族文化研究所所长王耿,江西省文物考古研究所所长樊昌生,省文物考古研究所副所长徐长青,省文物考古研究所研究员张文江,省文物考古研究所研究员肖发标,省博物馆研究员刘诗中,中国著名古陶瓷研究专家余希平,乐平市博物馆副馆长、副研究员余庆民,南京农业大学研究生李妍等一批教授专家学者,正是为实现这个主题而孜孜不倦努力工作着。通过他们的努力,将使人们在看到一个经济腾飞的、欣欣向荣的现代化景德镇的同时,也看到一个光辉灿烂的古代景德镇文明。让每一个景德镇的人为生长在今天的景德镇而感到幸福,也为有一个古代文明的景德镇而感到骄傲。

景德镇:发现古窑遗址

景德镇有着悠久的陶瓷历史,在整个陶瓷制造的七十二道工序中,入窑烧造是最重要的一道工序,故有三分做就,七分烧成的说法。为了显示其重要性,陶瓷业往往又被称为窑业。景德镇陶瓷历史的起源及文化辉煌从何时开始,它的陶瓷又以什么窑烧造,这是陶瓷考古专家和学者都普遍关心而又无法释疑的问题。历史上,有关景德镇最早古窑的模样,古文献中找不到详细记述,虽然据史料记载"新平冶陶,始于汉世",但它们早已在岁月的长河中无声无息地消失了,多数时候是以"历史之谜"的形象展示给世人。

又一处古窑遗址在浮梁坑口被发现是巧合,也是偶然。它迷雾重重,悬念迭起,立即引起陶瓷专家们的激烈争论,也引起省内外多家媒体的极大关注。

偶然发现

2010年11月3日,浮梁县王港乡坑口村民徐富年在西游山挖山坡建房时,无意中挖出一处古窑遗址,十分罕见。

11月4日,记者采访刚好路过坑口,看到几个村民在建房基,后面有一个小山洞。带着好奇的心理,记者停下车走过去察看,结果看到地基上与其四周都散落着许多黏有黄土的瓷片。瓷片与常见瓷片不同,呈青色。地基后是一座山坡,山坡上有明显挖土机挖动的痕迹,山洞就在山坡下,约2米上方有大量的青瓷堆积层。从外观看,山洞呈半圆形,宽约2米,深约4米,高约1.5米。令人惊叹的是,洞内外周围不均匀地散落和掩埋了许多黏有黄土的瓷片,其胎质呈灰青色,表面大体呈青色,从残片观看有支钉烧造的痕迹,有瓷碗、小盘、罐、壶类。其中器形以碗类居多,底碗瓷片里外都有白色支钉痕迹,还有烧瓷垫桩顶柱。记者钻进洞内,只见地上的泥土呈黄色,顶部是烧结层约30厘米的黑色物质黏附着,最深处洞顶部有3个直径约20厘米的通风口。最令人惊奇的是,整个洞内没有一块砖头,就连通往外面的通风口4—6米的地方也没有发现有砖头的痕迹。

房基主人徐富年对记者介绍,在发现窑洞前,这里是一座完整的山,山前是菜园地,原先在此种菜的时候,经常能挖到古瓷片,没想到这里竟隐藏着一座古窑。昨天因为建新房才开始挖山,山是用挖土机挖的,这个窑洞竟然没倒,很牢固。

记者立即想到这有可能是一处新发现的古窑遗址,当即要求当地

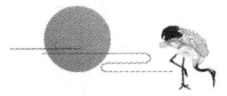

村民不能破坏它,并在第一时间把发现古窑遗址的消息告诉了景德镇市委宣传部副部长、文化局局长江华,浮梁县委常委、瑶里镇书记吴建旺,浮梁县委常委、宣传部部长、统战部长陈国胜,他们都在电话里对记者表示一定会通知有关部门进行考察论证。

据当地村民喻水旺介绍,20年前,村子里刚刚开始西游山挖山建房时,曾山的附近挖出过许多这样的瓷片。76岁村民邱义发也告诉记者,像这样的窑曾经被挖出过三四座,但因当时不晓得这是文物,因时间过长也就被破坏了,西游山至少还有好几处这样的窑,希望引起文物部门的重视。

断代之争

2010年11月5日,记者陪同中国古陶瓷研究专家、景德镇市陶瓷科技博物馆(筹)馆长余希平和中国唐代陶瓷历史研究专家王升虎来到坑口古窑址。经过详细地考证研究后,两位专家对古窑址的断代发表了完全不同的看法。

余希平认为,《景德镇陶瓷全集》等书中记载,景德镇地区瓷业的发展在唐代(公元618－公元907年)有了长足的进步,唐代武德年间,第一次出现窑的专称。对于书中的论点,他不敢苟同,虽然在唐、五代时期,景德镇有很多生产古瓷遗址,唐、五代前并无窑址记载,但是王港乡坑口村这一山洞类型窑址的首次发现,将此记载推翻。根据他对资料的查阅和多年的经验初步判断此窑应在龙窑之前,而据《中国陶瓷史》一书记载,我国使用龙窑已有三千年的悠久历史,这样景德镇烧窑历史就往前推了1000多年,约在商、周时期,为改写景德镇陶瓷历史提供了有力的证据。他还告诉记者,洞穴内发现的瓷片有支钉原始瓷碗、小盘、罐、壶类,能够看出当时窑炉温度已经达到了1100摄氏度－1200摄氏度,说明窑工们在当时已经达到了很高的工艺技术。关于坑口山洞类型窑址的断代,最终的结果当然还有待对瓷片进行碳十四测定才能确定。

余希平还认为,从目前在王港乡见到的河流、码头、出土的青铜器,众多新石器时代的石器、陶器,以及相关民间传说,一直到封建社会历史时期的跑马场来分析,这里文物遗存如此密集,说明曾经是景德镇周边百余里地的政治、经济、商贸、军事中心所在地,繁荣过几千年。在这里,4公里河流中竟有4座古桥,这在中国境内十分罕见。新平的崛起可能在王港之后,而后是浮梁县,近代的政治行政中心、瓷业才迁移到景德镇。

王升虎却对此提出了完全不同的看法,他从窑洞内瓷片的器形、釉面发色、窑炉形制和遗物堆积,还有相关的《纪年鉴》资料显示,都认为与唐、五代窑址的特点相吻合。因此他肯定这是一处唐、五代时期保存较为完整的瓷窑。这在景德镇陶瓷考古史中尚属首次发现,填补了景德镇唐、五代陶瓷考古史上的一项空白。

王升虎接着说:"时至今日,由于景德镇窑址考古信息的缺失,唐、五代陶瓷的研究较之其他朝代更是纷繁复杂,相关的一系列问题诸如其性质判定、生产及钴料支配状况、消费阶层等,均未能得到较好的解决。以前在景德镇对唐、五代陶瓷的研究只是有文献的记载,也没有发现过完整的唐、五代瓷窑。博士后方李莉先生在《景德镇民窑》一书中曾这样介绍,因唐五代陶瓷烧成方式是以支钉垫隔重叠装上垫柱入窑成,因支叠烧的高度有限,窑室不可能太高,如果窑身又短的话,利用率低,烧成温度必会受到影响,因此必须把窑身拉长,窑底坡增加到适当程度,故推测当时流行的是龙窑。但这只是推测,并没有发现真正完整的瓷窑来证实当时景德镇陶瓷生产的状况。坑口古窑遗址的发现,这在景德镇陶瓷考古史中尚属首次发现,填补了景德镇唐、五代陶瓷考古史上的一项空白,为研究景德镇唐、五代陶瓷发展历史提供了

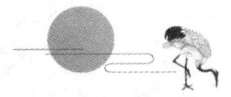

佐证。"

坑口古瓷窑身世究竟是商周时期？还是唐、五代时期？双方各执一词，当然，最后的结论还有待权威的考古专家们进一步发掘论证。

历史价值

景德镇市陶瓷考古研究所副所长江建新在接受当地报纸记者采访时认为，这座洞穴窑是很普通的五代窑址，其实在景德镇的湖田窑附近曾经发现过五代时期的窑址，是马蹄窑五代窑址。但针对这个洞穴窑，经我们考究发现，由于已经受到了很严重的破坏，大大降低了它的文物价值。

江建新的讲话一见报，顿时在景德镇掀起一片哗然。

记者采访了王升虎，他对此观点发表了自己的不同看法，认为好不容易发现了一座较完整的唐、五代窑址，这对景德镇研究唐、五代陶瓷史来说，是个历史性的突破，它破解了一个历史之谜，说它是无价之宝都不为过。坑口唐、五代窑址有以下特点：一是它基本上都用支烧方法。现已发现的青瓷片及较为完整的盘、碟、壶、杯等器物基本上都用支烧方法，除少数壶类器物之外的器物都存在支烧痕迹，有五点、七点、九点、十一点、十二点之多，支烧点有光滑的，有刺手的，有平点的，有外底多痕而内底则无支痕，水平不一。二是青瓷胎体都是一元配方。从青瓷片断面分析，其胎体结构都为一元配方，基本上是瓷石和石灰石性质的胎体，没有瓷土的伴混痕迹。三是青瓷的釉色单一。青瓷以风化了的长石碎粉经陶洗后制成釉果，经较长时间的碾磨，沉积制釉水，因此它的釉色基本上是单一而纯的颜色。四是以顶柱顶烧、支烧为装烧方法。因此，叠烧的碗、盆、杯、盘都在烧的过程中倒塌、黏结，因此成品较少。五是以刻划、乳钉为装饰方法。六是它采用辘轳车拉坯成型方法。瓷器的旋转痕迹非常均称，自然流畅，修坯严整，厚、薄规整，各类型制的瓷器都较完整、规范,可见辘轳车在当时较为发达,已发现有辘轳车的轴承的顶碗(瓷质),因此成器率较高,基本上能满足烧成需要。七是瓷器以高温烧成,而且是用木炭作为燃料。据推测当时的窑温可能达到1150摄氏度－1200摄氏度,胎孔隙度为0.81%。

记者在采访中还了解到,关于王升虎对唐、五代陶瓷文化的研究成果,学术论文《景德镇唐代陶瓷文化考略》已发表在《景德镇党刊》2010年第一期上。

针对江建新的观点,余希平也提出了自己的看法,认为作为市陶瓷考古研究所副所长和陶瓷研究专家,说出这样毫无水准、毫无责任的话,太不应该。景德镇市文物局和市陶瓷考古研究所对古窑遗址保护历来采取不负责任的态度,他们说这种不负责任的话也不是头一回了。前几年,他听当地老百姓讲,在戴家弄一带的基建工地,人们捡到很多元青花瓷片。有一次还发现了挖了一半的元青花瓷窑,当时有人打电话告诉了市文物局和市陶瓷考古研究所,结果专家来了随便看了一下,也不拍照,说窑已破了一半,没有了文物价值。结果在景德镇市区唯一一次发现的烧造元青花的瓷窑,就这样轻飘飘地消失了。为此,余希平提出了一些疑问:为何景德镇到现在仍未发现元青花烧造窑址?可以肯定的是,元青花烧造必定是在景德镇市区内,为何过去几十年市文物局和市陶瓷考古研究所报告没有公布出来,是没有找到,还是不存在或是被人为忽视了?在私下里,我们经常能看到非常标准,不需怀疑真伪的元青花瓷片是来自景德镇窑址,那么这些窑址又在哪里?肯定存在窑址,许多陶瓷收藏爱好者都指向今日落马桥和戴家弄一带,但为何不见文物、考古部门去调查?近几年该地区房地产开发工地很多,随工整理、调查和考古应该不是难事,为何市文物局和市陶瓷考古研究所对此一无所知?为何不派人去做实地调查?请问:这个不保护,那个不保护,你们要保护什么?你们想要什么?

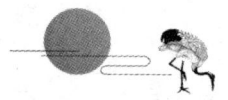

历史上,少有文人墨客到景德镇作诗吟唱,即使有白居易《琵琶行》吟诵"商人重利轻别离,前月浮梁买茶去"的著名诗句,但也只是隔江犹唱浮梁茶。因此许多文献或诗词歌赋中很少有对景德镇陶瓷的描绘与吟唱。现在记者站在坑口古窑遗址前,望着许多青瓷片仍静静地躺在地上和山丘上,感觉这些经雨水洗净的古瓷片在阳光的照耀下是多么温润可爱。这些精美的瓷片似乎刚从历史的长河中徐徐走来,给我们以无限的启示。

景德镇:洪水中的生命大营救

一篇大家耳熟能详的报告文学《为了六十一个阶级兄弟》曾被收入全国中学语文课本,文章讲述的是1960年山西省平陆县修路民工不幸发生食物中毒,各方组织力量全力救援六十一个阶级兄弟,一方有难,八方支援,团结互助的动人故事。在五十年后的2010年7月15日这一天,一场百年一遇的特大洪涝灾害将载入浮梁县寿安镇的历史。寿安镇的广大党员干部群众面对这场突如其来的天灾,临危不惧,演绎了一场惊心动魄的生命大营救,出现了一个结局完全相同但也同样感人至深的故事。

这故事同样感动着正在抗洪抢险第一线进行采访报道的《大江周刊》记者,随着采访的步步深入,一个个英雄的群体形象开始浮现在眼前,记者所要做的工作就是还原那场惊心动魄的生命大营救。

自7月13日开始,持续暴雨侵袭着景德镇大地,短短四天,景德镇市行政区域平均降雨265毫米,浮梁县寿安镇高达412毫米,创下该地区有气象记录以来同期之最。

7月15日,寿安镇又连降暴雨,特别是下游月山村,它是寿安镇上游来水的唯一出口,所有的洪水都是集中从这里排出。受上游洪水暴涨的影响,月山村遭遇有史以来最大的一次洪涝灾害。

上午11时30分左右,湘官公路项目部人员22人(其中老人2人,婴儿2人,小孩3人,妇女4人)被突涨的滔滔洪水围困于景涌公路黄土岭路段月山村河边的一栋二层楼房上,情况十分危急。

险情就是命令

险情发生后,在鸿兴村组织抢险的镇党委书记张英敏马上用手机指示在朱溪村组织抢险的党委副书记、镇长刘军火速派人前往施救,并特别强调:"不能让一个人死亡,不惜一切代价救出遇险人员。"

在半路港水库组织紧张抢险的镇党委委员、武装部长潘有根临危受命,短短几分钟,一个由十多名党员干部组成的救援小分队在暴雨中迅速成立了。

由于滔滔洪水将公路分隔成数段,水位越涨越高,而且浪高水急,救援人员一时难以通过。潘部长二话不说,立即带领救援人员转身爬上茫茫高山,一步一步涉险赶往施救现场……

倾盆暴雨仍在"哗哗"地下着,山陡路滑,很多地方都出现了塌方和泥石流,杂树、茅草丛中十分难走。有的干部鞋子掉了,就干脆打赤脚走。他们的手上、脸上被划破了,可没有人喊一声疼。挽救生命的信念驱使大家有了非凡的毅力,二十二条生命的安危牵动着每个救援人员的心。

事后,当记者采访潘部长时,他动情地告诉记者:"陶潜有诗:'落地为兄弟,何必骨肉亲。'天下人是一家,当时,步履匆匆前往救援的我们心中都明白,我们此行的目的只有一个,那就是救出被洪水围困的

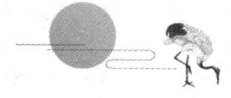

二十二条生命！此时我们心里只有一个念头：'快点！快点！再快点！救人要紧！'"

下午2时10分，经过一个多小时的翻山越岭急行军，救援小分队终于在刘镇长规定的时间内赶到了施救现场，他们纷纷从山上连滚带爬冲下山，满脸疲惫、满身伤痕地走到公路上，带队的潘部长没有列队就喊了解散。一个队员立刻瘫倒在地上，身上的手机"当"的一声磕在水泥路上。

在暴雨洪水中从朱溪村急急赶到施救现场的刘镇长，看着满脸疲惫、满身伤痕的救援人员，雨水和泪水顿时模糊了自己的眼睛，一时感动得说不出话来，只是对着自己的部下深深地鞠了一躬。

火速投入救援

潘部长来到现场，在刘镇长的介绍下，才得知自己现在所在的位置距离遇险人员的楼房有近一千多米，而且浪高水急，现场情况十分复杂，救援难度很大。

刘镇长告诉大家，虽然已向县防汛办汇报了这里的险情，请求调集冲锋舟前来救援。但因为路途遥远，多处道路被淹，冲锋舟一时难以赶到。

大家忧心忡忡地放眼望去，一片汪洋！滔滔洪水又深又急，已将一楼完全淹没。由于楼房靠近小河激流隘口，激流仍在上涨并猛烈地冲击着楼房，遇险人员都已全部退到二楼，情况十分危急。加上暴雨仍在不停地下着，视线很模糊，对遇险人员的具体情况不是很清楚。在洪水浪涛声和暴雨声中，只能隐隐约约听到遇险人员的呼救声。

人命关天，水患无情，救援现场俨然已成了战场。以最快的速度赶到受困楼房救人，成为抢险救援最要紧的事。

为了尽快救出遇险人员，每一个救援人员都心急如焚，一刻也未曾停下休息,饿着肚子忙碌着,忙碌着一场与死神之间的赛跑。他们纷纷出主意、想办法,从当地老百姓家里借来轮胎、扶梯和绳子快速做成了一个简易的筏子,为抢险赢得了宝贵的时间。

一切准备就绪、要下水救人时,在场的救援人员都纷纷上前主动请缨,刘镇长又一次被眼前的情景感动了:他们都是多么好的党员,多么好的干部,为了营救二十二条生命,始终冲锋在前,早把自己的生死置之度外,危急时刻方显英雄本色,他们以实际行动彰显着党的先进性。

刘镇长考虑到水深浪急,最后还是决定只派身体强壮并且会游泳的人员组成救援小分队,他们是潘有根、汪武生、刘水生、彭兴华、林群力、张金平、叶水平、宁锦林、戴文、叶金发、吴伍红等人。

在潘部长的一再要求下,刘镇长终于同意让他带队涉水过去救人,其余的人员在浅水处以十米一人的距离扯住绳子相助。

2时30分,随着刘镇长的一声令下,潘部长第一个跳入水中,其余的队员推着简易的筏子向受困楼房游去。

救援队员游到距施救地点近500米的时候,由于靠近河流,水深浪急,简易的筏子像绳圈推动控制的风筝一样,带着不断放长的绳索,多次被大浪打翻。可队员们毫不惧怕,仍然顽强地和大水搏斗着。突然3米外一堆抖动的东西引起了潘部长的注意,他迅速游过去,一把抓住,原来是一个人的脑袋——正是被水卷走的救援队员,好在有绳子牵扯着,才没有被大水冲走。这时大家都齐心协力、互相照应着,紧紧抓住绳子不放,再没让一个人被洪水冲走。

考虑到当时滔滔洪水中情况十分复杂,加上所带绳子长度不够,为避免可能带来的损失,潘部长考虑再三,当即命令救援人员暂时撤退,回去另想办法。

3时40分,第一次营救行动失败。

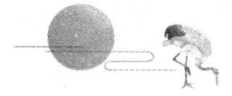

生与死的考验

4个多小时过去了,滔滔洪水仍然越涨越高,遇险人员最后的抢救机会在一分一秒地流逝,对于那些被洪水包围着的人们来说,是生和死的界线。

此时,围观的当地老百姓都在好心地劝着:"这样大的水,我们一辈子也没看过,你们再努力也没用,大水无情,只能听天由命了。"

刘镇长却不这样认为,他一再要求大家:"大水无情人有情,只要有百分之一的希望,我们就要尽百分之百的努力!"

抢险的失败也时时牵动着仍在抗洪抢险第一线的张英敏书记的心,他再次打来电话鼓励大家:"在现场救援的每一个人,都要发扬共产党员特别能战斗的精神,坚决打好抗洪抢险这一仗,把遇险人员全部救出来。"

张书记的来电,给了全体救援人员极大的鼓舞。刘镇长看得出来,他们都想表决心,可嗓音全嘶哑了,发不出任何声音。

他们的表情、动作在告诉刘镇长:"让我们再去救一次吧,我们保证能行!"

刘镇长也嘶哑着声音和潘部长反复讨论,为了保证救援行动成功,决定请一个熟悉当地地形的村民前往现场带路。

这时,急需的绳子又被借来了。刘镇长决定再一次派人下水救人,并要求一定要保护好带路的村民。

5时30分,救援人员第二次下水。

张金平主动请缨,将绳子绑在身上,紧紧地保护带路的村民,慢慢沿河岸向楼房靠近。因洪水太急,救援人员游走得很艰难。看着继续上涨的河水,会游泳的带路村民也将绳子系到自己身上,迅速向前游去。突然一个高浪打来,张金平和带路村民立即被淹没在了洪水中,大家的心一下子提到了嗓子眼,都使尽全身力气拉绳子,10多秒后,俩人的头又慢慢浮出水面。

50米、100米、300米、500米、800米,村民带着救援人员终于绕过深水区,从低洼的农田处慢慢地靠近了被洪水包围着的楼房。

此时,天色已经开始暗淡下来。

由于距离偏远,雨又未停,加上救援人员没带手机,刘镇长和救援人员暂时失去了联系,心里很是焦虑。

"再加把劲儿同志们,他们快到救援现场啦,说不定就要救出遇险人员啦!"刘镇长心里虽然焦虑,但还盯着幽暗漆黑的水面鼓励大家说:"我们来给救援人员喊'加油'吧!"

当"加油!加油!加油……"的鼓劲声在漆黑的夜空里回响时,在场的当地老百姓也眼含热泪呼喊起来……

在二楼上焦急等待的遇险人员,看着一个一个游过来的救援人员,也都激动地欢呼雀跃起来:"救援人员来了!共产党派人来了!我们这下有救了!"

潘部长领着救援人员上了二楼,来不及休息一下,就立即进行分工:先救婴儿、小孩、老人和妇女,再救男人。

就这样,在滔滔洪水中,一条由绳子绑在救援人身上架起的生命通道连通了。

这是一个奇迹,一个由寿安镇党员干部群众在抗洪抢险中创造的生命奇迹。

虽然,救援人员被洪水冲得东倒西歪,但当婴儿、小孩被传到自己的手上时,宁愿自己多喝几口脏水,也要把手高高托起。因为他们心里明白:自己手上托举的不仅是一个小小的生命,而是祖国的未来!民族的希望!

一个,两个,三个……经过一个多小时的生命传递,19时30分,遇

险的二十二人全部安全脱险。

此时,救援人员疲惫的脸上都露出了喜悦的神色。

这时,出现了一个小小插曲:忙着在黄岭林场安置遇险人员的潘部长因为没带手机,所以没有及时和刘镇长取得联系,害得刘镇长担心了很长一段时间。

刘镇长事后在接受记者采访时说:"因为长时间没有救援人员的消息,又没有办法联系得上,所以我的心始终悬着。后来我通过110查询到遇险人员的求救电话,才得知遇险人员已经全部获救。当我把这个好消息告诉大家时,现场顿时一片欢声笑语。那场面,现在想起来,仍然让我激动不已。"

刘镇长说完,习惯性地看了看手表,接着又对记者补充了一句:"5个小时,对,那真是惊心动魄的5个小时。"

当得知遇险人员全部获救的消息后,仍在抗洪抢险第一线现场指挥的张英敏书记也忍不住掉下了眼泪。

现在,这批救援人员,仍分散在寿安镇的村庄、田野、水库、桥头,投入到紧张的灾后重建工作中去。记者也难以一一找到他们采访,但他们的英雄事迹已渐渐被人们传颂开来……

也许,时间会冲淡记忆,但人们绝不会忘记2010年7月15日这一天,寿安镇有这样一群朴实的党员干部群众,面对特大暴雨洪涝,他们临危不惧,甚至置生死于度外,为了救助二十二条生命,谱写了一曲新时期的英雄主义赞歌。

难忘的 180 个小时
——浮梁警方神速侦破"7·27"入店抢劫杀人案纪实

2011年8月4日下午四时整,浮梁县城中心地带、邮政局大楼下美特斯邦威服装店前人山人海、水泄不通,"7·27"命案案情通报会在此庄严召开!现场略显沉闷的气氛,人们焦灼和疑惑的目光,都在翘首以盼一个重大疑团的解开。180个小时的等待,是猜疑与讹传的交织,是揪心与期盼的守望,那块笼罩在浮梁人心头的巨大疑云,在飘荡了一周之后,即将由浮梁县人民政府副县长、公安局长郭景洪亲自揭开!拨云见日的时刻,就是真相大白之时,就是正义伸张之时。浮梁公安英勇善战、不辱使命、守护一方平安的传奇,在此役中得以再次淋漓地彰显!

全国平安县的人民警察,又一次以他们的智谋韬略、不负重托的责任意识、奉献精神,向三十万浮梁人民交出了一份满意的答卷,还了浮梁一个灿烂明丽的晴天!

随着郭景洪声如钟地宣布——"7·27"命案成功告破!一阵雷鸣般的掌声、欢呼声顿时炸开,并迅速以暖流之势涌向浮梁的大街小巷,喜悦与惊奇,欣慰与钦佩,写在每一个居民的脸上,闪烁在每一双灼热的眸中。

这一刻——2011年8月4日下午四时整,必将永久刻在浮梁人的记忆之中!成为浮梁历史上最为难忘的一页!

阴影终于散去!且让记者沿着事件不幸降临的脉络,重新回放那突兀而惊心动魄的一幕幕……

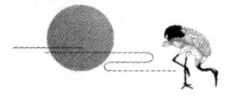

妙龄店员午后遇害

2011年7月27日晌午。沉闷,燥热。有着瓷都后花园美称的浮梁新城,却保持着其传统性的静谧与安详,知了隐居梢头,诸子百家般醉心吟咏,有如阵阵凉意徐徐拂来,直抵向以平和、娴雅、淡定名世的浮梁人的心头,当然,还有街巷的每个角落。

街头行人稀少,位于城区中心地带的美特斯邦威服装店突然传来一声撕心凄厉的呼喊:"杀人了,快救命啊!"随着惊恐至极的哭喊声一起爬出店来的,还有人们熟悉的店员小美(化名)。循声赶来的隔壁几家商铺店主和路人,看见浑身哆嗦的小美瘫坐在地上,哭喊着手指店面试衣间,语无伦次道:"杀人了……程姐被杀了……"大家愣怔间,一齐拉开了试衣间的门,惊悚的一幕出现了——午间还活蹦乱跳的店员小程惨遭杀害,倒在血泊之中,鲜血兀自顺着地面汩汩流出,猩红遍地。大家一时面面相觑,不知所措。还是隔壁店铺的曹先生醒过神来,急切道:"赶紧报案……拨打110……"

旋即,警笛声响起,警车、救护车风驰电掣般驶来,现场立即拉起了警戒线,刑侦人员展开缜密勘查;不幸的是,受害者程某在送往医院抢救途中,已然身亡。

消息不胫而走,迅速传遍全城。猜疑纷纭,版本众多,人心亦随之浮荡。为尽快破案,抓获丧心病狂的杀人元凶,还浮梁以传统安宁,浮梁县公安局毫不迟疑、雷霆出击,迅速展开了全城大缉凶行动!

专案小组迅速成立

案发后,浮梁县公安局于第一时间派出精干刑侦人员赶赴现场展开勘查,并在景德镇市公安局的统一安排下,向市公安机关发出协查通告,自7月27日起在景德镇全市范围内进行大范围的布控、协查。通过市、县新闻媒体,不断播放悬赏通告和犯罪嫌疑人视频资料,发动广大群众积极提供破案线索。

当天晚上,案情分析会议在郭景洪的主持下,自八点一直开到深夜。月朗星疏的凝重气氛中,专案组成立。由副县长、公安局长郭景洪任专案组组长,局党委委员、城关派出所所长林群华,局党委委员、副政委金华亮,局党委委员、刑侦大队长姚双朝分别担任副组长,并由姚双朝具体负责案件侦破的部署和分工。

全县各路公安精英40余人连夜集结,一批刚刚侦破"7·25湘湖命案"的精锐干警,未休息片刻,领命归队,投入新的战斗。

专案组根据对案发现场的勘查取证,和民警们了解到的嫌疑人体貌特征及作案过程。初步判断:嫌疑人极可能有犯罪前科与吸毒经历,或急需花钱,从而铤而走险。经彻夜深入分析、缜密推断,一套周密完整的侦破方案终于形成,一张大网悄然撒开……

是夜,干警在办公室稍事休息后,翌日一早,天刚蒙蒙亮,就分成八个小组分头行动,在全市范围内展开了拉网式密集走访与调查,寻找破案线索,并将了解和掌握到的每一点每一滴信息及时反馈到专案组指挥部。

然而,经过对整个县城及周边地区高密度的调查走访和全面摸排,犯罪嫌疑人却仿佛人间蒸发了一般,没有任何蛛丝马迹。

案情的复杂性对专案组提出了严峻的考验,与此同时,各种流言蜚语犹如一股无形的压力,催促着、鞭策着每一个干警。

精干警力合力缉凶

案情遭遇到不小的困境,压力与日俱增;但一向以英勇善战享誉一方的浮梁公安没有丝毫的犹疑。经多次会商,深入分析,他们一致认为:群众路线,依然是从大海捞出凶针的唯一法宝!

于是,更加艰苦卓绝的调查摸排行动向着纵深方向挺进。各出城路口车乘人员的调查,县城及周边旅店、网吧、游戏机室、休闲娱乐场所、商店、超市及居民区走访一波复一波的耐心梳理,夜以继日地紧张

进行着。

《大江周刊》记者在浮梁县公安局采访中,时时被"7·27"案件专案组干警们无私奉献、英勇顽强和连续作战的精神所感动。在180个小时的破案过程中,专案组副组长金华亮在84岁老父住院,连针都打不进的弥留情况下,硬是没有抽身去看上最后一眼,一声不吭,默默地将责任与悲痛扛在肩头;刑警大队副大队长刘起军的母亲刚刚去世,听到召唤,他藏起悲伤,戴孝参战,带头奔波在酷热的侦查一线;刑警大队副大队长刘勇胜向来以作风严谨、精明强干为人称道,在一次排查中,遇见一起交通事故,肇事双方发生争执,大打出手,混战不休,刘勇胜挺身阻止时右眼严重受伤,视线受损,但他草草包扎处理后,继续投入侦查工作中;技术组民警汪鹏面对堆积如山的资料案情,一直吃住在办公室中,不放过每一条哪怕是微不足道的信息,为此,一推再推与女友的约会,最终分手;研判分析组民警朱鹏面对战友们搜集而来浩如烟海的信息情资,为捕捉到那一道闪光线索,眼睛都看肿了,近乎失明;更多的民警,在走访出租车、摩的、居民的大量而琐碎工作中,迎高温,顶酷暑,一趟遇不着,第二趟第三趟再访,白天遇不着,晚上再访,每一个社区,每一个住户,做到不漏一人,不遗一地,一周下来累计访问十几万人次……

浮梁干警们经过180个小时的连续奋战,奇迹终于在他们犀利、睿智的目光下闪现出来,杀人元凶的罪恶面目也逐渐浮出水面……

末路嫌犯终落法网

8月3日,一个让浮梁人永远记住的日子。因为它是整个案件的重要转折之日! 这一天,距案发当天,刚好过去一周。

浮梁县人民政府副县长、公安局长郭景洪在接受《大江周刊》记者采访时说:"180个小时,是不为外人所知的惊心动魄跨县大追捕的紧张时期,是干警们不畏艰辛、战胜疲劳和连续作战的重大胜利;每天不足四个小时的睡眠,深刻诠释着什么叫奉献精神、什么叫钢铁战士!我为浮梁有这样一支过硬的公安队伍而感到自豪!"

在全体干警的不懈努力下,专案组经过一周的艰苦排查,于这日中午——一举锁定具有重大作案嫌疑的犯罪嫌疑人陈某(景德镇市昌江区荷塘乡人)。专案组立即派出精兵强将追踪嫌犯踪迹,对其活动范围进行周密布控,并在景德镇市公安局相关部门和昌江公安分局的大力支持和配合下,专案组于8月4日早晨6时许在昌江区境内一砖厂将犯罪嫌疑人陈某抓获归案。

被抓后,犯罪嫌疑人陈某如实供述了7月27日他在浮梁县美特斯邦威服装店抢劫杀人的犯罪事实。

经查,犯罪嫌疑人陈某,男,25岁,景德镇市昌江区荷塘乡人。据陈某自述,前段时间因欠人家一笔钱无法按时归还而被人追债,他便想通过抢劫来捞取不义之财。经过反复思考后,他将目标盯上了交通发达、人员相对比较分散的浮梁县城。7月27日上午,陈某乘车抵达浮梁县城,便开始在县城里转悠选择作案目标,选择逃逸路径。经过反复权衡后,他将目标放在了位于县城中心地段的美特斯邦威店。当天下午1点多,陈某见店内只有一名店员,于是趁机假装买衣服进入店里,之后实施抢劫杀人。不幸的是,在案发后没有人发现程某遇害,直到3点多另一名店员回到店里才发现惨案的发生。

"7·27"案件的发生,导致了一名受害人身亡,受害者家属身心受到巨大伤害,社会影响极其恶劣。

目前,犯罪嫌疑人因涉嫌抢劫罪和杀人罪已被依法刑拘,案件正在进一步审理之中。

法网恢恢,疏而不漏,等待他的将是法律的严惩。

采访结束后,记者走在浮梁县城的大街小巷,看到这里又回归了往日的安宁、祥和,和平鸽在天空自由地飞翔,人们平静地生活和工作着,幸福的脸上似乎什么也不曾发生过……

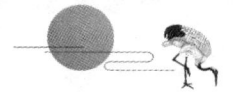

后　记

　　生活中许多重要的工作往往是由虚荣心开始的。记得我十七岁的时候,正在寿安中学上高一的语文课,饶华毕老师正在点评我的小说《爱》,这是一篇在当时很时髦的伤痕文学,长短不过3000字,赢得了饶老师的点名赞扬,理由是我的小说很有文采。在同窗们羡慕的眼光下,我正陷在墙角的板凳上望着窗外。当时那份得意,甚至远远胜过写过那篇文章本身,我清楚地记得当时的心情。江南的十一月已是满天飘落叶了,可是当时于我的心情来讲,窗外的几棵柏树正是一片桃花红。

　　这就是我当年发表在文学杂志上的处女作。

　　接下来我便抱定了当作家的决心,这也是我从此走上"苦难"的开始。三十多年的坚持,有成功,有失败,有酸甜苦辣。有人说,画画学一年,书法学三年,也可以像模像样了。有时候在心里自己也开自己的玩笑:如果自己能坚持画三十多年的画,再怎么弄现在也可能算是一个省级大师了。可自己最终还是选择了写作,这辈子再也不可能存在那个如果了。

　　记得有一次陪散文家安然到瑶里游玩,她在车上说了一句很经典的话,让我印象颇深。她说:"写作就像吸毒一样,沾不得,一沾上,一辈子都戒不掉。"

　　写作对我来说,不但不想戒,而且越陷越深。但我乐此不疲,无怨无悔。其间,虽然身心疲惫,但我却感到无限愉悦,甚至还有一种成就感。因为,它让我在浮梁这块生我养我的土地上,重新认识了一大批对文字有着特殊情感,对历史、文学热忱关注的朋友。

我这人写作很杂,小说、剧本、散文、诗歌、报告文学、考古报告、旅游解说词都有涉猎。三十多年,单是应酬虚设的文字,蛮不情愿甚或带有沮丧情绪去作文不知几何若干了。

文学创作是一种灵魂的探险。每一篇都是从零开始,这一篇的成功并不能保证另一篇收到同样的反响。

大凡在写作者中,有一句话是人们常要说起的,叫作"水无常态,文无定法"。这大概是没有错的。但一篇优秀的文学作品,除了自我的感情释放外,如何能够感动别人,感动读者,这也许才是至关重要的。

文学源于生活,但又高于生活。因此,每篇文章背后的故事,在我的字里行间便多了些文学色彩。不过,并非完全凭空捏造,皆有坊间传闻和史料佐证。但我力求每篇文章都具有一定的语言韵味。

在琐琐碎碎、纷纷扰扰的日常生活中,在灯红酒绿、物欲横流的滚滚红尘里,在快餐文化、泡沫文学的重重包围之中,我常常抖落一身尘土,远离喧嚣,遁入那永远与永恒的文学,沐浴那令人激荡的心灵之旅。它是润泽现代人心灵的清清泉水,是现代人可以蓦然回首而灯火并未阑珊的精神家园。

1987年,老诗人公木曾经对我讲过一句话,至今仍然留在我的心头。那就是,不要把诗歌当作生命,而要把生命当作诗歌。这话说得太深刻了。现在,不管有什么样的所见、所闻、所思、所感,我都好像念念不忘地要把生命都倾注到创作中来。

一写作,我就感觉到时间短了,生命短了。毕竟人不是生活在真空中,大部分时间还要工作,还要养家糊口,有很多大的构思都没有整块的时间去完成,这也是没办法的事,毕竟在中国现有的稿酬制度下,单靠写作靠稿酬是不能完全生存的。难怪鲁迅先生也曾为此发过感慨:"在钱下呼吸,实在太苦,苦还不妨,受气却难耐……我想此后只要以工作赚得

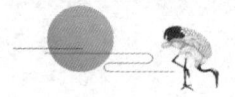

生活费,不受意外气,又有点自己玩玩的余暇,就可以算是幸福了。"

在夜深人静的书房,我曾经多次这样想过:这一生,如果什么事都不用干,就专门从事写作,那真是天底下最愉悦的事了!

通过大量的阅读,让我在心灵深处感受到书的精神力量。我把书看得很高,把写作视为一份了不起的心灵工作。当初写这些文章的时候,从未想过要出书。这主要是因为内心的怯懦。但自己创作多年,那文章的记忆思痕斑驳,又格外令人揣想无限。

作为我的第三部书,《瓷上的闲云野鹤》是怎样的一本书呢?这本身就是一份扰心的瞻望。无论如何,写作作为未竟之事,我写下了自己的心灵文字,那文字也同样记录我书写的怯懦犹豫之感。

在此,首先我要感谢自己的家庭,他们三十年如一日容忍我投入到文学的创作之中。我还要特别感谢已经仙逝的父母汪清仞、胡炳姿,我一个农村子弟,在靠微薄工分生存的艰难岁月,仍让我重读三个高三,打下了坚实的文学基础。对此,千言万语也难以表达我的全部感激之情。还有我的爱妻汪秀香,感谢她为我选择的创作之路几乎包下了全部的家庭琐事,感谢她长期对我的理解和宽容。感谢江西日报社、中国江西网(大江网)和《中华时报》的领导和同事们对我在工作之余长期进行业余创作的理解和支持。感谢兄长汪志明和朋友王林森、俞小平、金长寿、周红国、王怀俊、罗欣君、郑云云、李政群、漆德三、林进军、王尚宾、金伟文先生对我长期的鼓励和支持,使我对本书写作和修改充满着强烈的兴趣和信心。感谢蒋良善先生为本书作序,感谢景德镇书法家徐受斌先生为本书题写书名,让本书增色。感谢陈永林编辑为本书的顺利付梓所付出的心血和努力。在此题名纪念!

汪春荣
2017 年 9 月 15 日